아르제 ⚜

Illustration
47AgDragon

페르노트 ⚜

사마카 ⚜

누가 보살펴 주지 않으려나

전생 흡혈귀 씨는 낮잠을 자고 싶어

A transmigration vampire would like to take a nap.

목차

A transmigration vampire would like to take a nap.

1 잤더니 죽었다

"……하얀 방이네요."

아침에 깼더니 온통 하얀 방에 있었다.

아니, 정말로 너무 하얘서 벽이나 천장이 어디에 있는지도 알수 없었다.

넓은지 좁은지, 그것조차도 애매한 장소였다. 지그시 보고 있었더니 어쩐지 불안해지는, 한 가지 색이 지배한 공간.

……어딜까, 여기는.

눈이 다 아플 지경인 이런 방에서 평상시의 생활을 보내던 기억은 없었다.

덤으로 주위를 둘러봐도 창문이나 문이 보이지 않았다. 어떻게 나는 이곳으로 들어왔을…… 아니, 들어오게 되었을까.

지금 이 자리에서 아는 것이라면 애용하는 이불 정도였다. 평소처럼 폭신폭신해서 나를 잠으로 이끌었다.

꿈인가 싶어서 다시 한번 이불로 들어가려던 참에 어디선가 여성의 목소리가 울렸다.

"간신히 깨어났는가. 새로운 전생자여."

"어어…… 안녕하세요."

"……너, 가볍구나."

"아뇨, 잠이 아직 덜 깨서. 머리가 안 돌아가는 것뿐이에요."

내게 말을 걸었다는 사실에는 놀랐다. 그것도 스피커도 없는데

묘하게도 또렷하게 울리는 목소리로 말이다.

다만 놀라고만 있어 봐야 아무것도 알 수 없다. 내가 이곳에 있는 이유도, 어떻게 이곳으로 데려왔는지도, 이렇게 대화를 나누는 상대의 목적이 무엇인지도.

그렇기에, 목소리만 들리는 누군가에게 일단 질문해봤다.

"여기, 어딘가요?"

"전생 룸이다. 이곳에서 너는 전생할 곳이나 전생할 종족 따위를 결정하는 게야."

이 사람, 목소리는 여자인데 할아버지 같은 말투네.

할머니 같은 다정한 말투가 아니라 할아버지처럼 완고하게 이야기했다.

말은 시원시원해서 끝날 때까지 소리가 가라앉지 않았다.

그러면서 소녀처럼 높고 울림이 있는 목소리니까 음량이 무척 크게 느껴졌다. 알아듣기는 편하지만 귓가에서 들으면 찡할 것 같은 느낌이었다.

"……저, 죽었나요. 로리 영감님."

"그래, 안타깝게도 말이다……. 아니, 로리 영감?!"

"예. 로리 영감님."

"으음…… 실례구나."

"죄송해요, 영감 로리 쪽이 나았나요?"

"그게 아냐! 단어 위치 가지고 이야기하는 게 아니다!"

어쩐지 까다로운 사람이었다. 자다 깬 사람을 상대로 소란스럽네, 정말이지.

기껏 딱 맞는 별명을 붙여줬는데 시끄럽다. 귀가 찡 울렸다.

벌떡 일어나서는 기지개를 켜서 잠기운을 떨쳐내며 로리 영감님한테 질문했다. 모습이 안 보이니까 일단 정면을 향해 말을 던졌다.

"으, 으음…… 저는 어째서 죽었나요?"

"너, 전개가 빠르구나……. 뭐, 뭐 됐다. 네 사망원인은 수면 무호흡 증후군이다."

수면 무호흡 증후군.

들은 적 있는 이름이었다.

아마도 자고 있을 때에 호흡이 멈추는 그거……겠지.

"수면 무호흡 증후군이라니, 죽을 법한 게 아닐 텐데요."

보통은 잘 때, 호흡이 힘들어지면 깨는 법이다. 호흡이 멈춘다고는 해도 딱히 죽을 정도의 증상은 아니다.

뇌혈관 장애나 심장병 리스크는 높아지고 수면도 얕아지기는 하지만, 수면 무호흡 증후군은 질식을 초래할 법한 질병은 아니다.

자는 동안에 죽었다는 게 정말이더라도 직접적인 원인이 될 리는 없을 터. 어떻게 된 것일까.

"음, 이쪽은 그렇게 들었다고? 뭐, 간접적인 원인이 수면 무호흡 증후군이었을 테지. 정말이지, 윗선도 일을 참 조잡하게 하는구나……. 일단 너는 죽었다. 알겠느냐?"

"예에, 알겠어요."

윗선이 어쩌고는 잘 모르겠지만 죽어 버렸다면 어쩔 수 없나.

괴롭지는 않았으니까 상관없으려나. 아프거나 괴롭거나, 그런 다음에 죽는 것보다는 훨씬 낫다.

　쓸데없이 장수하다가 괴롭게 죽는 것보다는 젊어도 편안하게 죽을 수 있는 게 내게는 이상적이다. 죽을 때는 평온하게 가고 싶다.

　"그래서…… 전생? 어째서 전생하는 거죠? 수면 무호흡 증후군으로 죽으면 다들 전생한다는 규칙인가요?"

　"아니, 네 영혼이…… 그게, 뭐라고 할까……. 무기력했으니까 말이다."

　"무기력……이라고요."

　확실히 지금 들었다시피 나는 평소부터 무기력 그 자체라 의욕 따윈 한 조각도 없는 사람이었다.

　날이면 날마다 잠만 자고, 생산적인 일은 전혀 하지 않았다.

　이따금 움직여도 청소를 하거나 목욕을 하는 정도. 불쾌하지 않은 환경과 상태로 생활하기 위해 필요한 최소한의 일만을 했다는 느낌.

　부모님이라는 기생할 대상에게 잔뜩 응석을 부리면서 살았던, 방종하기 그지없는 존재. 그것이 나라는 생물.

　"확실히 저는 세계의 먼지라고 할까 짐이라고 할까, 존재해봐야 이익이 없는, 마치 목젖이나 맹장 같은 존재네요."

　"자기평가가 가차 없구나?!"

　"사실이니까요. 그래서, 그런 무기력한 인간을 전생시켜서 어쩌려고요? 좀 더 의욕이 있는 인간으로 넘겨주세요. 이렇게……
'으에아아아아아아 나는 아직 죽을 수 없어어어어어!' 같이 죽은 사람이 더 좋겠죠, 그런 건. 그럼, 안녕히 주무세요."

"잠깐, 그럴싸한 소리나 하며 은근슬쩍 자려고 들지 마라. 그리고 지금 묘하게 기합이 들어간 연기는 무엇이냐."

로리 영감님의 말이 끝나는 것과 동시에 이불이 눈앞에서 사라졌다. 눈을 깜박이지도 않았는데 정말로 소실되는 느낌으로 돌연히 사라져버렸다.

……꿈이 아닌 모양이네, 이거.

눈앞에서 이런 상식 밖의 일이 벌어져서야 나도 받아들일 수밖에 없다.

속임수도 무슨 장치도 없이 물체가 사라지다니, 그야말로 마법사나 신이라도 아니고서야 불가능하겠지.

아무래도 로리 영감님의 이야기는 사실이고, 나는 전생해야만 하나보다.

하―. 귀찮네―. 이불이 그립구나―.

2 주문은 스테이터스 설정입니까?

"알겠느냐. 무기력한 영혼이라고 한 것은, 요컨대 그 세계에 적합하지 않은 게야. 느낀 적은 없느냐? 삶에서 『주변과 자신은 어쩐지 인식이 뒤틀려 있는데』……라고 느낀 적은."

"있기는 한데, 그런 건 누구라도 한 번은 경험하는 거 아닌가요."

자신과 타인은 다르니까 사고방식의 차이로 고민하거나 실망하는 일 정도는 누구라도 있다고 생각하는데.

그것을 줄이는 방법은 애당초 타인에게 기대를 안 하는 것 정도.

그렇게 한다면 적어도 자신의 기대가 배신당했을 때, '아, 역시'라고 생각할 수 있다. 그래도 실망이나 인식의 뒤틀림을 느끼고 마는 경우는 있지만.

"너는 이상한 게야. 그렇게까지 무기력한 경우는 좀처럼 없다."

……이건 칭찬하는 게 아니겠지요.

그렇게는 생각하지만 실제로 칭찬을 받을 만한 인간이 아니라는 것은 확실하니까 아무런 말도 하지 않았다. 순순히 수긍하고 그 말을 받아들이기로 했다.

그러고서 물어보고 싶은 것은 사양 않고 물어봤다.

"요컨대 태어날 곳이 잘못되었으니까 적합한 곳으로 다시 태어날 수 있다, 그런 기획인가요?"

"기획이라고 하지 마라. 기획이라는 것보다 뒤치다꺼리일까…….
잘못된 세계에 영혼을 두고 말았으니 그에 대한 사죄 같은 게다."

"예에⋯⋯."

다시 말해서 전생하면 나는 열정이나 보람 같은, 그런 것을 찾을 수 있다는 소리일까.

본인이 해도 될 말인지는 모르겠지만 나는 무척 의욕이 없는 인간이다. 매일 축 늘어져 있기를 바랐고, 실제로도 그렇게 했다.

그런 식으로 의욕이라고는 한 조각도 없는 잉여인간인 내가 그리 간단히 변할 수 있을까.

적잖이 의문은 있지만 아무래도 로리 영감님에게 내 전생은 결정된 사항인 모양이라, 내가 무슨 소리를 해봐야 뒤집힐 것 같지는 않았다.

귀찮지만 어쩔 수 없다. 뭐, 그런 보람 같은 걸 발견하지 못한다면, 또 자면서 보내면 되려나.

"그렇게 되어서 말이다, 우선은 네 종족을 정할까."

"인간이 아니라도 되나요?"

"그래그래. 네가 다시 태어날 세계에는 다양한 존재가 있다. 뭐든 괜찮아. 예를 들면 흡혈귀 같은 건 엄청나게 강하지. 그 밖⋯⋯."

"그럼 그걸로."

"빠르잖으냐?"

그게 말이지, 생각하는 게 귀찮은걸.

이런 수속 같은 일은 얼른 끝내버리고 싶다. 진지하게 해봐야 엄청 졸리기만 할 테니까.

이대로 질질 끌다가는 선 채로 잠들어버릴 것 같아서 얼른 이야기를 진행했다.

로리 영감님이 엄청 어이없어하는 것 같기는 했지만 그건 아무래도 상관없다. 어쨌든 빨리 자고 싶다. 이불 돌려줘.

"어, 어어…… 뭐, 됐다. 그럼 다음으로 기술과 능력…… 요컨대 스킬 설정이다."

"허어…… 어떤 게 있나요?"

"우선 흡혈귀니까 흡혈이겠지. 다만 이 녀석은……."

"그럼 흡혈 몰빵으로."

"……너 그냥 귀찮은 것뿐이겠지?"

"들켰나요."

"너 말이다……. 에잇, 종이에 적어줄 테니까 조금은 진지하게 생각하지 않겠느냐. 네 영혼은 무기력하지만 자질은 괜찮아. 흡혈로 너무 돌렸다가는 피에 대한 욕구가 지나치게 커져서 금세 죽어버려."

"어어, 그게 뭐야, 귀찮아……. 단점이 있는 능력 같은 건 먼저 말해달라고요, 쓸모없는 로리 영감님이네."

"네가 이야기를 안 들었잖으냐?!"

로리 영감님이 투덜투덜하면서도 쓸 수 있는 능력을 종이에 정리해주었다.

참고로 이 종이는 어디선지 모르게 나타났고, 마찬가지로 어디선지 모르게 나타난 펜이 공중으로 떠올라서 글자를 적고 있었다. 로리 영감님의 모습은 여전히 보이지 않았다.

그런 느낌으로 기다리길 아마도 몇 분. 내 앞에 놓여 있는 종이에는 대량의 글자가 적혀 있어서 읽는 것이 참으로 귀찮았지만,

로리 영감님이 시끄럽게 굴 테니까 어쩔 수 없이 읽기로 했다.

☆초기 습득 가능 기술표, 흡혈귀판 ver 1.28

흡혈

안개화

박쥐화

그림자화

피의 계약

블러드 리딩

블러드 암즈

블러드 박스

언어 번역

언어 해독

후각 강화

시각 강화

마력 강화

회복 마법

바람 마법

어둠 마법

불 속성 내성

물 속성 내성

신성 속성 내성

어둠 속성 내성

햇빛 내성

독 내성

저주 내성

마법 내성

"길어요."

끝까지 읽는 것만으로 지쳤다. 그만큼 항목이 많았다.

이제는 충분히 애를 썼다고 생각했기에 이대로 낮잠을 한번 자고 싶을 정도였다. 그리고는 어떤 스킬을 찍을지, 도중에 세 번 정도 낮잠을 곁들이며 차분히 생각하고 싶었다.

"너 말이다……."

"적당히 찍어주실 수는 없을까요?"

"될 리가 없잖으냐?! 네 일이니까 네가 결정하지 못하겠느냐!"

"어어~…… 그럼 전부."

"전부 찍어도 포인트가 남는다……. 어떤 능력을 더 키울지 결정해주겠느냐."

……포인트 방식인가요, 이거.

덤으로 듣자 하니 포인트는 전부 찍어야만 하나보다. 남으면 그냥 버리면 될 텐데 참 귀찮은 사양이다.

정말이지, 그렇게나 빡빡하다니 뭐냐고, 이 로리 영감님. 규칙을 과하게 만들어봐야 답답할 뿐인데.

빨리 이야기를 마치고 싶으니까 적당히 고르자.

"그럼 전부 하나씩 찍어두고, 남은 포인트는 내성이랑 회복 마

13

법으로 돌려주세요."

아무리 그래도 또 죽는 건 곤란하니까 생존을 우선하는 걸로. 다음에도 잘 풀려서 괴로움 없이 죽을 수 있다면 더할 나위 없고.

독이나 저주 따위에 걸리면 괴로울 테고 흡혈귀라면 햇빛에도 약할 테니까, 그런 쪽으로 보충하고자 내성 계열의 스킬을 더 높인다. 그리고 혹시 다쳤을 경우의 회복도 찍자.

그만큼 살아남기 위한 스킬이 있다면 생존하기에는 충분하겠지.

"……각각 최대치까지 올려도 아직 남는구나."

"오늘의 추천 메뉴는?"

"식당이냐?! 에잇, 블러드 계열과 변화 계열, 언어 계열, 피의 계약, 마력 강화다!"

"몰빵으로."

"……너 말이다, 정말로 대체 뭐냐……."

꽤나 캐릭터가 흔들리고 있는데, 로리 영감님 괜찮을까. 어쩐지 상당히 지친 기색인 목소리였다. 지쳤을 때는 낮잠이 최고라고요.

결국에 추천을 끝까지 찍어도 포인트가 살짝 남을 것 같아서, 나머지는 흡혈로 돌리기로 했다. 어느 정도 레벨이라면 장점이 많은 모양이니까 문제없겠지.

"다음으로 신체 스테이터스 설정이다만……."

"아직 더 있나요……. 적당히 부탁드릴게요."

"……정말로 너, 무기력하구나. 아무리 그래도 이렇게까지 엄청난 녀석이랑 만난 적은 없다고."

"에헤헤. 부끄럽네요."

"칭찬이 아니야, 이건. 무표정 그대로 부끄러워하는 것처럼 말하지 마라, 기분 나쁘다. 쓸데없이 세심한 그 기예는 뭐냐."

무표정 그대로 음색을 바꿀 수 있는 것은 내 특기 중 하나였다.

그와는 달리 표정만 바꿀 수도 있어서, 울면서 웃음소리를 낼 수도 있다. 엄청나게 슬픈 표정으로, 그대로 울음소리를 내는 것도 가능하다. 다시 말하면 연기가 특기라는 것뿐이겠지만.

심심풀이로 표정근을 움직이는 훈련을 하는 사이에 익힌 특기였다. 명확하게 도움이 된 적은 없지만 조촐한 이야깃거리는 된다.

가볍게 놀아봤으니까 평소의 음색으로 돌리고 나는 희망사항을 늘어놓았다.

"이제 귀찮으니까 신속 최우선으로 부탁드려요."

"……네 성격상, 방어 최우선을 고를 거라 생각했다만."

"무언가 용건이 있다면 얼른 마치고 돌아가서 잘 수 있잖아요."

"우와―, 납득했다……."

진심으로 어이없다는 듯 말했다.

나로서는 진지하게 생각하는 것인데 그렇게 반응하다니 유감이다. 진지하게, 낮잠을, 생각하고 있는데,

"다음으로 태어날 지역 설정이다. 어떤 곳이 좋겠느냐?"

"비교적 기후가 안정적이고 조용한 곳일까요. 낮잠을 자기 좋다는 느낌으로 부탁드려요."

"갑자기 요구가 늘었어?!"

아니, 그 부분은 중요하잖아요?

너무 추워도 안 되고 너무 더워도 안 된다. 비나 눈, 안개 따위가 많은 지방도 낮잠을 자기에는 걸맞지 않다. 시끄러운 곳이야 애초에 논외.

기후가 좋고 조용한 곳. 낮잠에 이 두 가지는 절대로 빼놓을 수 없다. 낮잠을 정말로 좋아하는 내게 가장 중요한 사항이라고 해도 될 정도겠지.

그것도 모르나, 이 사람은 대체 무슨 소리를 하는 거냐……. 노골적으로 그런 표정을 띠었더니 로리 영감님은 한숨을 내쉬면서도 납득해 주었다.

아마도 로리 영감님은 좋은 사람이다. 적어도 성격은 좋다. 잘 돌봐주기도 하고.

신이나 그런 것일 텐데, 고생이 많다는 느낌이 드는 구석이 또 좋다. 평생 나를 보살펴 줬으면 좋겠다.

그녀도 나처럼 성가신 녀석을 매번 상대하느라 바쁠 테니까 무리겠지만…… 그렇지만…….

"뭐, 뭐냐? 갑자기 입을 다물고…… 혹시 배라도 아픈 것이냐?"

"아뇨, 의외로 무를 것 같아서요."

"뭐가 말이냐?!"

"신경 쓰지 마세요, 제 개인적인 이야기니까."

어쩐지 전생 따위는 이제 아무래도 상관없었다. 아니, 처음부터 아무래도 상관없었지만.

여기서 뒹굴뒹굴 머무른다면 로리 영감님이 포기하고 보살펴 주지 않을까. 무리일까.

상대도 그런 역할을 맡고 있을 테니까 아무리 그래도 그렇게까지 제멋대로 굴 수는 없을 것 같다.

"어, 어흠…… 이것으로 전생에 필요한 준비는 끝이다. 이제 네 마음의 준비만 되면 언제든지 전생할 수 있다."

"그럼 바로 부탁드릴게요."

"흥, 그렇게 말할 거라 생각했다……. 건강해라."

"로리 영감님이야말로, 건강히 잘 지내세요. 나 같은 걸 상대하느라 힘들겠지만 힘내시고요."

"그걸 안다면 좀 더 진지하게 하지 못 하겠느냐, 멍청이가. 정말이지…… 그럼 잘 가라. 이번에야말로 무언가 찾아내는 게야."

"무언가, 라고 해도…… 뭘까요?"

"무언가는 무언가다. 네가 살면서 후회도 하고 행복하기도 할 무언가."

로리 영감님은 가볍게 웃었다. 얼굴은 안 보이지만 그런 느낌이 들었다.

다음 순간에는 내 몸은 빛으로 뒤덮이고 의식이 천천히 녹아들었다. 사고가 희미해지고 생각이 정리되지 않는 느낌이었다.

그건 그렇고 '무언가 찾아내라'라고 그래도 상상이 안 되는데 어떻게 하면 좋을까.

"로리 영감님이 『그럴싸한 소리를 했다』 같은 분위기였으니까 그걸로 만족했다면 충분한가요."

"아직 들린다고."

머리를 딱 때리는 것 같은 느낌이 들고, 내 의식의 융해는 가속되었다.

뭐야, 역시 무르잖아요. 그런 식으로 다정하게 때리니까.

그런 생각을 한 직후, 더는 아무것도 생각할 수 없었다.

3 리·버스

"……흠."

떠오른 의식에 따라서 눈을 뜨자 이번에는 폐허에 서 있었다.

그렇다, 폐허. 어찌 보아도 폐허. 게다가 마을 수준의 광대한 폐허였다.

이쪽을 봐도 저쪽을 봐도 허물어진 건물뿐. 시야에 들어오는 건물은 모조리 벽돌로 쌓은 것으로, 명백하게 파괴된 흔적도 있고 세월에 따라 풍화된 모습도 보였다.

근처에는 넘어져서 반쯤 부서진 마차가 그대로 있고 바퀴가 바람에 덜그럭덜그럭 헛돌았다. 도처에 동물인지 사람인지 모를 뼈나 구멍이 뚫린 냄비 따위가 굴러다녔다.

인기척은 전혀 없었다. 그뿐만 아니라 사람의 생활이 끊어지고 그대로 오랜 세월이 지났다는 느낌이었다.

건물 따위를 얼핏 살펴본 느낌으로는, 문명 수준은 중세 정도일까.

실제로 중세라는 것은 4세기 정도부터 15세기 정도까지를 말하니까 무척 범위가 넓지만, 겉모습을 슬쩍 보고 떠오른 말은 '중세'였으니까 그런 해석이면 되겠지.

……시선이 높다고 할까, 움직임에 위화감이 없네요.

다시 태어났을 터인데 내 시선은 전과 같은 높이 그대로, 아무런 문제도 없이 보행도 가능했다. 고작해야 맨발이니까 살짝 발바닥이 따끔따끔하는 정도였다.

전생한 것이 아니라 그대로 이세계에 온 거 아닌가, 이거.

그리 생각한 것은 잠시. 근처에 떨어져 있던 깨진 유리에 비친 나를 보고 납득할 수 있었다.

길게 자란 은색 머리카락에 붉은 눈동자. 절세의 미소녀라는 느낌인 얼굴의 여자아이가 거울 안에 있었다.

피스 사인을 해봤더니 비치는 여자아이도 피스 사인을 했으니까 이건 완전히 나일 테지만, 나는 순혈 일본인이었다. 게다가 여자 같은 얼굴이기는 했지만 남자였을 터.

입을 열어봤더니 길고 날카로운 송곳니가 나 있었다. 으—음, 완전히 흡혈귀 같네.

그리고 나는 전라였다. 아무것도 안 입고 있었기에 살짝 부푼 가슴 따위를 확인할 수 있었다.

그다지 가슴이나 엉덩이는 크지 않아서 아직 발전 중이라는 느낌의 육체였다. 전체적으로 가늘었다. 성장 도중인, 새하얀 소녀의 나체.

하복부 쪽으로 시선을 향했더니 잘 모를 문장 같은, 문신 같은 것이 있었다. 만져봤더니 간지럽고 오싹오싹하는 느낌이 들었다. 너무 만지지는 않는 게 좋을까, 이거.

……아무도 안 보고, 딱히 보더라도 신경은 안 쓰니까 알몸이라도 상관없나요.

어쨌든 내가 다시 태어난 것은 틀림없는 모양이었다.

추측이지만 흡혈귀라는 것은 태어났을 때부터 성체이거나 어느 정도 성장한 상태로 태어나는 거겠지. 그러니까 전생을 막 했더라도 이렇게 소녀라고 부를 수 있을 정도의 육체라고 생각했다.

아마도 흡혈귀는 거울에 안 비칠 터인데, 이렇게 태어났을 때부터 어느 정도 큰 것도 포함해서, 내가 알고 있는 '괴담 속의 흡혈귀'와는 조금 다르다는 건가. 이세계니까 차이는 당연히 있으려나. 크게 신경 쓰지는 않기로 하자.

"거울에 안 비치는 건 불편할지도 모르고, 갓난아기 스타트였다면 지루했을 테니까요."

성별이 바뀌어버린 것은 지정하지 않았던 내 잘못이니까 어쩔 수 없다.

사타구니 부근이 살짝 허전한 느낌은 들지만, 그것뿐이니까 신경 쓰지 않기로 했다. 가슴의 위화감은 빈유라서 그런지 전혀 없고.

그건 그렇고, 폐허에서 태어나리라고는 생각도 안 했는데.

분명히 기후는 온화하고, 기온은 따듯하고, 그러면서 바람은 기분 좋았다.

공기도 상쾌해서 낮잠을 자기에는 좋은 환경이었다. 하지만 설마 이렇게나 적막한 곳에서 태어날 줄이야. 생각하던 것과는 조금 다른 전개였다.

……뭐, 완전히 잘못된 것은 아니니까 상관없나요.

낮잠을 자기에 좋은 곳, 그런 내 희망에는 부합했다. 일단은 그걸로 됐다고 치자.

적당히 걷다가 근처의 폐허로 들어갔더니 침대가 놓여 있었다. 오래 방치된 모양인지 조금 낡았지만 못 잘 정도는 아니었다.

침대가 조악한 것은 주변의 좋은 환경으로 상쇄하면 되겠지.

천장이 반쯤 무너져 있으니까 적당히 빛과 바람이 들어와서 무척 편안했다. 보통의 흡혈귀라면 햇빛에 약할 테니까 햇빛 내성을 찍길 잘했다.

털썩 누워보니 먼지가 피어오르고 살짝 냄새도 났지만 몸은 푹신하게 잠겨 들었다.

"아~…… ♪"

행복하구나, 이거.

자자. 당장 자자. 지금 당장 자자.

자신의 욕구에 따라서 나는 잤다. 그것은 그야말로 내 마음대로, 계속 계속 잤다.

……아―, 큰일이야, 최고예요……. 후냐아아아…….

흡혈귀는 식사나 물을 섭취할 필요성이 적은지, 나는 공복에 시달리지도 않고 그야말로 자유롭게 계속 잘 수 있었다.

아무것도 안 먹으니까 배출 욕구도 없어서 너무나도 쾌적한 수면을 잔뜩 만끽하는 나날을 보냈다. 비바, 수면.

목욕할 곳이 없는 것은 조금 신경이 쓰였지만, 세상에나 고레벨의 회복 마법으로 몸의 때는 씻어낼 수 있는 듯했다. 끝까지 찍어두길 잘했다.

자신의 스킬이 지닌 효과를 알 수 있는 것은 어쩐지 모르게 내 머릿속에 떠오르기 때문이었다. 머릿속에 설명서가 있는 것 같은 감각이라고 하면 쉽게 알 수 있으려나.

그 감각에 따라서 나는 필요한 스킬을 구사했다.

"깨끗해져—라…… 쿠울…….."

본래라면 마법을 쓸 때 영창이나 집중이 필요하다지만 마력을 많이 실어서 생략할 수 있었다. 마력 강화 스킬을 가진 나는 당연히 그것이 가능했다.

멋들어진 주문이나 집중 같은 것은 귀찮으니까 물론 생략하고, 냉큼 마법을 썼다. 그래도 발동의 키워드로 짧은 말이 필요한 모양이라 그것만큼은 적당하게.

그런 느낌으로 정기적으로 회복 마법으로 몸을 깨끗이 씻으며 사흘 정도 시간이 지났다. 실제로는 대부분 잠들어 있었으니까 아마도 사흘, 정도의 대략적인 감각이지만.

아무리 그래도 며칠을 계속 자다 보니 조금은 배가 고프고 무척 목이 말랐다. 특히 갈증이 심각해서 더는 얌전히 잘 수가 없을 기분일 정도였다.

"아—…… 식사할 필요가 없는 종족으로 하면 좋았을지도."

이제 와서 후회해 봐야 늦었기에 일단 침대에서 빠져나와 물을 찾으러 가기로 했다.

첫 이세계 탐색이지만 마음은 전혀 들뜨지 않았다. 빨리 이불로 돌아가고 싶다는 기분으로 가득했다.

……마구잡이로 찾아다니는 거, 엄청나게 지루하다고요—.

그런 생각을 했더니 문득 신기한 향기가 후각을 자극했다.

"그러고 보니 후각 같은 것도 강화되었던가."

기억하라고 그래서 스킬은 전부 기억했고, 머릿속에 있는 설명서로 능력을 제대로 확인도 했다.

23

귀찮았지만 로리 영감님이 시끄럽기도 했기에 공부는 해둔 것이었다. 반쯤 여기서 자면서 했지만.

그대로 잠시 의식을 집중하자 어쩐지 그것이 무엇의 향기인지도 알 수 있었다.

"……피 냄새네요."

악취는 아니고 냄새.

지금 내게 불쾌하지 않고 오히려 배가 고파지는 냄새.

피 냄새를 좋은 향기라 생각하고 공복을 느꼈기에 간신히 흡혈귀가 되었다는 실감이 샘솟았다.

피를 빨고 싶다는 욕구가 확실히 마음속에 있고, 확신을 가지고 지금 후각을 자극하는 것이 피 냄새임을 인식할 수 있었다.

나는 좋은 냄새에 이끌려서 달려갔다.

"우와, 빨라."

달려 나가자마자 자신의 빠른 다리에 나는 깜짝 놀라고 말았다.

그렇게 진심으로 달리지는 않는데도 순식간에 조금 전까지 잠들어 있던 폐허가 콩알 같은 크기였다. 놀라서 그만 속도를 떨어뜨려서는 잠시 돌아보고 말았다.

아마도 자동차 따위보다 훨씬 빨랐다. 속도 최우선, 상상 이상으로 굉장한 듯했다.

……이런 속도라면 곡예 정도는 가능할까?

그런 생각에 가까운 폐허 벽에 발을 대고…… 오오오. 올라갈 수 있어.

중력이 끌어당기는 가운데도 억지로 벽을 타고 오르자, 역시나 순식간에 옥상으로.

으—음, 이 몸 꽤 재미있다. 수면에 비할 바는 아니지만 조금은 마음이 들떴다.

"그럼, 방향은 저쪽인가요."

냄새가 흘러드는 방향을 가만히 응시하자 망원경이라도 들여다보듯이 멀리 있는 것을 선명하게 파악할 수 있었다. 이건 시각 강화 스킬의 효과였다.

저 멀리, 냄새의 발생원이 보였다.

"……쫓는 도적이랑 쫓기는 상인일까요?"

질 나빠 보이는 셋이 말을 타고, 커다란 짐칸을 끄는 마차를 쫓아다니는 모습이 보였다.

마차에서 말의 고삐를 잡고 있는 쪽은 이마에서 피를 흘리면서도 필사적으로 말을 몰았지만 명백하게 쫓는 쪽이 날쌨다. 도저히 도망칠 수는 없을 것 같았다.

"……갈까요."

솔직히 귀찮지만 굶주림을 채우려면 어쩔 수 없었다. 쫓기는 쪽이 내 예상대로 상인이든 혹은 아니든, 마차를 끌고 있으니까 먹을 건 다소 가지고 있겠지.

귀찮은 일은 얼른 끝내버리는 게 최고니까, 나는 현장을 향해 일직선으로 달려갔다.

4　귀여운 도적 씨

"핫하아아아아! 가진 거 전부 놓고 가라아아아아!!"

이세계의 언어를 알 수 있는 것은 언어 번역이라는 스킬의 효과.

내 말도 번역되어 상대에게 전달해주는 스킬이니까 대화를 걱정할 필요가 없는 편리한 능력이었다. 역시 로리 영감님 오늘의 추천.

이 능력, 의식만 하면 동물의 말도 이해할 수 있지만 아무리 그래도 그런 수준까지 필요하지는 않으니까 현재는 인간의 말로 효과를 한정해두었다. 효과 범위를 조정할 수도 있는 효율적인 능력인 것이다.

평소에는 새의 말 따위를 이해해봐야 의미는 없으니까 필요할 때 효과를 확장하면 되겠지.

……그건 그렇고, 이건 무슨 클리셰인가요.

도적 씨가 지금 던진 대사, 전 인류의 절반 정도는 어디선가 들었을 테지.

그런 생각을 하며, 일단은 내 존재를 알리고자 화려한 등장을 연출해보기로 했다.

도적×3과 마차 사이의 위치로 뛰어들어 있는 힘껏 브레이크. 단숨에 가속을 죽이고 화려하게 흙먼지를 흩날렸다.

여기까지 맨발로 달려왔고 지금도 맨발로 땅바닥을 도려냈는데도 통증은 전혀 느껴지지 않았다. 흡혈귀의 육체는 상당히 튼튼한 듯했다.

인간이었을 무렵에는 이런 식으로 운석이라도 떨어진 것 같은 상황을 맨몸으로 만들어 내는 것은 무리였을 테니까, 흡혈귀는 굉장하다.

"뭐, 뭐야?!"

흙먼지 가운데서도 도적×3과 마차의 움직임이 멈춘 것을 알 수 있었다. 이것은 후각 강화로 위치를 파악했기 때문이었다.

……아―, 마차에서 엄청나게 좋은 냄새가.

소시지나 염장육, 채소랑 빵의 달콤한 향기도 감돌았다. 의식했더니 더욱 배가 고파져 버렸다.

후각이 강하다는 것도 조금은 생각해볼 일이다. 빨리 마치고 보답으로 뭐든 받자.

그리 생각하는 사이에 흙먼지가 걷히고, 나는 도적×3과 대치하는 상태가 되었다. 마주 보고 오른쪽의 도적이 떨리는 손가락으로 나를 가리키고.

"두, 두목! 먼지 안에서 치녀가!!"

아, 그런 반응인가요.

확실히 나는 지금 의복을 입지 않았다.

다시금 내 몸을 살펴봤더니, 긴 은발이 몸을 뒤덮다시피 하여 비교적 중요한 곳은 보이지 않지만, 어찌 보아도 알몸임을 알 수 있는 모습이었다. 이래서는 치녀 취급을 당해도 어쩔 수 없을지도 모르겠다.

뭐, 그런 건 지금 아무래도 상관없지만. 내게 지금 가장 중요한 것은 허기를 채우는 것이었다.

"으—음…… 이마 출혈 상인 씨."

"어, 예?!"

뒤에 있는 이마 출혈 상인 씨를 돌아보자, 그는 양손으로 얼굴을 가리며 대답해주었다.

여자아이의 알몸을 안 보려고 하다니 무척 신사적인 남성……이라고 생각했더니, 손가락 틈새로 내 엉덩이를 빈틈없이 응시하는 모양이었다. 뭐야, 그냥 아닌 척하는 변태인가.

"밥을 주면 구해주겠는데요, 어때요?"

"어…… 예?"

"아니, 그러니까 밥을 주면 구해주겠다고요. 싫다면 저, 바로 어디로든 갈 테지만…… 어때요?"

"으, 으음, 그럼, 부탁드릴게요……."

"예, 부탁받았어요."

명백하게 상대는 혼란에 빠진 모양이지만 그 말은 제대로 받아냈다. 이런 건 말을 꺼내게 만든 쪽의 승리다.

자, 그럼 약속대로 구해줄까.

나는 무기력하지만 약속을 어기는 것은 좋아하지 않는다.

약속이라는 것은 정확히 지키기 위한 것이다. 맺은 이상은 지켜야지.

후아, 하품을 하며 삼인조 쪽으로 의식을 돌려 말을 건넸다.

"으음…… 그럼 오른쪽부터 다리털 덥수룩 씨, 대머리 망토 씨, 코털 흘끗 보여 씨."

"""그 호칭은 뭐야?!"""

멋들어지게 맞물렸다. 셋 다 참으로 불만스러운 하모니였다. 나로서는 특징을 포착한 별명이라고 생각했는데 아무래도 마음에 안 드는 모양.

정말이지, 로리 영감님도 그렇고 이 사람들도 그렇고, 제멋대로인 사람들이었다. 이마 출혈 상인 씨 정도로 순순히 받아들이는 자세를 보여줬으면.

"덥수룩 다리털 씨랑 망토 대머리 씨, 흘끗 보여 코털 씨가 나았나요?"

"""그게 아니라고—!!!"""

또다시 맞물렸다. 사이가 좋군요.

어찌 불러야 할지 생각하는 사이, 도적 삼인조는 거의 동시에 말에서 뛰어내렸다. 그대로 공중제비를 돌며 화려하게 지면에 착지. 각자 영문 모를 자세를 취하고는 주문을 늘어놓기 시작했다.

"나는 사슬낫의 치와와!"

"나는 폭탄의 닥스!"

"그리고 이 몸이 투척 나이프의 테리어다! 셋이 모여, 테리어 도적단이다!!"

"……풉."

"""뭐가 우습냐!!!!"""

"미, 미안해요, 잠깐만 타임…… 푸풉."

……전원 소형견 이름이잖아요—!

이세계니까 의미는 다를지도 모른다. 하지만 내게 그 이름은

29

셋 모두 개, 그것도 소형견의 이름이었다.

각자 얼굴은 무시무시한데 이름이 소형견······. 어, 이거 안 되겠어. 웃음 포인트를 찔렸다.

덤으로 셋 다 꽤나 성실한지, 내가 그만 웃음이 터진 모습을 부들부들 어깨를 떨면서도 지켜봐주고 있었다. 부들부들하는 모습이 어중간하게 강아지 같아서······.

"아하, 아하하하하하! 이건 안 돼. 그게 뭐야 귀여워······ 아하하하하하하하!"

"이 자식····· 까불지 말라고!!"

"꺄앙?!"

코털이 흘끗흘끗 보이는 사슬낫의 치와와가, 이름 그대로 사슬낫을 사용해서 공격했다.

치와와가 들고 있는 낫의 자루 부분에는 사슬이 달려 있고 끝에는 무게추. 일반적인 사슬낫의 이미지 그대로인 모습이었다.

옆으로 휘두른 사슬이 내 몸을 빙글 감았다. 치와와가 사슬을 잡아당기자 절그럭절그럭 무게추가 걸리고 구속이 완성.

······호—. 사슬낫은 이런 식으로 상대를 붙잡을 수 있군요.

깜짝 놀랐다. 그리고 내가 놀랐을 때의 목소리가 의외로 여자아이다워서 더욱 깜짝.

역시 의식적으로는 남자라도 몸은 여자아이인가보다. 방심했다가는 반응이 살짝 여자아이다워지고 만다.

"으헷헷······ 무슨 이유로 이런 곳에 치녀가 있는지는 모르겠지만, 엄청 상등품이야. 어슬렁어슬렁 나타나다니······ 잔뜩 즐긴

다음에 노예상한테 팔아넘겨 주마!"

죄송해요, 생후 사흘 만에 처녀 상실은 좀.

내 안에서 살짝 고양된 부분도 있을지라도, 그런 상황이 된다면 적어도 조금 더 멋있고 생활력이 있으면서 내가 아무것도 안 하고 뒹굴뒹굴해도 생글생글 웃으며 받아들여 줄 법한 사람이 좋다. 기생 대상, 아니 연인.

"이봐, 꽤나 차분하잖아, 어어? 너, 상황을 알고는 있냐?"

"아아, 예, 예. 제대로 알고 있다고요, 치와와."

"무슨 가벼운 태도로……. 너, 진짜로 한 번 당하지 않고서는 모르는 모양이네! 입장이라는 걸 가르쳐주마!!"

치와와가 힘줄을 잔뜩 띄우고서 사슬을 잡아당겼다. 나를 이쪽으로 끌어당기겠다, 그런 계산이겠지.

그가 잡아당기자 사슬이 당겨지고 더욱 단단히 죄어들었다.

"익……?!"

……그러기엔 너무 약해서, 생각대로 안 되겠는데요?

내가 한 것은 다리에 가볍게 힘을 실었을 뿐. 그것만으로도 치와와 정도의 힘으로는 꿈쩍도 하지 않았다.

당연한 일이었다. 육체의 기초 능력이 너무나도 달랐다.

지금의 나는 흡혈귀이고 상대는 보아하니 인간. 내 신체 능력이 높다는 것은 이제까지의 일들로 실증을 마쳤다. 잡아당겨 봐야 꿈쩍도 않는다는 것은 이미 아는 바였다.

다만 그것은 내 쪽의 이야기. 내가 누구인지 모르는 치와와는 믿을 수 없다는 듯 눈을 희번덕거렸다.

"어, 어째서……?!"

"그쪽이야말로 자신들의 입장을 알고는 있나요?"

애당초 아무런 생각도 없이 세 폭도를 상대하다니 바보 같은 짓이다.

내가 그들의 눈앞에 선 이유는 지극히 간단. 눈앞의 그들에게서 아무런 위협도 느끼지 않았으니까.

예를 들면 그것은 케이지 안의 햄스터를 보는 것 같은 기분. 아무런 위기감도 안 들고, 오히려 귀엽다고 생각해버릴 정도.

아무래도 지금의 나는 상대를 보는 것만으로 대략적인 강함을 파악할 수 있는 듯했다. 정확하게는, 맡으면.

이것은 블러드 리딩의 효과였다. 이 능력은 피를 매개로 하여 상대의 정보를 파악하는 능력인 모양인데, 아무래도 이것으로 상대의 피 냄새에서 대략적인 강함을 판별할 수 있는 것 같았다.

상대는 피를 흘리지는 않았다. 그럼에도 이런 거리라면 어떤 피인지 알 수 있을 정도로는 내 후각이 통했다. 이쪽은 후각 강화의 효과.

다시 말해서 이 정보는 후각 강화와 리딩의 조합으로 취득했다는 의미였다.

……리딩은 최고 레벨까지 포인트를 찍었으니까.

다소 엉망진창이라고 할까, 통상적인 경우보다 편리해지더라도 이상하지는 않겠지. 맡는 것만으로 효과가 있을 정도라니.

설령 상대가 한데 뭉쳐서 덤벼들더라도 내게 해를 가할 수는 없다. 그런 확신이 있었기에 나는 어슬렁어슬렁 찾아왔다는 것이다.

그러지 않았다면 삼 대 일로 싸우겠다는 생각은 안 한다. 안 그래도 귀찮은데 위험성이 높은 짓을 저지르다니 진심으로 귀찮다.

"영차."

사슬의 감촉이 성가셨기에 아주 살짝 육체를 안개로 바꾸어 사슬낫에서 빠져나왔다.

편리한 능력이었다. 조금 의식이 멀어지는 것 같은 감각이 있지만, 문제가 되지는 않았다.

"뭐, 뭐야⋯⋯?!"

"칫⋯⋯ 닥스!"

"알았어, 두목!!"

넋이 나간 치와와랑 다르게 대머리 망토—— 테리어는 냉정하게 닥스에게 지시를 내렸다.

닥스가 품에서 둥그런 물체와 성냥을 꺼냈다. 둥그런 물체에는 줄 같은 것이 달려 있고, 닥스는 성냥을 긋고 줄에 불을 붙였다.

이름이 '폭탄의 닥스'인 모양이니까 다리털 덥수룩한 그가 꺼내서 불을 붙인 것은 폭탄이 틀림없겠지.

"이건 어떠냐!!"

닥스가 깔끔한 투구폼으로, 오버 스로로 폭탄을 던졌다.

투척은 정확해서 아름다운 포물선 궤도로 나를 향해 폭탄이 날아왔다.

이건 조금 곤란하려나.

"화물에 피해가 발생하면 어쩌려고요⋯⋯. 바람 씨, 부탁할게요."

바람 마법은 포인트를 하나밖에 안 찍었으니까 대단한 일은 할 수 없었다. 고작해서 바람을 일으키는 정도였다. 지금은 그것으로 충분.

내가 바란 그대로 돌풍이 불어서, 폭탄은 그것을 던진 장본인들 곁으로 굿바이…… 아, 불이 안 꺼졌다.

""으헤에에에에?!""

"이 자식들, 엎드려!"

테리어가 재빨리 두 사람을 넘어뜨린 덕분에, 셋 다 폭탄에 피해를 입지는 않았나 보다.

폭발음이 무척 성대하게 울렸지만 위력은 그렇게 대단하지 않은 듯했다. 폭발의 규모는 작아서 가볍게 흙먼지가 피어오르는 정도였다.

어쩌면 나를 생포하려고 화약이 적은 것을 사용했을지도 모르겠다.

"큭…… 너, 그냥 치녀가 아니로군?!"

"예, 뭐……. 치녀도 아니에요."

마음은 남자니까 치한…… 아니, 그건 그것대로 안 되겠는데.

어쨌든 딱히 좋아서 옷을 안 입은 것도 아니니까 치녀라고 그러면 유감이었다.

"이제 다소 상처가 생겨도 상관없다. 내가 투척 나이프로……."

"바람 씨, 부탁해요."

"""우와아아아아아아?!"""

슬슬 본격적으로 배가 고프니까 끝내기로 하자. 리더 격으로 보이는 테리어가 무언가 하려고 했지만, 아무래도 상관없다.

끝을 내기 위해서 마력을 충분히 실어 마법으로 돌풍을 일으켰다.

할 수 있는 것이 단순하더라도 싣는 마력을 늘리면 규모가 대폭 커지는 것이 이 세계 마법의 규칙인 듯했다. 머릿속의 설명서는 거짓말을 안 하니까 안심하고 신용하여, 잔뜩 마력을 실어서 마법을 구사했다.

막대한 마력을 실어서 만들어 낸 바람은 하나의 커다란 소용돌이가 되어 유쾌한 소형견 삼인조를 날려버렸다.

멋지게 맞물린 비명과 말을 남겨놓고, 테리어 도적단은 내 눈앞에서 모습을 감추었다.

"……하—, 정말이지, 배가 고파졌어."

살짝 재미있었기에 조금 더 테리어 도적단을 보고 싶다는 심정도 있었지만 지금 내게는 밥이 최우선이었다.

일단 적당히 조절은 했으니까 죽지는 않겠지. 아마도.

꼬르륵, 이상하게 귀여운 소리를 내는 내 배를 가볍게 문질러서 진정시키고, 나는 이마 출혈 상인 씨를 돌아봤다.

"그럼 약속대로, 밥을 먹여주겠어요?"

5 은색 주운 것

"맛있네요, 이거."

미소를 띠며 그리 말하고 육포를 먹는 것은 절세의 미소녀였다.

순은을 가늘게 늘여서 나눈 것 같은, 아름다운 장발.

보는 이 모두를 포로로 만들어 버릴 것 같은, 어쩐지 졸려 보이는 진홍의 눈동자.

얇고 뾰족한 귀는 마족이나 엘프, 흡혈귀 등등에게 많은 특징이지만, 이쪽을 도와준 이상 이종족이라는 사실은 신경 쓰지 않아도 될 것이다.

새하얀 피부는 주위의 풍경을 무색하게 만들 것만 같이 매끄러웠다.

전 세계를 찾아봐도 과연 발견할 수 있을까, 싶은 은색의 미소녀.

어찌 된 영문인지 그녀의 도움을 받고, 지금은 그녀와 이렇게 둘이서 점심을 먹고 있었다.

······이 아이는 누굴까.

내가 습격당한 것은 행상인이 자주 지름길로 이용하는 루트. 근처에 멸망한 도시의 유적이 있고 이제는 사람의 통행이 거의 없는 오래된 가도였다.

과거에는 주요한 가도였기에 나라나 상업 길드로서는 사실 정비하고 싶지만, 생각처럼 되지는 않았다.

과거에 벌어진 전투의 흔적으로 대기 중의 마력이 짙어 흉포한 몬스터가 많기 때문이었다. 나라의 손길이 쉽사리 닿지 않는 것을 노려서 도적 따위도 많이 정착했기에, 여행자나 상인이 습격당하는 피해가 잇따랐다.

이번에는 급한 화물이었기에 어쩔 수 없이 통과했는데…… . 아니나 다를까, 습격당하고 말았다. 그녀가 지나가지 않았다면 틀림없이 죽었을 것이다.

나도 어느 정도 마법을 익혔다고 생각한다. 그럼에도 도주하는 것 말고는 방법이 없었을 만큼 그 세 사람은 뛰어났다.

그러니까 테리어 도적단이라고 그랬나. 그다지 들은 적 없는 이름인데, 새로이 나타난 도적단일지도 모른다. 마을에 도착하면 상업 길드에 보고해두는 편이 나을 듯했다.

그런 뛰어난 삼인조를 마치 어린아이라도 상대하듯이 정리한 이 소녀는 대체 무엇인가…… . 보아하니 나이는 열서너 살 정도인데 실력은 상당했다.

"죄송하네요, 옷까지 받아서."

"아, 아뇨. 사이즈가 맞아서 다행이에요."

파는 것 중 일부였던, 후드가 달린 마법사용 로브와 소녀용 옷에 파우치가 달린 벨트와 머리핀, 그리고 신발. 그런 것을, 옷을 전혀 안 가지고 있다는 그녀에게 건넸다.

은인이기도 하지만, 그러지 않으면 눈을 둘 곳이 곤란해서 어쩔 수가 없었기 때문이었다. 지금 그녀는 마차 안에서 무릎을 세우고 앉아 있었기에, 그건 그것대로 어디를 보면 좋을지 모르겠다는 느낌이지만.

애석하게도 여성용 속옷은 없었기에 그녀는 지금 '입지 않았다'. 그런 상태로 다리를 드러내듯이 앉아 있으니까 무심코 시선이 그쪽으로 향하고 마는 신세였다.

치맛자락이 짧은 것밖에 없었던 것은 내 취향이 아니라 우연이었다. 우연 고맙다.

……좋은 몸이었지.

상인이라는 직업상 이곳저곳의 나라를 방문해서 많은 미인도 보았다. 때로는 '산' 적도 있었다.

그렇게 보았던 미인들과 지금 눈앞에 있는 소녀. 솔직한 감상을 말한다면 전혀 비교가 안 되었다.

이제까지 본 여성 가운데 그녀는 최고의 미모를 지녔다. 로리콘이 아니라고 생각하지만, 이 정도라면 재고하는 편이 나을지도 모르겠다.

아주 살짝 그녀의 나체를 떠올리는 것만으로도 놀랄 만큼 선명하게 되살아났다. 그만큼 인상 깊고, 아름다웠다.

이렇게 식사를 하고, 손에 묻은 기름이나 소금을 핥는 별것 아닌 동작마저도 매력적으로 보이고 만다. 그러면서도 어쩐지 중성적이라고 할까, 여자답지 않다고 할까, 무방비하다고 할까……. 그 부분이 또…….

"……? 왜 그래요?"

"아뇨, 아무것도 아니에요."

너무 바라봤다가는 몽롱한 저 붉은 눈동자에 빨려들고 말 것만 같았다.

의식적으로 시선을 피하며, 하지만 실례가 되지 않도록 상대의 이마 부근을 봤다. 시선을 마주하지 않고, 하지만 '얼굴을 보며 이야기한다'라고 판단되는 시선 위치였다.

"그런데 이 마차는 어디로 가는 건가요?"

"알레샤라는 마을로 가요."

"시와크챠?"

"알레샤예요."

"……그곳은 기후가 안정적이고, 밥이 맛있고, 치안이 좋나요?"

"이 나라 안에서 따지자면 무척 좋은 곳이라고 생각해요."

알레샤는 바다와 접한 마을이라 해풍이 불어오기는 해도 바람 그 자체는 일 년 내내 온화하다.

바다가 있는 만큼 무역이 번성하고 해산물은 언제나 신선. 이 나라에서는 중요한 지역으로 치안도 무척 확고하게 유지되고 있었다. 굳이 단점을 들자면 영주가 상당한 호색가라는 점일까.

그런 이야기를 설명하자 은발 미소녀는 잠시 생각한 뒤,

"……생선회 같은 거 좋겠네요. 괜찮다면 그곳까지 태워주실 수 없을까요?"

"예, 기꺼이."

생명의 은인이 부탁하는 일을 싫다고 그럴 수야 없었다.

덤으로 이런 미소녀와 여행을 할 수 있다면 오히려 내 쪽에서 부탁하고 싶을 정도였다. 평소와 똑같은 마차 안이 단숨에 화사해진 것 같은 느낌이었다.

"그런데, 아직 이름을 안 들었네요. 제 이름은 제노. 제노 코토

부키에요."

"아—…… 그런가, 이름인가……."

"……? 왜 그러세요?"

무언가 이상한 소리를 해버렸을까.

미소녀는 아름다운 은색 머리카락을 크게 흐트러뜨리며 곤란하다는 표정이었다.

……이름을 밝힐 수 없는 이유라도 있나?

그런 곳에 있던 것도 옷을 안 입은 것도, 도저히 자연스럽다고 말하기는 어려웠다.

그런 부자연스러운 일이 어째서 벌어졌는지는 알 수 없지만 나름대로 이유가 있는 것은 틀림없겠지.

이름을 바로 대답할 수 없는 것도 무언가 성가신 이유가 있을지도 모른다.

상대의 자세한 정보는 모르고 인간도 아니다. 다시 말해서 불확정 요소로, 그 시점에서 상인에게는 무거운 짐이다. 겉모습은 몰라도 내용물의 가치가 확정되지 않았으니까.

……하지만 은인이란 말이지.

냉철하지만, 예의를 빼먹지는 않는 것이 상인이다.

이익에 냉정하고 상대에게는 예의를 다한다. 그것이 상인의 기본이라고 배웠다.

상대는 나의 가장 큰 재산, 목숨을 구하고 화물을 지켜주었다.

가치를 따지기 전에 크나큰 은인이다. 그런 상대가 이야기하고 싶지 않다면 굳이 물어볼 것도 아닌가. 이 이야기는 여기서 끝내자.

"저기……."

"아르젠토 밤피르."

"예?"

"기니까, 아르제 같은 식으로라도 불러주세요."

"……알겠어요."

이야기를 끊으려던 참에 갑자기 이름이 나왔다.

이제까지 그녀의 분위기에서, 지금 나온 이름이 본명이 아니라는 것 정도는 상상이 갔다. 아마도 그것이 지금 마련한 이름이라는 사실 정도는.

그럼에도 나는 잠자코 그 이름을 받아들이기로 했다.

내게 중요한 것은 눈앞의 사람이 은인이고, 말하기 힘들다고 생각하면서도 대답을 찾아주었다는 사실이니까. 그것이 진짜가 아닐지라도 내게는 받아들일 만큼의 가치가 있는 일이었다.

이리하여, 신기한 은인과 나는 알레샤에 도착할 때까지의 며칠을 함께 보냈다.

이후로, 그녀와 몇 번이고 길이 엇갈리고 그럴 때마다 끌리게 되리라는 사실을, 이때의 나는 아직 알 수도 없었다.

그저 그녀에게 넋을 잃을 뿐인 나날은, 평소의 여행 이상으로 순식간에 지나갔다.

6   항구 마을 알레샤

"이곳이 하나페챠인가요."

"알레샤예요. 마음에 드세요?"

"예, 좋은 곳이네요. 바람에서 조금 소금기가 느껴지지만 기분 좋아요."

후각을 자극하는, 마차 짐칸 안에 있는데도 느껴질 만큼 농후한 바닷물의 향기. 바다가 있는 지역 특유의 냄새였다.

짐칸에서 보이는 거리는 이국의 항구라는 풍경. 건물 구조가 조금 오래된 느낌이 또 괜찮은 분위기를 자아냈다. 관광 스폿으로서는 더할 나위 없겠다.

……식량에 대해서도 제대로 로리 영감님한테 말해둘 것을 그랬네요.

조용한 장소에서 마음껏 잘 수 있다는 것은 매력적이지만 그대로 그곳에 있었다가는 아사해버린다.

마침 태워줄 사람이 지나가길래 그곳을 떠나기로 했는데…… 무척 좋은 곳인 듯했다.

빨리 어딘가 조용한 장소로 가서 바닷바람을 맞으며 느긋하게 낮잠 자고 싶구나.

"그럼 저는 이쯤에서."

"아…… 자, 잠깐만 기다려주세요, 아르제 씨."

마차 짐칸에서 내리려는데 제노가 말을 건넸다.

며칠 동안 불려서 익숙해진 아르제라는 이름은 솔직히 무척 적당히 붙인 것이었다.

풀 네임은 아르젠토 밤피르. 아르젠토는 프랑스어로 은, 밤피르는 마찬가지로 프랑스어로 흡혈귀라는 뜻이다. 내가 지었지만 뻔했다.

전생의 이름을 사용해도 괜찮았지만 쿠온 긴지(久音銀土)라는 것은 완전히 남자 이름이다. 은발이기는 하지만 여자아이한테는 조금 어울리지 않는다고 생각했기에 적당히 이름을 붙였다.

기분은 남자지만 신체적으로는 여자니까 그럴싸한 이름으로 해둔 것이었다.

"무슨 일이죠?"

"잠깐만 기다려주세요."

훌쩍, 제노가 가볍게 마차에서 뛰어내려서는 짐칸 안을 뒤지기 시작했다. 짐칸에서 고개를 든 제노가 건넨 것은 가죽 주머니였다.

들어봤더니 잘그락, 단단하고 높은 소리의 연속. 꽤 무거웠다. 내용물은 금속인가?

"적지만 여행 자금으로 써주세요."

"아, 돈인가요."

여비에 대해서는 전혀 생각하지 않았기에 솔직히 무척 고마웠다. 하지만 상인에게 돈이라면 무엇보다도 중요한 것이 아닐까.

상인이 아니더라도 돈은 중요한 것이다. 그걸 나처럼 잘 알지도 못하는 녀석한테 척척 내어줘도 괜찮을까.

의문스럽게 생각했더니 제노가 싱긋 웃으며 말해주었다.

"생명의 은인이니까, 답례예요. 그리고 마을에 있는 동안에는 가능한 한 후드를 쓰는 편이 좋아요. 아르제 씨는 무척 눈에 띄니까 그러는 편이, 그게…… 이상한 남자들이 붙지 않을 것 같아서요."

아—, 그건 성가실지도.

내가 본 느낌으로 지금의 내 외모는 절세의 미소녀라고 해도 과언이 아니었다.

테리어 도적단이나 제노의 반응을 봐도 내가 미소녀라는 평가는 틀림없겠지. 그런 의미에서는 얼굴을 가려두는 것도 중요할지도 모르겠다.

나는 남자니까 다른 남자가 연애 감정을 들이밀어도 곤란하다. 보살펴 준다면 이야기는 또 다르겠지만. 오히려 환영하지만.

……제노, 성실해 보이니까 말이지—.

이런 사람이랑 결혼하면 가업을 돕느라 피곤할 것 같다.

덤으로 그의 가업은 행상인이니까 나이를 먹어서 은퇴라도 하지 않는 이상은 한 장소에 정착하게 될 일은 없겠지. 기생하고 싶은 대상으로서는 조금 맞지 않는다. 아쉽네.

그리고 마차 짐칸에서 자는 느낌이 그저 그랬던 것도 마이너스일까.

그런 부분을 제외하더라도 제노가 좋은 사람이라는 건 틀림없다. 마을까지 데려다주고 이렇게 돈까지 줬으니까.

"으—음…… 조금 미안한 기분이 드네요."

"괜찮아요. 저야말로 말을 받았으니까."

아니, 그건 테리어 도적단이 남겨놓은 걸 주웠을 뿐이고요.

"역시 미안하네요. 하지만 저, 지금은 갚을 게 없어서……. 다음에 갚아도 될까요?"

"다음에, 라고요?"

"예. 다음에 만났을 때, 제노 군이 곤란하다면 제가 돕게 해주세요."

내가 그에게 원한 것은 목숨을 구해주는 대신에 식사를 받는 것이었다.

그 보수는 이미 받았다. 그래서 여기까지 데려다주고 옷이랑 돈을 받은 것은, 내 안에서는 그때의 약속과는 별개의 일이었다.

제노 안에서는 당연한 일이라도, 그 호의에 아무런 보답도 할 수 없다는 사실은 나 스스로가 조금 불편하게 느끼고 만다.

나는 게으르지만 빚은 제대로 갚고 싶은 타입이다.

그렇지만 지금의 나는 혈혈단신. 몸에 걸친 것조차 받은 물건인 신세였다.

이럴 때에 지불할 수 있는 것은 이런 구두약속 말고는 없었다.

물론 구두약속이라도 약속은 약속. 언젠가 또 만났을 때, 지불할 수 있는 게 있다면 지불하자. 그런 기분으로 건넨, 약속.

그것을 나누고 지금은 일단 헤어지자. 그리 결론지어 스스로를 납득시키기로 했다.

"……알겠어요, 그렇다면."

"예. 그럼 실례할게요. 감사했습니다. 다음에는 제대로 호위를 고용하는 편이 좋아요."

"명심해둘게요. 몸 건강히 잘 지내세요, 아르제 씨!"

제대로 후드를 뒤집어쓰고 이번에야말로 짐칸에서 뛰어내렸다. 신발 끝으로 따각, 지면을 울리며 내려서서 곧바로 걷기 시작했다.

아주 조금 아쉽기는 했지만 돌아보지는 않고, 나는 총총히 인파 속으로 들어갔다.

자, 그럼 일단…….

"……점심이라도 먹을까요."

낮잠도 좋지만 모처럼 돈을 받았으니까 감사히 써버리자. 돈은 쓰고 볼 일이다.

항구라면 역시 생선이겠지. 이세계의 물고기. 대체 어떤 것을 먹을 수 있을까.

아주 조금 기대하며 나는 마을 안을 산책하기 시작했다.

7 충동

"……으으."

제노와 헤어진 뒤로 어느 정도 시간이 지난 뒤. 대로에서는 벗어난 뒷골목에서 나는 웅크리고 있었다.

이유는 공복이 아니었다. 밥은 제대로 먹었다. 제라비아인가, 그런 이름의 생선회는 식감이 좋고 감칠맛이 농후해서 맛있었다.

그렇게 식사를 먹었는데도 공복감이 가시지를 않았다.

나온 물도 제대로 마셨는데 지독하게 목이 말랐다.

……몸이 바라는 것은 혈액인가요.

꿀꺽, 침을 삼키고 나는 자신의 육체가 원하는 것을 분석했다.

내가 흡혈귀로서 이 세계에 다시 태어난 뒤로 대략 일주일 정도 지났다. 그동안에 인간의 혈액을 한 방울도 입에 대지 않은 것이 이 굶주림의 원인이겠지.

흡혈귀의 약점인 햇빛이나 물은 내성 능력으로 극복할 수 있더라도 이것만큼은 어떻게 되지 않는 모양이었다.

흡혈 행위는 흡혈귀의 근간. 피를 빨기 때문에 흡혈귀. 아무래도 그것을 없앨 수는 없는 듯했다.

"어떻게 할까요……."

해결 방법은 심플. 피를 마시면 그만.

그런 건 알고 있다. 알고는, 있지만.

……이상한 사람이겠죠.

주변에서 걸어가는 사람에게 '죄송하지만 피를 조금만 빨 수는 없을까요?'라면서 다가갔다가는, 그건 완전히 아웃이다.

틀림없이 도망치겠지. 내가 그 말을 듣는 쪽이라면 당장 신고한다.

"흡혈귀가 된 것은 실패였나……."

제노랑 여행을 하는 동안에도 징후는 있었다. 흡혈 충동이라고 해야 할 욕구가 이따금 고개를 들었던 것이다.

그럴 때는 물을 마시거나 밥을 먹으면 수습이 되었다. 하지만 지금은 전혀 수습될 기미가 없었다.

몸이 깊은 곳에서부터 뜨겁고, 지독하게 목이 말랐다. 마치 한낮의 사막에 있는 것 같은 감각이었다. 목이 타버릴 것처럼 바짝바짝 불쾌감을 느꼈다.

……더 이상은 얼버무릴 수가 없다는 건가요.

식사나 물을 섭취하여 흡혈 충동을 억누를 수 있었던 것은, 다른 욕구를 채워서 일시적으로 흡혈 욕구에서 의식을 돌려놓았던 것이겠지.

그것에 한계가 온 결과가 현재의 내 상태였다.

"크, 윽……!"

냉정하게 분석해본다고 상황이 호전될 리도 없나요.

굶주림만이 아니라 두통이나 시야가 흐려지는 증상도 나타났다. 몸에는 틀림없이 열이 있는데도 지독한 오한도 느꼈다.

고열을 동반한 감기와도 비슷한 상태인데, 그와는 명백하게 다른 감각이 하나 있었다.

"송곳니가…… 간지러워……!"

흡혈귀로 다시 태어난 내 차밍 포인트인, 통상적인 경우보다 명백하게 뾰족한 덧니.

몸 전체가 추위를 호소하는데도 그곳만이 너무도 뜨겁게 느껴져서 기분이 나빴다. 찰과상을 입었을 때 같은, 욱신욱신하는 불쾌감이 있었다.

……정신, 차려야 해.

뒷골목으로 도망친 것은 그저 훌륭한 판단이었다고 할 수밖에 없었다.

그대로 통행량이 많은 장소에 있었다면 가까이 있는 인간을 붙잡아서 깨물어버렸을 수도 있다. 그만큼 갈증은 급격하게 찾아왔다.

이성을 잃고 근처에 있는 인간에게 달려들기 전에 사람의 냄새에서 떨어졌기에, 이렇게 누구에게도 민폐를 끼치지 않고 자신만의 문제로 다스릴 수 있었다.

조금 더 버틸 수 있으려나 생각했지만 한계에 가까운 듯했다. 그렇다고 사람을 덮치는 괴물이 될 생각은 없지만.

……타인에게 폐를 끼치진 않는다고요.

나는 확실히 게으르고 남이 보살펴 주면 완전히 매달려서 태평하게 산다는 큰 꿈을 가지고 있지만, 그것은 상대가 나를 받아들여 준다는 것이 대전제인 이야기다.

바라지 않는 사람에게 억지로 강요하거나 민폐를 끼치고 싶지는 않다.

"내 피를 빤다, 그런 해결책은 안 되겠죠……."

그런 것으로 해결될 일이 아니라는 것 정도는 스스로도 알고 있었다.

딱히 이를 박고서 빨지 않아도 된다. 흡혈의 스킬 레벨을 어느 정도 가지고 있는 덕분에 대량으로 빨거나 마실 필요도 없다.

아주 조금의 혈액을 섭취하면 그것으로 욕구는 충족된다. 하지만 자신의 피로는 안 된다.

타인의 피가 아니고서는 결코 만족할 수 없다. 그것이 바로 이 흡혈 충동이었다.

물이나 태양 같은 흡혈귀의 약점을 거의 극복한 내게 유일하게 남아 있는 흡혈귀로서의 명확한 약점이 이것이겠지.

물론 회복 마법으로 어떻게든 될 것도 아니었다. 이것은 질병이나 부상, 오염 같은 것이 아니라 흡혈귀에게는 호흡 같은 것이니까. 숨을 멈추는 것을 회복이라고 말하지는 않는다.

"아, 안 돼……. 눈앞이 어두워져……."

다행인 것은 충동으로 자제할 수 없다는 느낌은 아니라는 점이었다.

제대로 의식이 있고 그대로 어두워지려했다.

이렇다면 이성을 잃고 폭주, 같은 일이 벌어지지는 않겠지. 그대로 의식을 잃고 누구에게도 폐가 되지는 않을 터.

"아―…… 졸려……."

의식이 멀어지는 느낌은 강렬한 잠기운과 닮았다. 그러고 보니 오늘은 낮잠을 아직 안 잤다.

뒷골목이라고는 해도 항구. 흘러드는 바닷바람이 기분 좋은 것은 변함이 없었다.

좁고 어두운 뒷골목을 지나가는 향기는 어쩐지 마음이 편안했다. 누군가가 쓰다듬어주는 것 같이 피부에 닿는 바람.

굶주림에서 도망치듯이 몸을 둥글게 말고 무릎을 끌어안으며 나는 잠들기로 했다.

……잠들어서, 잊어버리자.

자는 건 좋아한다. 특기라고 해도 될 정도로.

의식을 수면으로 향하고 천천히 해방했다. 의식을 잃어버리면 괴로움으로 허덕일 일은 사라지니까.

그러고 보니 피에 대한 집착이 너무 커지면 죽어 버린다나, 로리 영감님이 그랬다.

……태어나고 일주일 만에 죽는다니, 기껏 전생까지 시켜줬는데 미안하네요.

그리 생각할 무렵에는 내 의식은 녹아내리기 시작하고, 가슴에 깃든 사죄의 심정도 금세 아무래도 상관없는 것으로 변했다.

잠들어서 전생을 마쳤으니까, 잠들듯이 현생을 마무리하는 것도 나쁘지 않다. 멍하니 그런 생각을 하며 내 의식은 완전히 녹아내렸다.

8 노 지옥, 예스 가슴

"……음, 나?"

놀랍게도 눈이 뜨였다.

그대로 흡혈 충동을 채우지 못하고 죽어 버리려나 싶었는데 이렇게 의식이 돌아왔다니 어찌어찌 살아있는 모양이었다.

갈증이나 권태감은 있지만 의식을 잃기 전과는 비교도 안 될 만큼 편안했다. 기분도 진정되었다.

한 번 잠을 잤더니 충동이 조금 가라앉은 것일까.

"아, 침대 따듯해……."

게다가 어찌된 영문인지 나는 침대에 눕혀져 있었다.

폐허에 있던 것처럼 낡은 침대가 아니라 폭신폭신 제대로 된 침대였다. 아아, 이 어찌나 부드럽고 따듯한지…… 침대야 사랑해. 쓸쓸했다고. 그리웠다고.

사람의 냄새가 묻지 않은, 명백하게 새것임을 알 수 있는 폭신폭신한 침대. 그곳에 마치 본을 뜨기라도 하듯이 몸을 파묻으면, 이미 꿈을 꾸는 기분. 이대로 다시 한번 의식이 가라앉기를 바라는 충동에 사로잡혔다.

"하―…… 장래에는 침대처럼 다정하게 감싸줄 수 있는 사람이랑 결혼하고 싶네요. 물론 삼시세끼 낮잠 간식 포함해서."

"꽤, 꽤나 참신한 장래설계구나……?"

다시 잠들려고 했더니 여성의 목소리가 들렸다. 건네는 말을 무시할 수도 없었기에 나는 침대에 파묻으려던 의식을 다시 떠올려서 몸을 일으켰다.

그다지 물건이 보이지 않는 간소한 방이었다. 침대 이외에 눈에 띄는 가구는 의자와 원형 책상 정도일까.

내게 말을 건넨 여성은 침대에서 조금 떨어진 곳에, 나무 의자에 앉아 있었다.

온기가 느껴지는 갈색 머리카락을 사이드 테일로 묶은 여성이었다. 시선이 마주치자 내게 미소를 띠었다.

나이는 아마도 이십대 전반 정도일까. 어리지는 않고 야무진 생김새였다. 그러면서도 미소는 다정해서 인품이 좋아 보이는 분위기였다.

그녀는 내게 향한 얼굴을 미소 그대로 풀썩 기울이고,

"정신이 들었어?"

"아, 예. 저기…… 당신이 구해주셨나요, 오드아이 출렁 씨."

"오드아이 출렁?!"

"아, 죄송해요. 출렁 오드아이 쪽이 나았나요?"

"그게 아니라고?! 거꾸로 해달라는 게 아닌데?!"

어째서 다들 내가 부르면 불만스러워하는 걸까. 제대로 특징을 포착해서 부르는데.

그녀를 보고 특징적이라고 생각한 부분은 둘. 색이 다른 눈동자와 커다란 가슴이었다. 이렇게 눈에 띄는 부분이 있으니까, 이건 이미 오드아이 출렁 씨로 결정된 거겠지.

그녀는 아직 이름을 말하지 않았다. 그러니까 상대가 '자신을 불렀다'라는 사실을 인식할 수 있을 호칭으로 부르지 않으면 대화가 불편할 거라 생각해서 별명을 붙였는데. 제멋대로인 사람이구나.

"화, 확실히 쓰러져 있던 너를 여기까지 데려온 건 나야. 그리고 나한테는 페르노트 라일리아라는 이름이 있으니까 가능하다면 그렇게 불러주지 않을래……?"

"알겠어요. 저는 아르젠토 뱀피르예요. 아르제라고 부르면 돼요. 페르노트 씨."

페르노트 씨는 마음속 깊이 안심한 것처럼 크게 한숨을 내쉬더니 의자에서 일어섰다. 그렇게 걱정하지 않아도, 제대로 이름을 말해준다면 그렇게 부를 텐데.

일어서는 움직임에 맞추어 그녀의 특징적인 가슴이 출렁, 흔들렸다.

갈색 머리카락이나 낙낙한 긴 소매도 흔들리고 슬릿이 있는 치마도 흔들리기는 했지만, 역시나 아무래도 가슴이 눈에 띄었다. 몸 한가운데에 두 개나 있고 크니까 아무래도 시선이 가는 것이었다.

"차 타줄게."

내게 말을 건네며 페르노트 씨는 테이블 위에 놓여 있던 티 세트로 손을 뻗었다.

"……?"

무언가, 이상했다.

그리 느낀 것은 그녀가 차를 타기 위해서 움직이기 시작하자마자.

페르노트 씨의 움직임은 막힘이 없고 확실했다. 테이블에 펼쳐진 티 세트를 다루는 움직임은 상당히 익숙하다는 것을 알 수 있었다.

그런데도 어쩐지 무언가가 뒤틀려 있었다. 그런 부자연스러운 느낌이 그녀의 움직임에는 있었다.

한동안 계속 관찰하고, 찻잔이 채워졌을 무렵에는 간신히 위화감을 정체를 깨달았다.

……이 사람, 손을 한 번도 안 보고 차를 탔죠.

보통 무슨 일을 할 때, 자신의 손으로 시선을 향하게 마련이다. 설령 익숙한 움직임이라도 사람은 손을 쓸 때에는 자연스럽게 시선을 손끝으로 보낸다.

하물며 차 준비나 요리처럼 잘못하면 다칠 가능성이 있는 일이라면 더더욱.

페르노트 씨한테는 그런 동작이 없었다. 목은 항상 굽히지 않고 얼굴은 정면으로, 시선을 내리지 않고 차를 타던 것이었다.

아무것도 보지 않고서 모든 것이 보이는 것 같은 움직임으로, 그녀는 내게 찻잔을 건넸다.

"자, 마셔. 약초가 들었으니까 체력 회복에 좋아."

말과 함께 건넨 차를 받아들며 그녀의 얼굴을 들여다봤다. 그리고 그녀의 시선이 움직이지 않는 이유를 헤아렸다.

페르노트 씨의 오드아이는 내가 보는 방향에서 오른쪽이 보라색, 왼쪽이 금색. 다시 말해서 왼쪽 눈이 보라색이고 오른쪽 눈이 금색이었다.

그녀의 두 눈은 양쪽 모두 빛이 깃들지 않았다.

만화적인 표현으로 말한다면 하이라이트가 없다는 녀석이었다. 명백하게 양쪽 모두 초점이 맞지 않았다.

"……혹시 눈이 보이지 않나요?"

"그래. 몇 년 전에 어떤 몬스터랑 싸웠는데…… 그때 있지."

돌아온 대답에 납득이 갔다. 손으로 시선을 보내려고 해도 애당초 그녀의 시야는 어둡기만 한 것이었다.

받아든 찻잔에 입을 대고 차를 한 모금 마셨다. 불쾌하지 않은 단맛이 있고, 사뿐히 포도 같은 향기가 부풀어 오르더니 빠져나갔다. 홍차에 가까울까.

약초가 들어 있다고 그래서 조금 더 약 냄새나 풋내가 찌를 거라고 생각했는데, 평범하게 맛있었다.

향기와 맛을 제대로 즐긴 다음, 나는 계속해서 질문했다.

"고칠 수는 없나요? 마법이나 약으로."

"스스로도 시험해봤고, 이름 높은 의사나 마법사한테 부탁도 해봤지만…… 어떻게 해도 안 되더라."

"허어…… 그런가요."

말투는 가벼웠지만 그녀의 분위기에서는 아주 약간의 낙담이 엿보였다.

마법으로는 고칠 수 없다는 페르노트의 실명. 그것은 내 회복 마법으로도 무리일까.

스킬 포인트는 한계까지 찍어두었다. 그녀나 이름 높은 마법사라는 것이 회복 마법에 얼마나 뛰어난지는 모르겠지만 그것들에

지지 않을 만큼 내 마법은 강력할 터.

시험해보는 것도 나쁘지 않으려나.

"죄송해요, 조금만 더 제 쪽으로 다가와 줄래요?"

"어? 으응…… 상관은 없는데. 자."

"실례할게요."

페르노트 씨가 곤혹스러운 표정을 띠면서도 내 쪽으로 얼굴을 가져다 댔다.

상대는 눈이 안 보이니까 놀라지 않도록 말을 건넨 다음에 얼굴을 만졌다.

손끝이 피부에 닿자 페르노트 씨는 한순간 깜짝 놀라서 몸을 움츠리듯 반응하고, 하지만 금세 차분해졌다.

……아, 피부 매끈매끈.

여자의 피부였다. 지금은 나도 그렇지만 그럼에도 역시나 이성이라 느끼고 위축되어버렸다. 정중하게 대해야겠지.

"으─음…… 잠시만 눈을 감아줄래요?"

"……? 이렇게, 말이니?"

운 좋게도 치료가 되어서 갑자기 빛을 본다면 깜짝 놀라고 말지도 모르니까 우선은 눈을 감도록 했다.

……좋은 사람이군요.

거리에 쓰러져 있는, 알지도 못하는 사람을, 맹인의 몸으로 도와주고 지금은 이렇게 내 말을 순순히 들어준다.

좋은 사람이고, 나를 구해줬다. 은인이다. 또 타인에게 은혜를 받기만 하는 것은, 조금은커녕 엄청나게 싫었기에 눈 치료로 보답하고 싶었다.

……제대로 된다면 좋겠는데요.

회복 마법이라고 한마디로 말하더라도 상처를 치유하거나, 저주를 풀거나, 해독하거나, 몸의 더러운 것을 씻어 내거나. 그렇게 다양한 종류가 있었다.

단순한 상처라면 치료 마법으로 해결할 수 있다. 하지만 페르노트 씨의 눈에는 흉터 같은 것은 없었다.

다시 말해서 그녀의 눈은 외상과는 다른 원인으로 빛을 잃었다는 의미였다.

실명한 직접적인 원인까지는 알 수 없지만, 상처가 바탕이 아니라면 남은 것은 저주 정도겠지. 그리 생각하고, 나는 말을 꺼냈다.

"……보이게 돼—라."

말은 잡스러운 느낌으로 들릴지도 모르겠지만 이래봬도 상당한 마력을 실었고 사용하는 회복 마법도 제대로 골랐다.

저주를 없애는 회복 마법, 해주(解呪) 마법이라고 하면 될까. 그것을 페르노트 씨의 눈동자에 걸었다.

내 몸 안에 있는 마력은 곧바로 마법으로 변환되어 그녀의 눈을 씻어냈다. 실명의 원인이 저주라면 이것으로 문제가 사라질 터.

"……어."

"어때요?"

"어, 아…… 비, 빛, 빛이…….."

……성공한 것 같네요.

눈을 감고 있어도 빛이라는 것은 다소 들어온다. 그것을 인식할 수 있다는 것은 그녀의 시각이 돌아왔다는 의미였다.

"진정하고요. 천천히 눈을 떠요."

"어, 어어……."

머뭇머뭇, 그런 느낌으로 페르노트 씨가 눈을 떴다.

다시 내 시야에 나타난 오드아이는 조금 전처럼 어두운 색깔이
아니었다.

빛을 느끼고, 나를 인식하고, 눈동자가 흔들렸다. 다행이다, 제
대로 나은 모양이다. 역시 저주가 원인이었나 보다.

페르노트 씨는 흔들리는 오드아이로, 입술을 떨며 감격한 듯
말을 꺼냈다.

"보, 여…… 눈이 보여……!"

"그런 모양이네요."

"이미 몇 년이나 안 보여서, 포기했는데……. 고마워…… 고마
워, 아르제!"

"아뇨, 구해주신 답례니까요."

여기저기에 빛을 만든다면 아무래도 그 사실이 신경 쓰여서 안
심하고 낮잠을 잘 수가 없다. 나는 게으르지만 그런 부분은 제대
로 해두고 싶은 타입이었다.

페르노트 씨는 빛을 되찾은 눈에 눈물을 글썽이며 내 손을 붙
잡았다. 조금 아플 정도로.

구체적으로 몇 년 정도 안 보였는지는 모르겠지만, 막힘없이
차를 타는 모습을 보기에는 상당한 세월 동안 빛을 잃었을 테지.
많은 고통을 겪었다는 것은 어찌어찌 상상이 갔다. 그래서 아무

말도 않고, 이 아픔이 그녀의 기쁨을 나타내는 것이라 생각하기로 했다.

"답례라니…… 세상에, 이런 걸 해준다면, 오히려 내가 답례를 해야 할 정도야! 뭔가, 뭔가 없을까? 뭐든 할게!"

"꺄앙!"

엄청난 기세로 들이닥쳤기에 조금 놀라서 움츠러들고 말았다. 균형을 잃은 나는 침대에 쓰러져서 페르노트 씨에게 떠밀린 모양새가 되어버렸다.

사랑하는 침대는 나를 다정하게 받아주었지만 이런 자세는 조금 위험할지도 모르겠다. 색이 다른 상대의 눈빛은 진지하게, 하지만 나를 내려다보고 있었다.

제삼자가 본다면 명백하게 오해를 부를 법한 상황이 되어버렸다. 아마도 이 상태는 다른 의미로 '덮쳐온' 것처럼만 보였다. 보는 사람은 없지만 문제가 있다고 느껴지는 위치 관계였다.

"윽……."

그 이전에 내 흡혈 충동이 문제였다.

정신을 읽기 전보다 진정되었다고 해도 차를 마신 것 정도로는 해결이 안 될 갈증이 계속되고 있었다. 너무 다가오면 깨물어버리고 싶어진다.

그녀의 가냘픈 목덜미를 보고 '엄청 맛있어 보여' 같은 느낌을 받을 정도로, 지금의 나는 위험인물이었다.

"저기, 좀 진정해줄래요?"

"아…… 미, 미안해!"

페르노트 씨의 어깨를 가볍게 떠밀자 거스르지 않고 떨어져 주었다.

……그건 그렇고, 아무래도 깜짝 놀라면 여자아이 같은 목소리가 나와 버리네요.

또 '꺄앙'이라고 해버렸다. 몸은 여자아이니까 반응 자체는 잘못되지 않았다지만 기분은 조금 위화감이 있었다.

기분 나쁜 것과는 조금 다르지만…… 뭘까. 부끄럽다고 할까, 낯간지럽다고 할까, 그런 느낌이었다.

페르노트 씨는 눈매를 늘어뜨리고서 미안하다는 듯 행동하면서도 내게 매달렸다.

"미안해, 그게, 하지만, 뭐든 하지 않고서는 마음이 안 풀려. 이런 거, 답례로는 너무 큰걸."

나로서는 지금 그것으로 빚의 균형은 잡혔다고 생각하는데.

그대로 뒷골목에 쓰러져 있었다면 아마도 죽었다. 그런 상황에서 구해주고 이렇게 따뜻한 침대까지 제공해줬다.

목숨을 구해줬으니까 시력을 고쳐주는 것 정도의 답례는 해야겠지. 그렇게 거창한 일을 했다는 생각은 없었다.

하지만 아무래도 페르노트 씨는 납득을 못 하는 모양이었다. 내 부탁대로 일단은 떨어져 주었지만 시선은 변함없이 진지한 그대로.

이대로는 해결이 안 된다. 그보다도 나로서는 빨리 깨끗한 이불에서 낮잠을 자고 싶은데, 눈앞에서 그렇게 진지한 표정을 띠고 있으면 잠을 자기가 어렵다.

……뭐, 그렇게까지 말한다면 부탁해볼까.

고민되는 일이 있는 것은 사실이다. 빨리 해결하지 않으면 다음에 큰 충동이 발생했을 때에는 그때야말로 죽어 버릴 가능성도 있다.

정말이지, 흡혈귀가 이렇게까지 단점이 큰 종족이라는 이야기는 못 들었다고요, 로리 영감님. 다음에 만나면 책임을 지고 평생 보살펴 달라고요.

마음속으로 불평을 늘어놓으며 나는 페르노트 씨를 바라보고.

"이상한 부탁이라도 괜찮을까요?"

"그래, 뭐든지 말해."

"당신의 피를 마시게 해주시지 않겠어요? 작은 접시 한 그릇 정도면 되니까요."

내가 하는 말은 명백하게 상식에서 벗어난다는 사실을 자각하면서도, 나는 페르노트 씨에게 부탁을 했다.

9   정말로 바라던 것

"알았어."

"후에?"

말릴 틈도 없었다.

페르노트 씨는 짧게 대답을 하며 품속에서 단검을 꺼내더니 망설임 없이 자신의 손목을 베었다.

거침없고 정확한 움직임이었다. 마치 차라도 타는 것처럼 가벼운 움직임으로 자해.

그대로 빈 찻잔——예비로 가져왔을——에 자신의 피를 따랐다. 내가 넋이 나간 사이에 찻잔 안에는 점점 혈액이 채워지고——.

"——아니아니아니아니아니. 뭘 하는 건가요, 당신."

"어, 그게 아르제가 피를 마시고 싶다니까……."

"마시고 싶다고는 그랬지만 그건 좀 과해요."

단검을 가지고 있다는 것은 딱히 놀랄 일이 아니었다.

당연하다는 듯이 도적이 어슬렁대는 이세계이고 상대를 실명하게 만드는 몬스터 같은 것도 있다. 나도 흡혈귀다. 그런 세계라면 다들 호신용으로 무언가 무기를 들고 있는 게 당연하겠지.

다만 아무런 의심이나 망설임도 없이 자신의 손목을 베는 것은 당연하지 않다.

생물에게 피는 중요하다. 성인 남성으로 따지면 대략 이 리터 정도 혈액을 잃으면 죽어 버린다. 그녀는 여자니까 치사량은 더

65

욱 적다.

게다가 보통 피는 마시는 게 아니다. 굳이 언급하자면 수혈에 쓰는 거겠지.

피를 잃는 것은 위험하고 피를 마시는 것은 명백하게 이상한 사람이다. 그에 혐오감 정도는 가지는 게 보통일 텐데.

말리려고 해도 너무도 갑자기 행동했으니까 때를 맞추지 못했다. 나는 그녀가 자해한 손으로 나의 손을 뻗어서 건드렸다.

"자, 손을 이쪽으로. 정말이지, 이렇게나 깊이……. 여자니까 좀 더 스스로를 소중히 여겨주세요. 아픈 거, 아픈 거 날아가라."

나로서는 그녀가 손가락 끝을 가볍게 베어서 떨어지는 걸 받는 정도로 충분했다. 그런데도 이렇게까지 하다니, 이번에는 내가 미안하다는 심정을 품고 만다.

회복 마법으로 얼른 상처를 막았다. 스킬 레벨이 높았기에 몸이 혈액을 생성하는 기능을 올리는 효과도 있는 고위 회복 마법이었다. 상처 하나 남기지 않고 문제가 생기게 두지도 않았다.

물론 멋있게 주문을 외거나 마법에 이름을 붙이지는 않았다. 그게 말이지, 귀찮은걸.

페르노트 씨는 내가 상처를 치료한 부분을 오드아이로 한동안 바라보더니 어쩐지 안도한 모습으로,

"정말로 굉장해……. 아, 여기. 내 피야."

"……감사합니다."

받아든 찻잔에는 상당한 양의 혈액이 담겨 있었다. 찻잔의 칠할 정도를 붉은색이 채웠다. 응, 이건 어떻게 봐도 너무 과하게

들었다.

　아무리 그래도 혈액을 찻잔으로 한 잔 잃은 정도로 죽지는 않을 테지만, 터무니없는 짓을 하는 사람이다.

　……뭐, 아까우니까 말이죠.

　생각하던 것보다도 양이 많지만 따지고 보면 내가 바란 것이었다. 이제 와서 사양하는 것도 이상하겠지.

　찻잔에서 느낀 것은 혈액 특유의 철 같은 향기였다. 그런데도 그것이 무척 달콤하게 느껴지고 목이 이상하게 말라 왔다.

　이제까지 애써 얼버무리던 충동. 그것이 기다렸다는 듯이 소용돌이쳐서 더는 억누를 수가 없다는 증거였다.

　망설임 없이 입을 대고 찻잔을 기울였다.

　"음……."

　사람의 피를 마신다는 행위.

　도저히 상식적이라고는 할 수 없는데도 그것을 자연스럽게 행해버린다. 흡혈귀에게는 상식이고 내 몸은 이것을 애타게 기다렸기 때문이었다.

　입에 머금은 혈액은 달고, 냄새를 맡았을 때보다도 더욱 농밀한 향기가 코에서 뇌까지 순식간에 지나갔다.

　아직 체온의, 생명의 온기가 남은 액체가 목을 지나서 위장 안으로 울컥 떨어졌다. 뱃속 깊은 곳, 몸 안쪽에서부터 온기가 온몸으로 스며드는 것 같은 감각이 들고 피부에 소름이 돋았다.

　……이런, 이거 습관이 되어버릴지도…….

　적절히 숙성된 육포나 신선한 생선회보다도 훨씬 더 맛있었다.

정신없이 꿀꺽꿀꺽 몸을 움직여, 타인의 생명을 몸으로 거두어들였다.

몸만이 아니라 마음까지 채워지는 것 같은 감각. 행복감으로 뇌가 익어버릴 것 같은 착각.

뱃속 깊은 곳이 화악, 자연스럽게 새어나오는 숨결이 뜨거워졌다.

"응, 크······ 하, 아······앙······."

마지막 한 방울까지 비우고 입술에 묻은 혈액도 핥았다. 역시, 달콤했다.

갈증은 거짓말처럼 사라지고 기분도 상쾌해졌다. 지금이라면 또 며칠 정도는 계속 잘 수 있을 것 같았다. 침대도 있으니까 가능하다면 지금 당장 그러고 싶었다.

"후우······."

기분이 진정되는 것과 동시에 블러드 리딩 능력이 발동했다. 아무래도 피를 마시면서 페르노트 씨의 정보를 멋대로 읽어버린 듯했다.

스킬 레벨 최대의 블러드 리딩은 상대의 생각이나 과거마저도 읽어냈다. 아무리 그래도 거기까지는 실례라고 생각했기에 그녀의 스테이터스 정보를 획득한 참에 리딩의 효과를 의식적으로 끊었다.

발동은 자동이지만 어디까지 밝힐지는 내 재량으로 조정이 가능하다는 것은 고마웠다. 프라이버시를 침해하지도 않을 테고, 애당초 상대의 과거 따위에는 흥미가 없으니까.

스테이터스는 이미 봐버렸으니까 어쩔 수 없지만. 참고로 그녀의 스테이터스는 이런 느낌이었다.

이름: 페르노트 라일리아

종족: 인간

신체 능력: 밸런스

스킬

검술 6

성 마법 6

마법검 3

회복 마법 4

도구 감정 3

어둠 속성 내성 3

신성 속성 내성 2

……회복도 가능한 마법검사라는 느낌인가요.

스킬 이름 뒤에 붙어 있는 숫자는 스킬 레벨로 최대치는 10. 내가 말하는 최고 레벨은 바로 이 10을 가리킨다.

10이 최대이고 검술 스킬이 6이라면 어중간한 느낌이 들지만, 단검을 다루는 움직임은 무척 익숙했기에 그녀는 충분한 숙련자라고 생각해도 되겠지.

시력을 잃은 이유는 몬스터와의 싸움이라고 그랬으니까 그런 의미에서는 납득할 수 있는 스테이터스였다. 용병 일이라도 했던 걸까.

그런 생각을 하며 나는 그녀에게 찻잔을 돌려줬다.

"잘 먹었습니다."

"그럼 다시 피를——."

"——이제 충분하니까 무기는 넣어주세요."

잘 먹었다고 그랬는데요.

엄청나게 멋들어진 미소로 단검 칼날을 손목에 갖다 대는 페르노트 씨를 이번에는 늦지 않게 막았다.

……뭘 아쉬운 표정인가요. 엄청 오싹했다고요, 지금.

어째선지 조금 시무룩한 모습으로 단검을 테이블에 놓고, 페르노트 씨는 오드아이로 나를 바라봤다.

"저기, 아르제."

"무슨 일이세요?"

"너는 대체 누구야? 그렇게까지 회복 마법에 뛰어난 마법사라니, 들어본 적 없어……. 이 나라 최고의 마법사도 내 눈은 못 고쳤는데."

"그냥 지나가던, 흡혈귀예요."

"흐, 흡혈귀?"

"예, 흡혈귀예요. 희귀한가요?"

"……개체수가 적은 종족이니까 희귀하, 지만. ……저기, 아직 해가 중천인데, 괜찮아?"

"오히려 볕을 쬐는 건 무척 좋아해요. 햇빛 내성은 스킬이 10이니까요."

"10?!"

아, 역시 놀라게 만들었네.

당연한가. 이 나라 최고의 마법사라도 페르노트 씨의 실명은 고치지 못했다. 내가 그것을 고쳤다는 것은, 이 나라 최고의 마법사는 회복 마법 스킬 레벨이 10이 아니라는 의미다. 스킬 레벨이 최대라는 것은 무척 굉장한 일이겠지.

페르노트 씨는 오드아이를 끔뻑끔뻑했다. 밝은 별과 어두운 별이 가까이서 반짝이는 것처럼 아름다웠다.

"태, 태양 아래를 걷는 흡혈귀(데이 워커 뱀파이어)라니…… 그런 거, 전설에나 등장하는 존재라고……?!"

"허어……. 하지만, 봐요. 저는 지금 실존한다고요. 흡혈귀도 아닌데 피를 마시지는 않겠죠?"

"확실히 흡혈귀나 일부 몬스터한테만 피를 마시는 습관이 있다지만……. 서, 설마 회복 마법도?!"

"예, 그것도 레벨 10이에요."

페르노트 씨는 마침내 눈만이 아니라 입도 뻐끔뻐끔, 믿을 수 없다는 것을 보는 표정을 띠었다.

사실은 그 밖에도 상당한 숫자의 스킬이 레벨 10이지만 이건 숨겨두는 편이 나을 듯했다. 이야기하더라도 시간을 두고서 하는 편이, 상대가 큰 혼란에 빠지지 않겠지.

"너, 정말로 누구야……?"

"아르젠토 밤피르라니까요. 그럼, 슬슬 잘게요."

"허? 어? 자, 잠깐만 아르제?!"

하— 시트가 따끈따끈. 무슨 소리가 들리지만, 오늘은 이만 지쳤으니까 이야기는 내일 이어서 하자고요.

귓가에서 무어라 외치는 페르노트 씨를 무시하고 나는 일주일 만의 폭신폭신 침대로 파고들었다.

……응—, 최고야♪

맛있는 생선회를 먹고, 엄청 맛있는 피도 마셨다. 이러고도 낮잠을 안 잔다니, 내게는 있을 수 없는 일이었다.

간신히 정말로 바라던 것을 얻은 나는, 그야말로 꿈을 꾸는 기분으로 꿈속으로 여행을 떠나는 것이었다.

10   흡혈귀 씨는 일하고 싶지 않았는데
일해야만 하는 현실에서 눈을 돌리며 자고 싶다

"——아르제! 너, 좀 지나치게 자는 거 아냐?!"

"후냥."

행복한 수면을 만끽하고 있었는데, 누군가 억지로 두들겨 깨웠다.

폭신폭신한 침대에서 의식도 폭신폭신하게 잠기던 참에 갑자기 바닥으로 떠밀린 것이었다. 덕분에 또다시 귀여운 비명을 지르는 꼴이 되었다.

마지못해 눈을 떴더니 페르노트 씨가 침대 시트를 들고서 어깨를 들썩이며 나를 내려다보는 모습이 보였다.

어쩐지 화가 난 것처럼도 보이는데 무슨 일이지?

"아야야…… 정말이지, 뭐 하는 건가요."

"너, 너 말이지……!"

"으음, 아직 날이 밝잖아요……. 조금 더 자게 해주세요."

"그게 말이지! 네가 잠든 뒤로 벌써 만 하루가 지났거든! 그러니 당연히 밝아졌지! 일단 한 번 어두워진 다음에, 말이야?!"

"아직 만 하루는 아니잖아요."

"진지한 표정으로 이상한 소리 말아줄래?!"

어, 뭐야, 내가 이상하다는 흐름인가요?

납득은 안 가지만 이렇게 깨운 이상은 어쩔 수 없었다. 일어나서 기지개를 켜자 조금은 잠기운도 가셨다.

그대로 가볍게 스트레칭을 해서 몸을 푸는 사이, 미간을 추켜

올린 페르노트 씨의 잔소리가 날아들었다.

"식사도 목욕도 안 하고 계속 자다니, 불건전해."

"사흘 정도라면 안 먹어도 괜찮고, 몸은…… 자, 깨끗해져—라."

더러운 것을 씻는 회복 마법으로 얼른 몸을 깨끗하게 만들었다.

역시 이 마법은 엄청 편리했다. 몸만이 아니까 옷까지 깨끗해지고.

아마도 '몸에 붙은 더러운 것을 씻어낸다'라는 효과니까 피부에 닿아 있는 의복의 더러운 것도 씻어낼 수 있는 거겠지.

내가 회복 마법으로 몸치장하는 모습을 본 페르노트 씨는 참으로 어이없다는 듯이 한숨을 내쉬고,

"이렇게나 규모가 작고 황당무계한 걸 보는 건 처음이야……."

"허?"

"네가 지금 사용한 몸을 깨끗하게 만드는 마법 말이야. 그건 본래라면 특별한 의식 전이라든지, 그런 때에 몸을 깨끗이 하려고 사용하는 상당한 고위 마법이라고? 상당한 마력을 사용하는 그걸 그렇게나 가볍게…… 목욕을 하는 편이 훨씬 노력이 적게 들 텐데."

"대단한 거 아니에요. 마력 강화도 레벨 10이니까."

"……정말로 황당무계하네."

어이없는 수준을 넘어서 감탄했다. 그런 분위기로 페르노트 씨는 조금 전보다도 더욱 크게 한숨을 내쉬었다. 큰 호흡에 맞추어 커다란 가슴이 출렁 흔들렸다.

역시 이만큼 크면 무거우려나. 그런 생각을 하며 나는 그녀에게 질문했다.

"그런데, 무슨 용건인가요?"

"용건이라…… 이제 그만 일어나서 밥이라도 어떨까 싶어서. 깨우는 건 미안하다고 생각했지만 너무 계속 자니까 아무래도 좀 걱정이 됐고."

아무래도 걱정을 끼친 모양이었다. 미안한 짓을 해버렸다.

"제대로 사전에 사흘 정도 잘 거니까 그냥 두시라고 말할 걸 그랬네요."

"그건 그것대로 말릴 거라고?!"

갑자기 딴죽 캐릭터가 된 것처럼 보이지만, 아마도 페르노트 씨의 본래 성격은 이런 느낌이겠지. 성실한 것이다.

성실하니까, '피를 마시게 해달라'라는 엉뚱한 부탁에도 진지하게 응해주었다.

처음에는 주저 없이 손목을 베었기에 기겁했지만, 지금 이렇게 대화를 나누어보니 그것은 이상한 일이 아니었다는 것을 알 수 있었다.

적어도 그녀로서는 은인의 부탁을 그저 들어주었을 뿐이었다. 배경이니 이유니, 그런 것을 전혀 생각하지 않고 그저 부탁을 받았으니까 응했을 뿐이었을 테지.

……이 사람, 한없이 좋은 사람이네요.

놀리면…… 아니, 이야기를 나누면 무척 즐겁다.

이런 사람이 보살펴 준다면 지루하지 않을 텐데. 성실하니까 무리일까. 아쉬워라.

"……아, 그렇지. 숙박비 지불할게요."

"아니, 그런 건 괜찮은데……. 그보다도 지금, 어디서 돈을 꺼 냈어?"

"흡혈귀의 특기 같은 거예요."

제노한테 받은 돈은 주머니까지 통째로 블러드 박스에 수납해 두었다.

블러드 박스, 혈액의 상자라는 어쩐지 뒤숭숭한 울림이지만 요 컨대 그저 수납 계열 스킬이다. 자신의 혈액에 물건의 존재를 녹 여두고 나중에 꺼낼 수 있는 스킬.

수납 능력은 본래라면 한계가 있지만 스킬 레벨이 최대가 되면 무제한으로 수납할 수 있다. 그리고 나는 스킬 레벨이 최대다.

항상 양손이 비고 짐의 무게로 고민할 일이 없으니까 이것도 무 척 편리. 다른 사람들의 입장에서는 지금 페르노트 씨가 놀란 것 처럼 갑자기 내 손바닥에 물건이 나타난 것처럼 보일 테지만.

"하지만 식사도 받았으니까…… 가지고 있는 동안에는 지불하 지 않으면 언제 사라질지 알 수 없으니까요."

"……무슨 뜻이야, 그거?"

"부끄럽지만 무직이라서요."

지금 가진 돈도 '지불해야 된다' 같은 거만한 소리를 하고는 있 지만 스스로 땀 흘려서 번 것이 아니었다.

이 돈은 제노의 호의로, 그가 땀 흘려서 번 것이다. 그 사실은 잊어서는 안 된다.

……돈은 필요하겠네요.

내 인생의 목표는 '누군가가 보살펴 줘서 일하지 않고 삼시세끼 낮잠 간식 포함으로 게으르게 생활하는' 것이지만, 현재 나를 보살펴 줄 상대는 발견하지 못했다.

기생 대상을 발견할 때까지는 식사도 잠자리도 스스로 마련해야만 하는 것이다. 그러려면 당연하지만 돈이 필요하다.

이세계로 전생한 지금도 돈의 중요성은 변함이 없었다. 식사를 먹을 때도 확실하게 지불했으니까 화폐의 개념이 이 세계에도 뿌리박혀 있다는 사실은 명백했다.

굳이 전생과의 차이를 들자면 엔이 아니라 '시릴'이라는 단위라는 사실과 종류가 동전뿐이라는 것 정도일까. 동 시릴, 은 시릴, 금 시릴의 세 종류.

"……너 정도의 실력이라면, 회복 마법을 팔아서 장사하면 돈으로 곤란할 일은 없어."

"어―……의사 선생님처럼?"

"그래. 뭣하면 한동안 이 마을에서라도 장사해 보면 어떨까. 보아하니 갈 곳은 없겠지?"

"정처가 없다고 할까, 확실히 아무런 생각도 없어요. 이 마을에도 그저 밥이 맛있고 낮잠을 자기에 좋을 것 같은 곳을 찾아서 왔을 뿐이라."

"너, 상당히 프리덤하네……."

"에헤헤."

"칭찬하는 거 아니야. 전혀. 그보다도 어째서 무표정 그대로 부끄러워하는 목소리를 낼 수 있는 거야……."

"이것도 흡혈귀의 특기에요."

"아무리 그래도 그건 거짓말이라는 거 알거든."

결국 이 날은 페르노트 씨는 돈을 받아주지 않았지만 내일 이후로는 지불하게 되었다.

이리하여 나는 한동안 '유랑하는 회복 마법 달인'으로서, 알레샤에서 당장의 생활비를 벌기로 한 것이었다.

아아, 빨리 누군가 보살펴 주기만 하는 생활을 보내고 싶네. 일하기 싫다.

단편1 흡혈귀 씨는 소중한 것을 잊고 있다

"꺄아아아아?!"

"흐뮤."

아침부터 시끌벅적한 소리가 들리는 바람에 놀라서 벌떡 깨어 버렸다.

여성 특유의 날카롭게 울리는 비명. 비단을 찢는 것 같다는 비유가 딱 맞는 목소리에 의식이 순식간에 깨어났다.

펄쩍 뛰어오르듯이 일어나서 목소리가 들린 방향으로 시선을 향했더니 그곳에는 이 집의 주인인 페르노트 씨가 있었다. 비명을 들은 것은 처음이지만 아마도 목소리의 발생원은 그녀겠지.

그녀는 입을 뻐끔뻐끔 열었다가 닫았다가, 그러면서 나를 응시하고 있었다.

얼굴은커녕 귀까지 새빨개서, 그 모습은 화난 것처럼도 부끄러워하는 것처럼도 보였다.

"페르노트 씨. 무슨 일이에요?"

"무, 무슨 일이기는! 너 그거, 그 모습!"

"모습? ······아아, 미안해요."

내 몸을 살펴봤더니 아무것도 걸치지 않았다.

위에서 아래까지 살펴보고 시야에 들어오는 것은 하얀 맨살과 은빛 머리카락. 그리고 하복부의 문신 같은 표식뿐이었다.

누가 어찌 보더라도 어엿한 알몸이었다.

……어젯밤, 조금 잠을 들기가 어려웠거든요.

어젯밤은 조금 무더웠다. 그래서 밤중에 깨어버려, 로브를 벗고 알몸이 되어 잠들었다. 어렴풋하지만 그런 기억이 있었다.

이 집의 침대 시트는 감촉이 좋아서 그 감촉을 온몸으로 느끼며 자는 것은 무척 기분 좋았다. 덕분에 무척 만족스러운 수면을 취했다. 아직 졸리지만.

"어제, 조금 더웠으니까요. 지금 입을게요."

머리맡에 아무렇게나 놓여 있던, 정확하게는 내가 벗어던진 옷 일체를 손에 들고 입었다.

현재 내가 가진 옷은 이것 한 세트뿐인데, 다행히도 회복 마법으로 청결을 유지하고 있으니까 곤란하지는 않았다.

입는 것도 벗는 것도 간단한 구조이고 마음에 들기도 했다.

아쉬운 점은 이 옷이나 장식품, 신발에 이르기까지 전부 제노코토부키라는 행상인한테 받은 것인데 그 은혜를 아직 제대로 갚지 못했다는 것이었다.

……제노 군, 알레샤에 얼마나 머무르는 걸까.

오늘부터 회복 마법을 팔아서 돈을 벌 생각이니까 그걸로 로브대금을 지불할 수 있을지도 모른다.

다만 연락처를 모른다고 할까, 아마도 이 세계에는 휴대전화같이 가볍게 통신할 수 있는 수단은 없겠지.

게다가 그의 다음 행선지도, 애당초 아직 알레샤에 있는지조차도 모른다.

알레샤에 온 뒤로 길에서 쓰러질 때까지 돌아다닌 느낌으로는,

이 마을은 상당히 넓다. 혹시 아직 있더라도 과연 만날 수 있을까.

얼굴은 기억하니까 보면 금방 알겠지만, 이 넓은 거리를 마구잡이로 찾아다니는 것은 조금 귀찮을까.

뭐, 만날 수 있을지 알 수 없는 사람을 생각해 봐야 어쩔 수 없다. 일단 지금은 페르노트 씨한테 아침인사라도 하자. 기껏 이렇게 방까지 깨우러 와줬으니까.

그리 생각하고 나는 그녀에게 머리를 숙였다. 기다란 은발이 침대에 펼쳐진 것을 바라보며 말을 꺼냈다.

"좋은 아침이에요, 페르노트 씨."

"어, 그래……."

"깨우러 와줬군요. 감사합니다.'

"으, 으응. 그건 상관없는데…… 저기, 아르제? 하나 물어봐도 괜찮을까?"

"예, 뭔가요?"

뭔가 물어보고 싶은 게 있는 모양이라, 침대에서 내려와서 페르노트 씨를 돌아봤다.

페르노트 씨는 굉장히 불편하다는 듯이 나를 가리켰다.

내민 손가락은 쫙 뻗지 않고 자못 불안스럽게 나를 가리키고 있었다.

알고 지낸 지 얼마 안 되었지만 페르노트 씨는 기본적으로 시원시원한 움직임과 말투를 사용했다. 그런 그녀가 이렇게 머뭇거리는 태도를 취하는 것은 조금 드문 일이라고 생각했다.

"너 혹시…… 속옷, 안 입어……?"

"예. 안 가지고 있어서요."

"뭐……."

페르노트 씨는 쓰러질 것만 같이, 몸의 균형이 무너졌다. 무언가에 떠밀린 것처럼 잔뜩 뒤로 젖혀졌다.

그대로 쓰러져 버린다면 부축해 주자고 생각했는데, 그녀는 어떻게든 회복되어 자세를 바로잡았다.

갑자기 자세가 무너지다니 무슨 일이 있었을까.

"왜 그래요?"

"왜 그러기는! 너, 잠깐, 정말이지, 뭐야?! 무방비한 데도 정도라는 게 있잖아?! 아아, 정말! 마법으로 청결을 유지한다고 생각해서 물어보지도 않았던 내가 바보였어!!"

아우성치듯이 말을 던지고, 페르노트 씨는 허둥지둥 내 방을 나가버렸다.

난폭하게 문이 닫히는 소리가 들리고 나만 방에 남겨졌다. 평소에는 침착한 페르노트 씨에게는 어울리지 않는 거친 발소리가 점점 멀어졌다.

무척 당황한 것 같던데 무슨 일일까.

떠오른 의문에 대해서 거의 무의식적으로 고개를 갸웃거리고, 짚이는 것을 생각해봤다.

아무래도 아까 페르노트 씨는 움직임이 어색했고 발밑도 불안해 보였다.

얼굴이 붉었던 것은 어쩌면 무언가를 참던 것일지도 모른다.

그리고 지금, 그녀는 허둥지둥 방을 나갔다. 다시 말해서 참고 있던 무언가에 한계가 왔다는 것일까.

아침에 참다가 이윽고 견딜 수 없게 되는 것. 잠시 생각해보고 다다른 결론을 나는 중얼거렸다.

"그렇군요. 화장실인가요."

"아니야!!"

"어라, 벌써 끝났나요?"

"아니라고 그랬잖아?!"

난폭하게 문을 열고 돌아온 페르노트 씨는 조금 전까지와는 달리 어깨에 메는 타입의 가방을 들고 있었다.

지금부터 외출한다는 것을 한눈에 알 수 있는 복장이었다.

허둥대던 것은 어딘가 갈 용건이 있었기 때문인가. 그렇다면 날 깨우지 않고 외출해도 됐을 텐데. 성실한 사람이다.

"장 보러 가나요? 다녀오세요."

"너도 가는 거야!"

"예?"

그 말의 의미를 이해하지도 못한 사이에, 페르노트 씨가 내 손을 붙잡았다.

잡아당기는 움직임에 거스르지 못하고 시키는 대로 끌려가면서도, 나는 페르노트 씨에게 이야기를 건넸다.

"저, 오늘부터 어쩔 수는 없어서 그러기는 하지만, 돈을 벌어야겠다고 생각하는데요……."

"그 전에 속옷을 마련해! 아니, 내가 준비할 거야! 부탁이니까! 그리고 이번 기회에 겸사겸사 다른 옷도 준비할 테니까!"

"어어. 그런가요."

어째선지 필사적인 모습이었기에 거부하기는 어려울 듯했다. 포기하고 순순히 따르기로 했다.

팬티를 안 입은 건 그렇게나 문제일까.

시원해서 좋다고 생각하는데. 옷을 입었으니까 남들한테 훤히 보일 리도 없고. 이 옷도 치맛자락은 짧지만 딱히 보일 정도도 아니고.

몸도 옷도 마법으로 더러운 것을 씻어내니까 한 벌만 있으면 충분하다고 생각하는데.

미묘하게 납득을 못 한 상태로, 나의 오늘 일정은 페르노트 씨와 장을 보는 것으로 변경되었다. 일하지 않아도 되는 것은 대환영이지만 이건 이것대로 귀찮은데.

단편2 처음 입는 것이니까

페르노트 씨에게 이끌려서 간 곳은 무척 넓고 화려한 가게였다.

청결한 느낌의 하얀 벽, 대리석 같은 단단한 재질로 만들어진 고급스러운 바닥.

하얀 배경 안에 화사한 옷이 잔뜩 진열된 모습은 캔버스에 가득 그려진 꽃다발을 연상하게 만들었다.

진열된 옷은 한눈에 고급스러운 천임을 알 수 있을 만큼 아름답고, 그러면서도 천박하지 않은 것들뿐.

방문하는 손님들의 연령층은 폭넓고 누구든 무척 고급스러운 복색이었다.

점원들도 다들 멋을 부린 느낌이었다. 검은색을 바탕으로 하여 화려하지는 않지만, 시선을 끄는 제복을 입고 여기저기를 돌아다녔다.

내 생각이지만 여기, 무척 고급스러운 가게 같다.

"자, 사는 거야!"

페르노트 씨는 거친 콧김으로, 속옷 판매장 물색을 시작했다. 물색이라고 하니 어쩐지 범죄 같지만, 진지한 눈빛으로 속옷을 살피는 모습은 실제로 조금 수상쩍었다.

내 쪽은 어쩌냐면, 가게 안에 빼곡하게 진열된 형형색색의 옷에 살짝 압도되고 있었다.

어디를 봐도 밝은 색깔이 시야에 들어와서 그런지 살짝 눈 안

쪽이 찌릿했다.

……어느 세계든 여자들은 화사하군요.

나는 남자니까 치장하고 싶다는 기분은 알 수 없었다.

물론 화려한 남자도 있을 테지만 나는 그런 것에는 무관심한 쪽이었다.

입을 수 있다면 뭐든 괜찮고, 팬티가 없어도 바지가 있다면 그걸로 족하다.

화사하게 꾸미고 싶다든지 화려해지고 싶다든지, 그런 생각은 조금도 없었다.

그래도 여기저기서 점원에서 질문 공세를 퍼붓는 여자들을 보면, 그녀들에게 화려해지고 싶다는 심정은 무척 소중한 것이라는 사실 정도는 이해할 수 있었다. 섞이자고 생각하지는 않지만.

……페르노트 씨한테 맡겨두면 될까요―.

그냥 놔둬도 골라줄 것 같다고 할까, 페르노트 씨가 가지고 있는 장바구니에는 옷이 척척 들어가고 있으니까 입을 열 일도 없겠지.

참고로 장바구니는 밀짚모자처럼 직물을 짜서 만들어진 물건 같았다. 보기에 완성도는 상당히 좋아서 이런 부분에서도 고급스러운 느낌이 있었다. 세세한 부분까지 분위기에 고집이 있는 모양이었다.

"대충 이 정도일까……. 아르제. 너, 자기 가슴의 크기는 알아?"

"빈유예요. 모아 봐도 대단할 것 없어요."

"자기 가슴에 대한 감상을 물어본 게 아니라고?! 아아, 정말이지. 자, 이쪽으로 와!"

왠지 또다시 혼이 나고 말았다. 어째서일까.

이해하지 못한 사이에 손을 붙들려서 피팅룸으로 끌려갔다.

피팅룸은 두꺼운 커튼으로 구분된 개별실로, 그것이 벽을 따라서 다섯 개 정도 나란히 설치되어 있었다. 페르노트 씨는 그중에 오른쪽 끝으로 나를 데려갔다.

"자, 그럼 벗어주겠어?"

"알겠어요."

이야기의 흐름으로는 속옷을 맞추려는 거라고 생각했기에 순순히 로브를 벗고 벨트랑 옷도 벗었다.

내가 전라가 된 것을 확인한 뒤, 페르노트 씨는 장바구니의 내용물 가운데 천 몇 개를 꺼냈다. 팬티부터 입는가 싶었지만 아무래도 위, 브래지어부터인 듯했다.

"일단 이거, 입어봐."

"……저기."

"……혹시 입는 방법도 몰라?"

"예. 입어본 적이 없어서요."

"하아…… 너, 대체 이제까지 어떻게 산 거야. 그럼 잠깐만 뒤로 돌아."

시키는 대로 했더니 뒤쪽에서 페르노트 씨가 내게 밀착했다.

내게 브래지어를 입혀주려는 것일 테지만 거울로 보니 내가 안기는 것 같은 자세였다.

신장 차이가 꽤 있으니까 페르노트 씨는 허리를 상당히 숙였다.

그 모습이 끌어안는다는 인상을 쓸데없이 더 강하게 만들었다.

……꽤나, 닿는군요.

가슴 이야기다.

페르노트 씨 본인이 알아차렸는지는 모르겠지만, 내게 속옷을 입히려는 동작에 맞추어서 그녀의 커다란 가슴이 내 팔이나 등에 말캉 닿았다.

말해야 하는지 잠시 망설였지만, 상대는 진지한 분위기니까 방해하는 것도 미안하다는 생각에 잠자코 있기로 했다.

육체적으로는 나도 여자니까 동성지간이다. 이상한 일은 아니겠지.

거울 안, 오드아이 여성이 시키는 대로 따르는 은발 미소녀는 틀림없는 나 자신이니까.

변한다면 바뀌는 법이라고, 스스로도 신기하다고 생각했다.

전생하고 종족이랑 성별까지 바뀌었으니까, 단순히 화장을 하거나 옷을 바꾸는 것보다도 큰 폭으로 외모가 변화한 것은 당연했다. 그건 알고 있다.

그럼에도 얼마 전의 자신과는 도저히 비교도 안 되니까, 이렇게 빤히 살펴보니 역시나 신기한 기분이 들었다.

남자로는 도저히 여겨지지 않을 만큼 비쩍 마르고 볼품없었던 모습이 지금은 완전히 미소녀인 것이다. 이상하게 여겨져도 어쩔 수 없겠지.

길게 자란 은색 머리카락은 고급스러운 천처럼 찰랑찰랑해서 새하얀 피부 위에 자연스럽게 놓여 있었다.

졸려 보이는 눈은 루비처럼 투명한 붉은색. 주홍빛이라고 해도 될 정도일까. 그리고, 실제로 졸렸다.

생김새는 소녀 특유의 옅은 인상이 있지만 단정하여 조금의 결점도 안 보인다고 해도 될 정도였다.

살짝 뾰족한 귀와 송곳니는 인상이 깊지만 나쁘지는 않고 오히려 차밍 포인트로 시선을 끌었다.

신체의 굴곡은 적지만 제대로 여자아이의 체형이고 피부는 매끄러웠다.

누가 봐도 미소녀라고 대답할 완벽한 용모. 자화자찬처럼 여겨지기도 하지만 정말로 그런 느낌이니까 완벽하다고 표현할 수밖에 없었다.

"자, 다 됐어. 어때? 답답하거나 헐렁하지는 않아?"

"특별히 위화감은 없어요."

"그래, 다행이야."

위화감이 없을 리가 없지만, 그건 가슴에 속옷을 입는다는 행위 그 자체에 느끼는 것이었다.

불과 얼마 전까지 나는 남자라서 그런 습관이 없었으니까. 위화감의 원인은 그것이라 입은 느낌 자체는 나쁘지 않았다.

조금 답답하다고 할까, 진정이 안 되는 정도. 불쾌하다고 느끼지는 않았다.

"아르제는 피부가 하얘서 좋구나."

"그런가요?"

"응. 매끈매끈하고, 새하얗고…… 부러울 정도야."

부럽다고 하면서도 페르노트 씨의 음색에서는 질투나 선망이 그다지 느껴지지 않았다.

가까운 것을 들자면, 좋아하는 음악을 들을 때나 아름다운 그림을 볼 때의 황홀함 같은 감정이 담긴 목소리였다.

거울에 비치는 그녀의 얼굴은 평소의 단아한 표정이 아니라 긴장을 풀고 있다는 것을 알 수 있는 표정. 미간은 내려가고 뺨은 느슨히 풀려서 어쩐지 즐거워하는 인상을 받았다.

……이런 표정도 짓는군요.

알게 된 지 아직 닷새도 안 지났지만, 페르노트 씨와 이제까지 대화를 나누며 얻은 인상은 '성실한 사람'이었다.

나한테 팬티를 입으라며 큰소리로 주의를 준다거나 하는 모습도 그런 진지하고 성실한 부분에서 오는 것이겠지.

그런 페르노트 씨가 이렇게까지 표정을 무너뜨린 모습은 신선하지만 납득할 수는 있었다.

그녀도 여자다. 화려하게 꾸미거나 동성과 나누는 대화를 좋아하는 거겠지.

하물며 전날까지 닫혀 있던 풍경이 지금은 열려 있으니까. 조금 들뜨는 것도 무리는 아니었다.

새로이 본 일면에 놀라면서도 나는 찬물을 끼얹지는 않기로 했다.

"아, 미안해요. 졸리기 시작했으니까, 나머지는 자는 동안에 해줄래요? 마음대로 입혀도 되니까요."

"그건 아무리 그래도 너무 무정하잖아?! 제대로 깨어 있으라고!"

나는 그녀를 존중했는데, 안타깝게도 그녀는 허락해주지 않는 모양이었다.

선 채로 잘 수도 있다지만 아무래도 그렇게 말하니 깨어 있을 수밖에 없어서, 나는 단념하고 따르기로 했다.

어쩐지 갑자기 귀찮아지는데. 빨리 끝나지 않으려나. 졸려.

단편3 있는 것 없는 것

"의외네요."

"뭐가?"

"아뇨. 아무것도 아니에요."

지금 그 말은 자연스럽게 입에서 흘러나왔을 뿐, 페르노트 씨한테 건넨 것이 아니었다.

의외. 그리 생각한 이유는 지금, 내가 들고 있는 것이었다. 정확하게는 들고 있는 것에 꿰여 있는 것.

나무꼬치로 꿴 상태로 따끈따끈 김을 피워 올리는 것은, 가볍게 구워서 색을 더한 뿌리채소.

노란색에 조금 뒤틀려 보이는 둥근 형태는, 명백하게 내가 잘 아는 것이었다.

······감자네요.

그렇다. 이것은 겉모양도 맛도, 완전히 감자였다.

껍질을 벗긴 작은 감자꼬치. 내가 먹고 있는 것은 그런 느낌의 요리.

먹어보니 입 안에서 사르르 풀어지고 감자 특유의 맛이 퍼졌다.

얇게 바른 버터가 감자의 흙내를 지워주면서도 단맛을 이끌어 냈다. 버터를 바르면서, 구워서 색을 낸 부분은 무척 향기로웠다.

페르노트 씨가 노점에서 사준 건데, 무척 맛있었다. 버터도 향기가 좋고 감자도 단맛이 제대로 나는 좋은 물건을 썼다는 걸 알 수 있었다.

나는 흡혈귀니까 식사를 할 필요는 별로 없다. 그래도 꼬치를 하나 먹어버릴 만큼은 괜찮은 맛이었다.

안 먹어도 된다고 그럴 뿐, 먹자고 생각하면 꽤나 먹을 수도 있고.

맛에 문제는 없었다. 샘솟은 의문은 맛이 아니라 감자라는 존재 그 자체에 대한 것이었다.

……중세에는 아직 감자를 먹는 문화는 없었을 텐데요.

"으—음……."

"왜 그러니, 아르제?"

"아뇨. 아무것도 아니에요."

떠올랐던 의문은 페르노트 씨의 오드아이를 보고 사라졌다.

생각해보면 이곳은 이세계, 내가 있던 세계의 과거인 것은 아니다.

건축 수준이나 마차 따위가 다니는 부분이 중세 같을 뿐. 딱히 감자가 있든 미사일이 있든 상관없겠지.

언어 번역 따위가 스킬 효과로 자연스럽게 가능하다 보니 잊게 되는데, 언어조차 내가 있던 세계와는 다른 것이었다.

너무 깊이 생각해봐야 귀찮고, 감자는 싫어하지 않으니까 신경 쓰지 않기로 했다.

"떠들썩하네요."

말을 흘리며 풍경을 봤다.

지금 우리가 있는 곳은 노천 시장 한편이었다.

옷가게에서 산 것을 전부 블러드 박스에 수납한 뒤, 이번에는 이쪽으로 왔다.

외줄기 대로에 수많은 노점이 늘어서 있고, 기세등등한 목소리가 여기저기서 오갔다.

통행량이 상당해서 페르노트 씨는 내게 '떨어지지 않도록'이라고 하면서 한 손을 붙잡은 상태였다.

……여긴 괜찮다고 생각하지만요.

우리가 식사를 하는 곳은 노점 바로 옆. 지나가는 사람들에게서는 조금 거리를 두었고 이동하지도 않으니까 떨어질 걱정은 없었다.

손을 놓아도 문제없다고 생각하지만 페르노트 씨가 어째선지 기분이 좋아 보이니까 괜찮을까. 안 놓아도 불편하지는 않으니까 그냥 있자.

멍하니 노천 시장을 바라보면서 판매하는 것은 식료품이나 일상용품이 많다고 느꼈는데, 판타지 세계다운 무기를 파는 곳도 많았다.

내가 있던 세계라면 팔기는커녕 들고 다니기만 해도 붙잡힐 법한 날붙이나 둔기가 자연스럽게 팔리는 모습은 역시나 판타지 세계라고 할까.

내가 신기하게 바라보던 것이 전해졌는지 페르노트 씨가 설명해주었다.

"여긴 피스케스 거리라고 해. 왕국에서도 이만한 규모의 시장이 있는 곳은 이곳 정도야."

"프리케츠 거리?"

"피스케스 거리야!"

성실한 만큼 정정이 빨랐다.

역시 이 사람으로 노는 거, 재밌어…….

놀리는 맛이 있다는 말은 이런 사람을 가리키는 거겠지. 일일이 전력으로 반응하니까 보고 있으면 질리지 않는 것이었다.

내가 기대한 그대로 움직여준다. 이 사람 좋아. 즐거우니까.

"……그 표정은 뭐야."

"아뇨, 아무것도 아니에요. 이런 곳, 드문가요?"

"이곳 말고 다른 마을은 아까 옷가게 같이 점포가 있는 곳이 많아. 왕국 바깥은 모르지만."

"그런가요."

"이 마을은 영주가 이런 것에 관용적이거든. 어느 정도 자유로운 장사를 인정하는 편이 활기가 생기니까 말이지. 그래서……."

"페르 씨?! 페르 씨잖아?!"

대화를 중단하기에는 충분한 목소리가 인파 사이에서 날아들었다.

반사적으로 그쪽을 봤더니 인파 사이에서 남성이 얼굴을 내밀고 있었다. 남성은 그대로 인파를 뚫고 우리 앞으로 다가왔다.

조금 키가 작고 늘어진 눈매와 눈썹이 인상적인, 유약해 보이는 분위기의 남성이었다.

복장은 지나치게 화려하지는 않지만 단정. 머리카락 색깔과 같은 화사한 그린 컬러의 외투는 잘 어울렸다. 마법사 계열, 인가?

그가 말하는 페르 씨, 라는 것은 아마도 페르노트 씨겠지.

그 증거로 페르노트 씨도 경계하는 기색 없이 오드아이로 상대를 보고 한 손을 들었다. 이 반응은 지인으로 확정이었다.

"어머, 치구리. 건강해 보이네."

"건강이라니…… 아니, 뭐 확실히 저는 건강하지만요. 그러는 페르 씨, 눈이……."

"그래. 보이게 되었어."

"진짜로요……?!"

아무래도 그의 이름은 치구리인가 보다. 딱 맞는 닉네임을 생각하던 참이었기에 조금 아쉬웠다. 녹차 잔가지 씨라든지, 어울릴 것 같았는데.

치구리 씨는 페르노트 씨의 말에 눈을 동그랗게 떴다. 그 모습에서는 놀라움보다는 기쁘다는 인상을 받았다.

"잘도 치료되었네요……. 분명히 왕국 최고의 마법사도 치료하지 못했잖아요?"

"그래, 이 아이가 치료해줬거든."

"이런 자그마한 아이가 말인가요……?!"

이야기의 화제로 내가 올라오고 상대가 이쪽을 봤기에 인사로 머리를 숙였다.

허리를 구부리자 은색 머리끝이 살짝 땅바닥에 닿았지만 아무래도 길다 보니 어쩔 수 없다. 자르는 것도 귀찮고, 더러워져도 바로 깨끗하게 만들 수 있으니까 신경 쓰지 않았다.

상대의 시선은 명백하게 이쪽을 평가하는 것이었지만 무리도 아니었다.

이 나라 최고의 마법사가 어떤 사람인지는 모르지만, 생후 일주일 정도인 나보다 연하일 리는 없겠지.

내 외모는 아까 옷가게에서 다시금 확인한 그대로. 아름답기는 하지만 어찌 보아도 '소녀'인 것이었다.

그런 아이가 '이 나라 최고의 마법사보다 회복 마법이 능숙하다'라고 그래도, 일단은 의심하겠지.

상대의 반응은 지극히 평범한 것. 나 스스로도 알고 있는 일이기에 딱히 놀라지도 않았고 화낼 필요도 없었다.

다만 어떻게 설명해야 할지 조금 귀찮기는 했지만.

"아르젠토 뱀피르예요. 잘 부탁드려요."

"어—…… 나는 치구리라는, 보잘것없는 상인이야. 잘 부탁해, 아가씨. 그보다도 아가씨, 대체 뭐 하는 사람이야……?"

"저는 지나가던 흡—."

"—최근에 알게 된 아이라서. 조금 시골 쪽에서 왔나봐. 마법 실력은 확실해."

흡혈귀예요, 그리 말하려던 참에 페르노트 씨가 내 말을 가로막듯이 치구리 씨에게 말을 건넸다.

성실한 그녀가 이야기 중간에 끼어들었다면 나름대로 이유가 있겠지. 내가 흡혈귀를 자칭하는 것을 막을 만큼의 이유가.

무엇보다도 저쪽에서 설명해준다면 편하니까. 잠자코 수긍해 두기로 했다.

그 후로 페르노트 씨는 치구리 씨와 한동안 대화를 나누었는데, 그동안에 나는 멍—하니 인파를 바라보고 있었다.

단편4 무언가 있나, 아무것도 없나

저녁노을이 항구에 주황색 빛을 비추었다.

수많은 범선이나 건물만이 아니라 바다 그 자체에도 주황빛이 쏟아지며 반짝반짝 빛나는 모습은 무척 아름다운 광경이었다.

몇몇 사람들이 걸음을 멈추고 바다를 바라보는 것은 역시나 풍경에 시선을 빼앗겼기 때문이겠지.

그런 거리를 벤치에 앉아서 바라보며, 나는 크게 하품을 했다.

······졸려요.

아침부터 낮잠도 없이 끌려다녔으니 눈꺼풀이 엄청 무거웠다. 자칫하면 잠들어버릴 것 같았다.

내가 풍경을 바라보는 것은 주위처럼 즐기는 게 아니라 무언가를 보고 있지 않으면 잠들어 버릴 것 같았으니까.

결국에 갈아입을 옷만이 아니라 칫솔이니 수건이니, 그런 일상용품까지도 거의 다 갖추게 되어버렸다.

갖추기 위한 돈은 페르노트 씨가 내주었는데 내일 이후로 벌어서 제대로 갚자.

은혜를 받기만 해서는 기분이 나쁘다. 제노한테 받은 것만으로도 매일 떠오를 정도인데.

해풍을 타고 두둥실 춤추는 내 머리카락은 석양을 반사하여 별처럼 반짝였다.

전생과 비교해서 너무나도 다른 색채이기에 아직 위화감은 있지만 예쁘니까 그렇게 나쁜 느낌은 아니었다.

바람이 실어 나르는 향기는 항구 마을 특유의 짭짤하게 톡 쏘는 것이었지만 신기하게도 마음을 차분하게 가라앉혀주었다. 크게 숨을 들이마시면 코를 지나가는 향기에서는 어쩐지 그리움을 느끼고, 졸렸다.

"……쿠울."

"잠깐만, 아르제. 자는 거야?"

"으응……. 아뇨, 지금 깼으니까 괜찮아요."

안 되지, 잠을 깨려고 풍경을 바라보고 있었을 텐데 잠들어 버렸다.

눈을 슥슥 비벼서 잠기운을 떨쳐내는 나를 페르노트 씨는 어이없다는 듯 따뜻한 미소로 바라봤다.

"잔 거 맞잖아."

"미안해요, 하루에 서른 시간은 자야지 기운이 나서요."

"하루가 넘게 잔다고?!"

아무리 그래도 서른 시간은 거짓말이지만 반나절 정도는 자고 싶다.

거기에 낮잠도 플러스해서, 하루에 스무 시간 정도가 이상적인 총합 수면 시간일까.

깨어 있는 동안에는 밥도 먹고 간식도 먹어서 배를 길들이는 데에 몰두한다.

스스로 생각해도 완벽한 인생 설계다. 빨리 그런 생활을 보내고 싶다. 누군가 보살펴 주지 않으려나. 예를 들자면 옆에서 내

코를 닦아주는 사람이라든지, 무척 이상적인데.

"코에 방울까지 만들면서 잤어. 어지간히도 졸렸구나."

"그래요. 거의 이십사 시간 졸려요.

"잠에 대한 그 열정은 대체 뭐야?!"

"오히려 어째서 페르노트 씨는 제 수면을 방해하는 건가요. 저 그렇게나 이상하게 굴고 있나요?"

"이상할 정도로 너무 자니까 그러잖아?!"

그럴까. 나는 그렇게 생각하지 않는데.

그게 말이지, 아무리 자도 잠기운이 가시질 않으니까 어쩔 수 없다.

더는 잠이 안 올 때까지 제대로 자는 것이 건강한 생활이라고 생각한다.

졸리면 기운이 안 난다. 판단력이 둔해지고 체력도 떨어진다.

참고로 나는 아무리 자도 잠기운이 가신 적이 없다. 다시 말해서 아직 수면이 부족하다는 것이다. 좀 더 자야지.

그렇게 새로이 다짐하는 사이, 페르노트 씨가 성대하게 한숨을 내쉬면서도 웃었다. 조금 전처럼 어이없어서 웃는 것이 아니라 다정한 웃음이었다.

"미안해."

"예? 무슨 일 있었어요?"

"조금 들뗬으니까. 내가."

"그런가요?"

"응. 앞이 보이는 게 역시나 기뻐서 말이지. 끌고 다녀버려서."

그 말에는 짚이는 바가 있었다. 옷가게에서 있었던 일.

페르노트 씨는 전날까지만 해도 눈이 보이지 않았다. 옷을 볼 때에 생기가 넘치는 모습이었던 것은, '옷가게에서 옷을 본다'라는 행위 그 자체에 감동해서 그랬을 테지.

그 후로 나를 여기저기 데리고 다닌 것도, 내게 마을을 안내해 주고 싶다는 심정도 물론 있었을 테지만, 자신이 보면서 다니고 싶다는 기분도 컸을지 모른다.

풍경을 볼 수 없는 사람의 심정은, 나로서는 알 수 없었다.

그럼에도 지금 페르노트 씨가 웃는 것을 보면, 눈이 보이지 않는다는 기분까지는 몰라도 보이는 것이 기쁘다는 감정은 전해졌다.

"참. 아르제, 본인이 흡혈귀라는 사실은 숨기는 편이 나아."

"그러고 보니 아까, 말하려고 그랬는데 막았죠. 뭔가 불편한 게 있나요?"

"처음 만났을 때에 흡혈귀는 드문 종족이라고 그랬잖아. 하물 며 아르제는 전설에나 나올 법한 데이 워커라는 특이한 흡혈귀야. 신기하게 취급한다든지 그러면 귀찮잖아."

듣고 보니 확실히 그랬다.

진귀한 짐승처럼 취급해서는 이래저래 조사한다든지 수많은 사람들이 쳐다본다든지, 그런 건 정말로 귀찮다.

감출 법한 일도 아니라고 생각하지만 적어도 인간을 상대로는 신용이 있는 사람 말고는 감추는 편이 나을지도 모르겠다. 앞으로는 조금 주의하자.

"배려해준 거군요. 감사합니다."

자연스럽게 웃음이 새어 나왔다.

미소를 띤 것에 딱히 깊은 이유는 없었다. 이건 페르노트 씨에 대한, 순수한 호의에서 나오는 웃음이었다.

스스로가 들떴다고 자각하면서도 나에 대한 배려를 잊지 않았다는 사실에 호감을 느꼈으니까.

데리고 다닌 것은 솔직히 귀찮게 여겨지기도 했지만, 그것도 나를 생각해서 한 행동이라는 것 정도는 알 수 있었다.

그런 배려나 때리면 바로 울리는 것 같은 반응을 포함하고서, 이 사람은 호감이 갔다. 그렇게 생각했기에 나온 미소와 말.

"웃⋯⋯!"

"왜 그래요?"

"어, 아니⋯⋯ 아무것도 아냐."

"그런가요."

한순간이지만 페르노트 씨의 표정이 명백하게 무너졌다. 무언가를 참는 것 같은, 그런 표정.

신경 쓰이기는 해도, 본인이 아무것도 아니라면 신경 쓸 일도 아니겠지.

아무것도 아닌 건 아니지만 내게 말할 것까지도 아닌 일. 그리 생각하고 '아무것도 아니다'라는 말을 꺼냈다는 것 정도는 어찌 어찌 알 수 있으니까. 일일이 파헤칠 필요는 없겠지. 그리 판단했다.

그보다도 지금 엄청 졸리니까 빨리 돌아가서 자고 싶고.

"후와⋯⋯ 응. 페르노트 씨, 슬슬 돌아가지 않을래요?"

"⋯⋯⋯⋯."

"페르노트 씨?"

"……소란스럽네."

항구에서 벌어진 이변에 먼저 반응한 것은 페르노트 씨였다.

내 쪽은 그녀의 말을 듣고서 주위를 확인하고, 그리고서야 간신히 알아차렸다.

주위의 사람들이 황급히 이동하고 있었다.

자세히 보니 당황해서 움직이는 것은 통행인만이 아니었다.

짐을 나르거나 선체 정비를 하던 선원들, 물고기를 싣던 마부까지도 한 방향을 향해서 움직이는 것을 알 수 있었다. 이쪽은 정말로 '무슨 일이 있는' 거겠지.

"아르제, 가자!"

당황한 모습으로 내 손을 잡아당기는 페르노트 씨를 나는 거스르지 않았다.

솔직히 소동의 원인은 아무래도 상관없지만, 오늘은 그녀를 따르기로 결심했으니까 행선지는 그녀에게 맡기자.

페르노트 씨의 표정은 진지 그 자체이고 걸음은 빨랐다. 사람들을 밀어젖히는 움직임은 호기심에서 비롯된 것이 아니라 좀 더 강한 의지가 깃든 것임이 느껴졌다.

성실한 사람이다. 무슨 일이 있었는지 확인하고, 할 수 있는 게 있다면 하고 싶다. 그런 정도의 생각이겠지.

그런 일면을 알고 있기에 나는 아무런 말도 않고 따르기로 했다.

주황색으로 물든 진지한 옆얼굴은 역광 탓인지 부척 눈부시게 보였다.

단편5　할 수 있는 것, 할 수 없는 것

소동의 소용돌이를 파고든 끝에, 그 중심에 다다르는 데에는 다소 시간이 필요했다.

페르노트 씨 혼자라면 그래도 빨랐을 테지만 애석하게도 그녀는 작은 여자아이를 동반한 몸이었다. 정확하게는 소녀로밖에 안 보이지만 원래는 남자인 흡혈귀를 데리고 있었다.

그 탓에 움직임은 아무래도 느려지고 인파를 가르는 것이 어려웠다. 페르노트 씨는 무척 고생했을 테지. 나는 그냥 계속 끌려갔으니까 편했지만.

소동의 중앙, 다시 말해서 그것을 일으킨 존재는 어린아이였다.

보아하니 지금의 나보다도 훨씬 어린 남자아이였다. 연령으로 말하자면 대여섯 살 정도겠지.

남자아이는 온몸이 흠뻑 젖어서는 축 늘어져 있었다. 어른 몇 명이 그에게 말을 걸고 몸을 흔들었지만 반응은 없었다.

소년을 깨우려고 시도하는 사람들 말고는 살짝 떨어진 위치에 멀찍이 둘러서서 바라보고 있었다.

"설마, 물에 빠졌어……?!"

"그런 모양이네요. 다녀올게요."

"아르제?!"

페르노트 씨의 손을 놓고 나는 소년에게 다가갔다.

많은 구경꾼이나 소년 곁에 있는 어른들이 의아해하는 시선으로 나를 봤지만 신경 쓸 때가 아니니까 개의치 않았다.

펼친 다섯 손가락을 들이대듯이 소년에게 손을 뻗었다. 마력은 풍부하니까 아끼지 않아도 된다.

"아픈 거 아픈 거, 날아가라."

할 일은 정해져 있었다. 그러니까 말을 자아낼 뿐이었다.

정확하게 말한다면 아픈 게 아니라 괴로운 걸 지우기 위한 행위지만 비슷한 거고 친숙한 말이니까, '아픈 거 아픈 거 날아가라'로 됐다. 글귀 같은 시답잖은 것을 생각할 때도 아니었다.

영창한 말은 내 안의 마력을 변환하여 마법을 발동시켰다. 어떤 상처라도 저주라도 치유하는, 회복 마법의 최고 레벨 사양이었다.

"……?!"

낫지 않았다.

마력이 소비되는 감각이 있고 확실하게 마법은 발동되었는데, 아무런 일도 벌어지지 않았다.

소년은 눈을 뜨지 않고 여전히 아무 반응도 없었다. 마법이 걸리지 않았다기보다는 효과가 없었던 것처럼 보였다.

해야 할 일이 이루어지지 않았다. 확실히 했는데도 생각하던 효과가 되지 않았다. 그 사실이 '어째서'라는 의문으로 이어지고 사고가 정지했다.

"이건……?"

"심장이 멈춘 거야! 잠깐 물러나!"

페르노트 씨가 내 앞으로 나와서 남자아이의 몸을 건드렸다.

기도를 확보하고 페르노트 씨는 망설임 없이 소년의 가슴을 손바닥으로 눌렀다. 한 번이 아니라 몇 번이고.

본래라면 숨을 쉬는지 확인하는 작업을 생략한 심장 마사지.

마법 같은 것이 있더라도 이럴 때의 대처법은 내가 아는 세계와 다르지 않은 듯했다.

그 모습을 멍하니 바라보며 나는 자신의 능력에 대해서 생각했다.

회복 마법 스킬 최고 레벨. 그건 틀림없이 회복에 관해서는 만능인 능력이겠지. 실제로 제노의 상처도, 페르노트 씨의 저주도 간단히 없애버렸으니까.

하지만 회복 마법이 할 수 있는 일은 어디까지나 '회복'이다. 더러운 것을 없애는 과정도 깨끗한 상태로 회복하는 것뿐.

생명의 상실을 없었던 일로 만드는 것은 회복이라고 하지 않는다. 그것은 '소생'이다.

내 회복 마법은 상처나 저주, 더러운 것마저 없앨 수 있는 한없이 만능에 가까운 능력이다.

한없이 만능에 가까운 능력. 다시 말해서 '만능은 결코 아니다'.

생명을 잃어버린 것에 회복 마법은 아무런 의미도 없다. 잃은 목숨은 구할 수 없는 것이다.

"……쿨럭!"

심폐소생 처치가 완료되는 것은 빨랐다.

당연하다면 당연하겠지. 몇 번 심폐소생을 시험해도 소용없다면 그것은 완전한 죽음을 의미하는 것이니까.

"아르제!!"

소년이 바닷물을 토해내고 가냘프게 호흡을 시작했다. 그것을 확인한 페르노트 씨가 외치듯이 내 이름을 불렀다.

자신의 역할은 제대로 알고 있다. 내 마법은 소생에 쓸 수는 없다. 그건 분명했다.

하지만 죽지만 않는다면. 조금이라도 심장이 움직이기만 한다면 회복 마법은 효력을 발휘한다.

갓 되살아나서 아직 빈사 상태인 인간을 건강하게 만들어주는 것 정도는 가능하다.

호흡을 가다듬고, 양손을 뻗고, 소년을 응시했다.

행위에 의미는 없었다. 어떤 식으로 마법을 쓰더라도 효력에 차이가 나는 일은 없겠지.

그럼에도 나는, 지금 이곳에서, 그렇게 해야만 할 것 같은 기분이었다.

"아픈 거, 아픈 거, 날아가라!"

말을 한마디, 한마디 곱씹듯이.

자신의 힘을 발동시키기 위한 말을, 나는 자아냈다.

단편6 흡혈귀 씨는 꺾이지 않는다

"……♪"

자연스럽게 콧노래를 흘린 것은 어쩔 수 없는 일이라고 생각한다.

다시금 이 눈에 비치는 세계는 화사해서, 우리 집 바닥조차 아름답게 보이니까.

애당초 이 집은 내 눈이 빛을 받아들일 수 없게 된 뒤에 구입한 것이었다. 내부를 내 눈으로 보는 것조차 신선하게 느끼고 만다.

……한 번, 가재도구 같은 것들도 손을 보고 싶네.

이렇게 또다시 풍경을 즐길 수 있게 되었으니까 조금 더 물건에 신경 쓰는 것도 괜찮을지 모른다.

그야말로 눈을 감고서도 걸어갈 수 있는 복도를, 눈을 뜨고서 걷는다. 자연스럽게 머릿속에 떠오르는 즉흥 멜로디를 콧노래로 흥얼거리며 떠올리는 것은 어제 일이었다.

여자들끼리 거리로 나가는 것도, 풍경을 즐기면서 거리를 걷는 것도 오랜만이었다.

게다가 그 상대는 귀여운 여자아이. 귀찮아하기는 했지만 그렇기에 어떤 옷을 입혀도 싫어하지 않는 아이였다.

아름다운 은발에 선명한 붉은색 눈동자. 얼굴이나 몸을 형성하는 구성품은 모두 작고, 그러면서도 단정해서.

어릴 적에 가지고 놀던 공주님 인형같이 아름다운 소녀였다. 그만 옷 갈아입히기에 몰두해버려서 꽤 많이 구입해 버렸다. 그게 말이지, 뭘 입혀도 어울리는걸.

소녀답게 귀여운 옷도 어울리고 조금 어른스러운 옷도 시원스러운 표정으로 소화해버린다.

귀여운 옷이라면 귀여운 느낌이 눈에 띄고, 아름다운 옷이라면 옷에 지지 않을 만큼 빛난다.

그런 건 치사하다. 그야말로 격이 다른 것이었다.

자신과 비교하는 것조차 바보스러울 정도의 미모. 내가 이기는 부분이 있다면 가슴 크기와 키 정도겠지.

다음에는 아르제의 머리 모양을 바꿔 봐도 재밌을지 모르겠다. 나처럼 묶어 올리면 틀림없이 또 다른 귀여운 모습을 볼 수 있을 테니까.

……하지만 조금 의외의 일도 있었지.

그것은 어제 저녁. 항구에서 어린아이의 목숨을 구했을 때에 본 것이었다.

회복 마법이 통하지 않았다는 사실에 아르제는 무척 충격을 받은 모습이었다.

그때까지 계속 졸려 보이는 눈으로, 표정의 변화가 보이더라도 이따금 어이없다는 표정을 띠거나 살짝 눈을 동그랗게 뜨는 정도였던 아르제가 명백하게 동요한 것을 알 수 있었다.

그것은 당연하게 걸을 수 있다고 생각하던 길에 커다란 구멍이 뚫린 것 같은, 그런 반응.

내가 심폐소생을 진행한 뒤에 아르제가 영창한 주문은 무언가에 기도하는 것처럼도 들렸다.

평소의——그래봐야 아직 알고 지낸 기간은 짧지만—— 아르제한테서는 상상할 수 없을 법한, 당황한 심정과 진지한 마음이 엿보인 사건이었다.

그 아이의 동요가 어떤 감정에서 비롯된 것인지는, 나로서는 알 수 없었다.

아직 알게 된 지 얼마 되지도 않았고, 아르제는 무슨 생각을 하는지 쉽게 알 수가 없었다. 낮잠을 좋아하는 것은 틀림없지만.

……팬티도 안 입을 정도인걸.

그 사실에는 놀랐다. 여자아이로서의 자각이 전혀 없는 행동이니까.

게다가 주의를 줬더니 마치 내가 이상한 소리를 한다는 것처럼 반응했다. 어찌 생각해도 자기가 잘못했는데.

그대로 내가 알아차리지 못했다면 아르제는 평소처럼 시원스러운 표정으로, 팬티도 안 입고서 밖으로 나갔을 테지. 그렇게 생각하니 오싹했다.

알레샤의 치안은 왕국 안에서도 무척 좋은 편이지만 그래도 일정한 범죄나 문제는 벌어지는 것이다.

무방비한 차림으로 어슬렁대다가 이상한 남자가 눈독을 들이면 어쩌려는 거야. 이곳의 영주라든지.

그런 걱정도 어제 하루 동안 정리되었다. 아르제의 일상용품이나 갈아입을 옷을 전부 갖추어서 해결된 것이다.

어젯밤, 그녀 스스로는 귀찮아했지만 제대로 블러드 박스라는 엄청난 수납 스킬에서 물건을 꺼내어 정리했다.

그 스킬은 확실히 편리하지만, 옷가지나 생활용품은 가지고 다니는 것보다 제대로 수납해두는 편이 낫다고, 나는 생각한다.

올바른 곳에 물건이 놓여 있으면 안심된다.

매일 옷장을 열고 어떤 옷을 입을지 고민하는 것도 생활의 일부라고, 그리 생각하는 것이다.

어제 정리를 한 것은 나지만 조금씩이라도 본인에게 시키자. 제대로 생활하게 만들어서 게으른 성격을 갱생시키고 싶다.

표정은 희박하지만 얼굴은 굉장히 괜찮은 아이다. 제대로 된 복장을 입히고 올바른 생활 태도를 갖추지 않고서는 아깝다.

흡혈귀라고는 해도 아르제는 여자아이니까.

그 첫걸음으로 우선은 아침, 제대로 일어나는 것부터.

본래 흡혈귀는 밤의 일족. 햇빛에 닿을 수는 없는 종족이지만 그녀는 햇빛이 아무렇지도 않다는 보기 드문 체질, 같은 게 아니라 바보 같을 만큼 햇빛에 내성이 있는 흡혈귀다.

그렇다면 아침에 일어나서 밤에 자는 생활 리듬이 좋겠지. 그녀는 인간에게 익숙한 모양이니까 앞으로도 사람들과 어울릴 것을 생각하면 그러는 편이 살아가기에도 편할 터.

그녀의 과거에 대해서는 알 수 없고, 먼저 이야기하지 않는다면 물어볼 필요도 없다.

다만 아르제의 앞길은 생각해주고 싶다.

은인이고 앞으로는 동거인이기도 하니까 그 정도의 참견은 해도 되겠지.

"아르제, 일어나!"

크게 노크를 하고 가능한 한 큰소리로 이름을 부르며, 빌려준 방의 문을 열었다.

원래는 손님방 중 하나였던 방이다. 내부는 좁고 가재도구도 적다.

어제 막 구매한 옷장이나 화장대가 놓여 있는 정도라서 아직 여자아이다운 느낌은 적은 방이다. 봉제인형 같은 것도 사는 편이 나았을까.

손님방이라서 커다랗게 만든 침대에는 지금, 작은 봉우리가 있었다. 그곳에 그녀가 잠들어 있다는 확실한 증거였다.

어제 산 옷 가운데는 당연히 잠옷으로 입을 것도 포함되어 있었으니 아르제는 그걸 입고 있겠지.

잠옷은 그녀에게 어울리도록 고른 것이었다. 잘 때에 불쾌하지 않을 법한 부드러운 소재로 감촉이 좋은 것을 구입했다.

하얀 천에 두껍지는 않고 따지자면 시원한 것. 그거라면 자는 동안에 더워져서 벗는 일도 적을 거라 생각해서 선택했다.

데포르메된 핑크색 양이 그려져 있는 귀여운 디자인의 잠옷이었다.

……어울린단 말이지.

입혔을 때를 떠올리고 자연스럽게 표정이 풀어져버렸다.

졸려 보이는 눈빛의 그녀에게, 양 무늬. 어울리겠구나 짐작은 했는데, 정말로 터무니없이 어울렸다.

이불을 들추면 잠옷 차림의 아르제. 양털 공처럼 동글동글해서 사랑스럽겠지.

"자, 일어나라니까!"

난폭하다고는 생각하면서도 이불을 벗겨냈다.

방문을 노크하고 몸을 흔드는 정도로 일어나지 않는 것은 며칠 사이에 확인을 마쳤다.

그녀는 터무니없이 잠꾸러기였다. 그래서 흔들어 깨우는 과정은 생략하고 단숨에 이불을 빼앗았다.

이불이 활짝 날아올랐다. 그리고 내 시야에 들어온 것은, 하얀색이었다.

"히야아아아아아아아?!"

그것은 침대의 하얀색만이 아니라 피부의 하얀색도 포함된 하얀색.

아르제는 새하얀 피부에 아무것도 걸치지 않고, 침대 위에 몸을 말고서 잠들어 있던 것이었다.

몸을 둥글게 말아서 잠든 모습은 양이 아니라 갓난아기처럼. 살짝 벌린 입에서는 쌔액쌔액, 작은 숨소리가 새어나왔다.

은색 머리카락은 아낌없이 침대에 펼쳐져서 은빛 연못이라고 표현해야 할 듯 아름다웠다. 그 중심에 떠 있는, 천진무구하게 잠든 소녀……. 아, 코에는 방울……이 아니고?!

"뭘 하는 거야, 아르제에에에?!"

"프미."

어쩐지 자그마한 동물 같은 목소리를 내고 아르제가 눈을 떴다. 깨어나는 박자에 코에 있는 방울이 터졌다.

가늘게 미간을 찡그리며 그녀는 눈을 비비고 기분 나쁜 듯이 말을 던졌다.

"으응…… 뭔가요, 정말이지."

대량의 머리카락을 질질 끌며 아르제가 몸을 일으켰다. 루비색 눈동자에서 투명한 눈물이 넘쳤다.

아르제는 입을 막지도 않고 아낌없이 송곳니를 드러내며 크게 하품을 했다. 그런 권태로운 동작마저 그림이 되어버리지는 않을까, 그럴 정도의 미모.

정말로 내용물이 안타깝지만 않다면 무어라 할 게 없는데…….

"흐뉴우…… 정말이지. 페르노트 씨는 매일매일, 아침부터 시끄럽네요. 발성 연습이라도 하는 건가요?"

"그럴 리가 없잖아! 아르제, 너 옷은……?!"

"응? 어어―……."

내 말을 듣고 아르제는 자신의 몸을 내려다봤다.

그 모습은 어제 아침과 전혀 다르지 않았다. 멋들어진 알몸이었다. 어찌 보아도 팬티도 뭣도 안 입었다. 배 아래 쪽에 있는 흡혈귀의 문장만이 그녀의 몸을 장식하고 있었다.

아르제가 나와 처음으로 만났을 때부터 몸에 걸치고 있던 옷은 지금 한데 뭉쳐서 머리맡에 엉망으로 널브러진 상태였다.

그녀는 자신의 몸을 바라보며 찰싹찰싹 배나 다리를 만지고, 그리고는 졸려 보이는 눈으로 나를 올려다보고는.

"어제 잠들기 좀 그래서."

"그 이전의 문제야! 제대로 속옷이랑 잠옷은 마련했잖아?! 어째서 그쪽을 안 입는데?!"

"으─음…… 그게 귀찮으니까요."

"갈아입는 것조차?!"

"옷이 더러워지면 갈아입겠지만, 마법으로 깨끗하게 할 수 있으니까요."

어제도 상당한 변명으로 머리가 아팠는데, 이것도 눈앞이 캄캄해질 법한 의견이었다.

나도 모르게 휘청거리다가 그대로 침대에 쓰러졌다. 설마 나, 앞으로 이 아이한테 매일 팬티를 입혀야 되는 거야……?!

"페르노트 씨, 잘 거라면 제대로 이불 덮어야지, 안 그러면 감기 걸린다고요?"

"안 자! 너랑 똑같이 취급하지 말아줄래?!"

"확실히 저는 항상 자는 것만 생각하네요. 하루에 쉰 시간은 자고 싶어요."

"어제보다 늘었잖아?!"

"하루하루 성장해요."

"안 좋은 방향으로 성장하지 말고! 그건 오히려 열화되는 거니까!!"

어쩌지, 이 아이. 엄청 피곤하다.

아침부터 너무 소리를 내어 어깨를 들썩이는 나를 제쳐놓고, 아르제는 머리맡의 옷을 걸쳤다. 움직이기 시작하면 꽤나 척척 움직이는 것 또한 아무래도 납득할 수 없었다.

은색 머리카락이나 살짝 뾰족한 귀까지 후드로 덮어서 가리고, 그녀는 침대에서 뛰어내렸다. 은색 머리카락과 로브, 치맛자락을 팔랑이며 바닥으로 내려서는 모습은 가볍게 움직이는 건데도 어쩐지 신성함마저 느껴졌다. 아침햇살을 은발이 반사하여 실내를 장식했다.

잠기운이 한가득 깃든 눈동자로, 표정을 무너뜨리지 않고 아르제가 나를 향해 한 손을 들었다.

"그럼, 다녀올게요."

"다, 다녀온다니······?"

"회복 마법으로 돈을 벌려고요. 가능한 한 빨리 벌어서, 어제 페르노트 씨가 내준 돈을 갚고 싶으니까요."

"아, 아르제, 잠깐만 기다려?! 부탁이니까 팬티를 입으라고오오오오?!"

시원스러운 표정으로, 밖으로 나가려는 바보 흡혈귀를 나는 소리를 지르며 필사적으로 막았다.

진정한 인간, 아니, 진정한 흡혈귀로 만들어주겠다고 결의는 했지만 아르제는 상당히 버거운 상대일 듯했다.

잃은 시력을 되찾아준 은인이기는 하지만 이 아이는 조금 지나치게 상식에 어두웠다. 대체 어떤 환경에서 자랐을까.

모르는 게 가득한 상대와의 공동생활은 아직 막 시작된 참. 앞으로 계속 동거하면서 겪을 고생을 생각하고, 나는 마음속으로 성대하게 한숨을 내쉬고 말았다.

11 사람의 소문은 광속

"자, 아픈 거 아픈 거 날아가라—."

회복 마법으로 사람들을 치유하기 시작한 뒤로 열흘의 시간이 지났다.

최근 열흘 동안 나는 매일 페르노트 씨 집 앞에서 일을 하고 있었다. 그녀의 집 앞에서 하는 이유는 물론 떨어져서 장사를 하는 것이 귀찮았으니까.

첫 사흘 정도는 무척 한가하다고 할까, 편했다.

허리가 아픈 할머니나 넘어져서 다친 남자아이를 치료하고 아주 약간의 돈을 받은 정도였다. 어린애 상처를 치료한 것은 서비스로 할 생각이었는데 나중에 굳이 부모님이 지불하러 와주었다.

나흘째부터 갑자기 손님이 늘었다.

아마도 소문이 퍼진 결과겠지. 페르노트 씨의 눈을 고치고, 일을 시작하기 전날에도 한 소년을 구하기도 했으니까 그것도 있을지도 모르겠다. 후자는 페르노트 씨의 공적이 컸지만.

그렇게 소문이 퍼진 결과, 최근에는 '옛날에 몬스터랑 붙어서 한쪽 팔이 없어졌다'라든지 '중병으로 의사나 마법사도 백기를 흔들고 남은 목숨 삼 개월'이라든지, 몹시 심각한 손님까지도 오게 되었다.

사라진 팔을 재생한다든지 당장에라도 죽을 것 같은 사람은 무리가 아니냐고 생각했는데, 해봤더니 팔은 재생되었고 질병은 나

앉다. 회복 마법, 편리하네.

아무리 그래도 죽은 사람을 되살리는 건 무리지만. 그건 전날 페르노트 씨와 장을 보러 갔을 때에 있었던 일로 증명을 마쳤다.

심장이 정지했다면 회복 마법은 효과가 없다. 그 남자아이한테는 페르노트 씨가 심폐소생술에 능했던 것이 행운이겠지.

그렇게 편리한 회복 마법이지만 돈으로 아웅다웅하는 것은 귀찮으니까 '요금은 얼마든지 상관없어요'라고, 손님에게는 이야기하고 있었다.

그러자 대부분의 인간이 신이라도 보는 것 같은 표정으로 거금을 두고 갔기에 어느샌가 상당한 부자가 되어버렸다.

현재 소지금을 페르노트 씨에게 가르쳐줬더니 차를 뿜어버릴 정도로, 지금의 나는 부자였다. 그건 얼굴이 차가웠다.

물론 '얼마든지'라고 그랬으니까 손님 중에는 아무것도 지불하지 않고 돌아가 버리는 사람도 있었다.

그럴 때는 당연히 이익은 없지만 그걸로 다툴 바에야 그만큼 단호하게 해주는 편이 좋으니까 딱히 신경 쓰지 않았다.

그런 느낌으로 상당한 돈은 모았지만 갈 곳이 없는 것은 변함이 없기에 한동안은 더 알레샤에 있을까, 생각하고 있었다.

페르노트 씨가 혈액을 제공해주기도 하여, 이 마을은 내게 지내기 편한 곳이라고 할 수 있었다.

낮잠 자기에도 좋으니까, 차라리 여기서 나를 보살펴 줄 사람을 찾는 것도 괜찮을지 모르겠다.

회복 마법을 끝낸 상대에게 나는 가볍게 미소를 띠며 말을 건넸다. 조금은 붙임성 있는 편이 낫다고 페르노트 씨가 그랬으니까.

"자, 끝났어요. 몬스터 퇴치도 좋지만, 죽지 않을 정도로 해주세요."

"하아아, 감사하우이……. 역시 여신님!"

"아뇨, 여신은 아닌데요."

후드는 일단 뒤집어쓰고 있지만 더워지면 벗고, 지근거리에서 회복 마법을 사용하면 아무래도 얼굴은 인식된다.

제노의 배려를 헛되이 하고 만 것 같아서 미안하지만, 어느샌가 회복 마법 실력만이 아니라 얼굴까지 널리 알려졌다.

그렇게 소문이 퍼진 결과, 최근에는 '해풍의 여신'이니 '은발의 천사'라느니 '천재 미소녀 마법사 밤피르 양'이라느니, 제멋대로 그리 불리고 있었다. 제대로 이름은 댔는데도.

지금 치료한 사람도 나를 제멋대로 부르는 사람 중 하나인지, 그는 지갑에서 돈을 꺼내서 내게 건네고는 '또 오겠습니다, 여신님!' 같은 소리를 하고는 깡충깡충 돌아갔다. 아니아니, 가능한 한 내 신세를 지지 않도록 해달라고요. 내 이야기 제대로 들었어요?

이런 식으로 재방문자까지 나오는 상황이라 연일 대성황이었다. 그가 떠난 뒤로도 아직 순서를 기다리는 사람이 꽤 늘어서 있었다.

참고로 내가 흡혈귀라는 사실은 마을사람들에게 가르쳐 주지 않았다.

페르노트 씨가 '눈에 띄니까 다른 사람한테는 흡혈귀라는 사실은 비밀로 해'라고 그랬으니까.

흡혈귀다운 송곳니도 있고 귀도 살짝 뾰족하지만, 태양 아래서 당당하게 있는 덕분에 내가 흡혈귀라는 사실은 누구에게도 들키지 않은 모양이었다.

"으—음…… 앞으로 다섯 명을 치료하면 오늘은 끝낼 테니까, 중증인 사람 우선으로 부탁드릴게요?"

끝이라고 그래도 마력이 고갈된 것은 아니었다. 단순히 낮잠이 자고 싶어졌을 뿐이었다.

본심을 말하자면 지금 당장 일을 그만두고 싶지만 언제 나를 보살펴 줄 기생 대상이 발견될지 알 수 없는 이상, 벌 수 있을 때에는 벌어두는 편이 좋겠지.

일하기 싫다는 기분과 일해야만 한다는 의무감. 그 타협점으로, 오늘은 앞으로 다섯 명이다.

이럴 때, 다들 순순히 내 말을 따라주어서 다행이었다. 쉬고 싶을 때 쉴 수 있으니까 일하기 편한 환경이었다.

이따금 불평하는 사람은 있지만, 그런 사람은 즉각 줄에서 쫓겨나는 만큼 숫자의 폭력은 위대하다.

나머지 다섯 명을 착착 회복하고 페르노트 씨의 집으로 돌아갔다.

그녀의 집은 이 층 구조로 꽤 넓었다. 페르노트 씨가 과거에 번 돈으로 샀다나.

그녀가 실명한 원인은 몬스터와의 싸움이었고 스킬은 전투 계열이니까, 역시나 몬스터 사냥이라도 해서 생계를 꾸렸을 테지.

그런 쪽으로는 파고들 생각이라면 블러드 리딩으로 금세 알 수 있지만, 흥미가 없으니까 안 한다.

복도를 나아가서 주방 쪽으로 갔더니 페르노트 씨가 의자에 앉아 있었다. 식탁에는 티 세트가 있으니까 티타임일까?

"다녀왔어요, 페르노트 씨. ……페르노트 씨?"

이야기를 건네도 대답이 없었다. 이상하다 싶어서 자세히 봤더니 페르노트 씨는 눈꺼풀을 닫고 있다.

평온한 호흡이 반복되고, 첫 인상에서 '출렁'이라고 호칭한 큰 가슴이 호흡에 맞추어 흔들흔들 작게 흔들렸다.

……낮잠인가요.

앉은 채로 자는 것도 꽤나 기분 좋지. 나도 잘 안다.

침대와는 다르게 안심이 되는 느낌이 있어서, 단기간에 잘 잤다는 기분을 느낄 수 있다. 살짝 몸이 결리는 게 단점이지만.

"……깨우는 것도 미안하네요."

페르노트 씨는 매일 바쁘게 어딘가 외출하니까 지친 거겠지.

뭘 하는지 물어보지는 않겠지만, 그녀는 이제까지 눈이 보이지 않았다. 보이게 되면서 가능하게 된 일이나 해야만 하는 일이 생기지 않았을까.

혹시 용병 가업 같은 것을 하고 있었다면 복귀를 위한 준비 따위도 있을 테고.

다시금 페르노트 씨의 잠든 얼굴을 바라봤다. 조용한 실내에서 쌕쌕 숨소리를 울리며 안심한 것 같은 표정으로 잠들어 있었다.

나는 낮잠을 정말 좋아한다. 사랑한다고 해도 된다.

낮잠이 얼마나 행복한 시간인지 잘 안다. 그러니까 타인에게서 그 행복한 시간을 빼앗는 짓은 하지 않는다.

……하지만 시간을 생각하면 식사 준비를 할 때겠네요.

식사는 매일 페르노트 씨가 만들어준다.

메뉴에 따라 다르기도 할 테지만, 평소 같으면 밑 준비를 시작해도 이상하지 않을 정도의 시간이었다.

"……어쩔 수 없나."

생각한 것이 솔직하게 말이 되어 밖으로 나왔다.

기분 좋게 자는 페르노트 씨를 보고 깨우자는 심정은 전혀 들지 않았다.

돈은 지불하고 있지만 매일 맛있는 식사를 만들어주니까 오늘 정도는 자게 두자.

머리를 덮고 있던 후드를 벗고 나는 부엌으로 향했다.

12　신기한 동거인

"으, 응……?"

잠에서 깬 것은 무언가 후각을 달콤하게 자극했기 때문이었다.

희미하지만, 달콤한 향기였다. 설탕의 강한 맛이 아니라 우유에 가까운 부드러운 단맛.

냄새에 이끌리듯이 눈을 떠보니 풍경이 펼쳐졌다.

몇 번을 잠에서 깨어도 이 순간을 행복하게 느꼈다.

……정말이지, 이제는 볼 수 없다고 생각했는데.

과거에 싸움에서 잃은 시력. 그것이 돌아왔다는 사실이 지금도 어쩐지 믿기지 않았다.

나답지 않게 '내일 일어났더니 볼 수 없다면 어쩌지' 같은 생각을 매일 잠들기 전에 떠올리고는 불안해져 버릴 정도였다.

그만큼 다시 본 세계는 색깔로 넘쳐나고 아름다운, 두 번 다시 잃고 싶지 않은 것이었다.

지금 그 아름다운 세계에는 하얀색이 있었다. 식기에 담긴 하얀 액체에, 곁에 있는 숟가락으로 떠보니 점성이 있었다.

"이건……?"

"아, 일어났군요."

"……아르제?"

부엌 쪽에서 은발 소녀가 얼굴을 내밀었다.

아르젠토 밤피르. 어찌된 인연인지 한동안 함께 살게 된 흡혈귀 소녀였다.

반짝이는 은발에 선혈같이 붉은 눈동자. 보는 것만으로 눈이 번쩍 뜨일 법한 미소녀로, 내게 빛을 되찾아준 은인.

그녀는 붉은 눈동자를 활 모양으로 굽히며 미소 짓더니 내게 이야기를 건넸다.

"안녕히 주무셨나요, 페르노트 씨."

게다가 목소리까지 귀여웠다. 방울이 울리는 것처럼 맑게 울리는 소리가 실내로 흘렀다.

어딜 봐도 흠이라곤 없는, 아름다운 소녀. 같은 여자로서 보고 있으면 스스로의 자신감이 살짝 사라지는 생물이었다. 너무도 차이가 커서 질투나 대항심조차 들지 않았다.

"어, 어어, 잘 잤어⋯⋯. 저기, 아르제, 이건⋯⋯?"

이거, 라는 것은 물론 지금 내 눈앞에 있는 하얀 것이었다.

보기에는 진한 스프 같고 향기는 무척 좋았다. 하지만 처음 보는 요리라서 자세히는 알 수 없었다.

아르제는 내 시선과 말에 고개를 끄덕이고 말해주었다.

"스튜예요."

"스튜⋯⋯?"

"아, 이쪽에는 없나⋯⋯. 으음, 우유랑 버터로 만든 스프예요."

"⋯⋯어쩐지 걸쭉한데."

"밀가루랑 감자로 찰기를 더했으니까요."

아르제의 대답에는 망설임이 없었다. 다시 말해서 정말로 제대로 된 요리겠지.

……이 아이가, 만든 거야?

솔직히 조금 무섭다.

만난 뒤로 오늘까지 그녀가 식사를 만드는 모습을 본 적은 없었고, 그녀는 '삼시세끼 낮잠 간식 포함해서 보살펴 주는 사람'을 찾는다고 공언할 만큼 게을렀다.

그런 아르제가 과연 요리를 할 수 있을까……. 지식으로 알고 있을 뿐, 적당하게 만든 게 아닐까…….

그런 내 걱정을 제쳐놓고, 아르제는 이쪽을 향해 가벼운 발걸음으로 걸어왔다. 그녀는 내 옆까지 와서는, 내가 그릇에 담근 숟가락을 들고 후우후우, 귀엽게 숨을 불었다.

종종걸음으로 걸어오는 움직임을 포함해서 동작 하나하나가 터무니없이 사랑스러웠기에 그만 넋 놓고서 보고 말았다.

멍하니 있는 내 눈앞에서 아르제는 숟가락으로 뜬 스튜를 충분히 식히고는 내 쪽으로 내밀었다.

"자, 드세요."

"머, 먹으라니."

"맛보기에요. 어떤 음식인지는 먹어보면 알아요."

그렇게 미소를 띠며 숟가락을 눈앞으로 내밀면 이제는 어쩔 도리도 없었다.

……배탈이라도 나면 치료해달라고 그러자.

요리 실력은 불명이지만 회복 마법 실력은 확실하다. 아마도 전 세계를 찾아봐도 회복 마법 스킬 레벨이 10인 것은 그녀뿐이겠지.

한 번은 그녀가 일하는 모습을 찬찬히 살펴본 적이 있었다. 잃어버린 신체의 일부조차 원래대로 되돌렸다. 그것은 회복이라기보다도 '재생'의 영역에 다다랐다.

죽은 사람을 살릴 수는 없더라도 그 정도 수준의 힘을 지녔다면 이제까지 좀 더 소문이 돌았을 테고, 어느 나라든 그녀를 내버려 두지 않았을 테지. 그런데도 이제까지 이름은커녕 소문조차 들은 적이 없었다. 대체 어떻게 된 영문일까.

그런 부분도 포함해서 그녀에게는 의문이 많았다. 알고 있는 점이라면 어쨌든 낮잠을 좋아한다는 것, 상당히 게으르고 햇빛에도 아무렇지 않은 흡혈귀라는 것 정도일까.

의문으로 가득한, 신기한 동거인의 의문 중 하나가 지금 풀리려 하고 있는데……

"음…….”

포기하고 입을 열자 천천히 따뜻한 액체가 흘러들었다.

혀 전체가 빠져드는 것 같은, 점성이 있는 스프였다. 맛은 역시나 우유임을 알 수 있는 단맛과 감칠맛. 후각을 자극하고 코로 빠져나가는 것은 희미한 버터 향기.

농후하지만 신기하게도 몸에 스며드는 것처럼 들어오고, 짙게 느껴지지는 않았다. 뒷맛은 크림 같은 다정한 단맛이라 안도했다.

혀 위에 남은 감자 입자는 거칠기는 했지만, 그만큼 혀에 머무르며 길게 단맛을 남겨주었다. 그 입자도 단맛에 이끌려 샘솟은 침으로 흘러들어, 이윽고 스르륵 사라졌다.

"……맛, 있어.”

그것도 깜짝 놀랄 만큼.

믿을 수 없는 일이지만 아르제는 요리를 할 줄 아는가 보다.

내가 멋대로 불안해하고 멋대로 안심했다는 사실을, 상대가 알리는 없겠지. 아르제는 내 평가에 만족스럽게 웃었다.

"에헤헤, 다행이다."

"웃……."

……귀여워.

스스로도 대체 무슨 생각을 하느냐고 생각했다. 하지만 아르제는 정말로 귀여웠다.

특히 덧니. 웃을 때에 슬쩍 보이는 그것이 내게는 굉장히 매력적으로 느껴졌다. 물려도 괜찮지 않을까, 그런 생각을 해버릴 정도로.

게다가 항상 졸려 보이는 무표정인데 절묘한 타이밍으로 미소 짓기까지. 그런 거 치사하다. 그야말로 기습이다.

……나, 노멀이라고 생각했는데.

원래 있던 직장은 여성뿐이어서, 그 탓인지 여자들끼리……, 그런 경우도 있었다. 나도 유혹당했다고 할까 고백 받은 적이 몇 번인가 있었다.

그때는 마음이 움직이지 않았는데, 아르제를 보고 있으면 내게 고백했던 아이들의 심정을 알 수 있었다. 이제까지 가지고 있던 상식이 송두리째 뒤집히려고 할 만큼, 그녀는 귀여웠다.

"빵이랑 먹으면 맛있어요. 슬슬 구울 테니까 조금만 더 기다려요."

"……너, 빵까지 구울 수 있어?"

"예, 오늘 건 조금 간단히 만드는 거라 프라이팬으로 굽지만요……. 제대로 반죽부터 만들고 있어요. 살짝 부엌 청소도 해뒀어요."

"뭐어?!"

그 말에 이번에는 역시나 소리 내어 놀랐다.

황급히 일어서서 서둘러 주방을 확인하고── 깜짝 놀랄 수밖에 없었다.

……이거 뭐야, 내가 청소하는 것보다 깨끗하잖아?!

명백하게 살짝 청소했다, 라는 말로는 정리되지 않았다. 여기도 저기도 반짝반짝해서 마치 새것 같았다.

바닥도 벽도 천장도 더러운 것 하나 없고 조리도구까지 닦여 있다는 것을 알 수 있었다.

너무도 깨끗해서 그만 입을 반쯤 벌리고 말았다. 지금 나는 남이 보면 자못 바보 같은 표정을 띠고 있겠지.

"이거, 뭐야……."

"마음에 안 드나요? 조리도구나 조미료 위치는 안 바꿨는데……."

"자, 잠깐만 아르제?! 너, 이렇게나 가사에 능숙했어?!"

"어, 아, 예. 그게 무슨 문제라도?"

"그게 말이지, 너 항상 잠만 자고……!"

"확실히 저는 항상 잠만 자고, 아무런 도움도 안 되는 장식품 같은 존재예요."

"그런 말까지는 안 했다고?!"

안 되지, 또 이 아이의 페이스다.

아르제는 독특하다고 그럴까 완전히 독자적인 흐름이 있어서, 대화를 나누다가 이쪽의 화제가 엉망이 되어버리는 경우가 있다. 지금은 그런 흐름이었다.

평소라면 그래도 상관없지만 이 화제는 확실하게 해두고 싶었다. 그녀의 의문이 풀린다고 생각했는데 이래서는 오히려 깊어져 버릴 정도였다.

딱히 중요한 일은 아니겠지만 이 게으른 아이가 어째서 이렇게까지 잘 하는지 알아두지 않고서는 신경이 쓰여서 밤에 잠도 못 잔다.

"어째서, 이렇게까지 가사를 잘 하는데……? 너, 삼시세끼 낮잠 간식을 포함해서 그저 낮잠을 잘 수 있는 생활을 보내고 싶은 거지? 그러면 가사 기술 따윈 필요 없잖아."

"그렇지도 않다고요?"

"……나는 그렇다는 생각밖에 안 드는데."

그게 그렇잖아. 보살핌을 받은 쪽에 그 스킬은 필요가 없을 터.

보살핌을 받는다는 것은 아무것도 안 한다는 것. 그러니까 가사를 할 필요는 없고, 그를 위한 지식이나 기술도 필요 없다. 적어도 나는 그렇게 생각한다.

아르제는 프라이팬에 덮어둔 뚜껑을 열고 갓 구운 빵을 덥석 붙잡아서 접시에 담으며 내 말에 대답했다.

"보살펴 주는 사람이 없더라도, 그 사람을 찾을 때까지 제대로 살 수 있었으면 했거든요. 그리고 보살펴 주는 사람도 가끔은 쉬고 싶거나 몸이 안 좋을 수도 있잖아요? 그럴 때를 위해서라도 가사는 대충 익혀뒀어요."

그 말을 듣고서야 간신히, 아르제가 말한 '그렇지도 않다'의 의미를 깨달았다.

그녀는 '삼시세끼 낮잠 간식 포함으로 보살펴 주는 사람'이 나타날 때까지 제대로 살기를 원하고, 그 후로도 그 사람에게 계속 매달려서 살아가기 위해서 때로는 치하하는 행동도 하겠다는 것이었다.

다시 말해서 아르제가 말하는 '보살펴 주는 사람'이라는 것은 그저 노예가 아니라 아르제에게 소중한 사람이 되는 것이다.

그저 한없이 매달려서 살아가고 싶다는 소리를 하지만, 실제로 아르제 쪽도 상대를 도와줄 생각이 있고 그를 위해 필요한 것을 제대로 습득하고 있다는 의미였다.

아르제는 내가 생각하던 것과는 다른 방향으로, '보살핌을 받고 싶다'고 생각하는 모양이었다.

"……그 노력, 어째서 좀 더 올바른 방향으로 향하지 않는 걸까."

이만큼의 능력이 있다면 성실하게 살 수도 있을 텐데.

의문은 풀렸지만 이해할 수가 없는 현실에 나는 묘한 두통을 느꼈다.

그날 식사는 무척 맛있다고 할까, 솔직히 내가 만드는 것보다도 수준이 높은 데다가, 아르제는 식후에 쿠키까지 구워줬는데 그 쿠키까지 맛있었으니까 지독하게 석연치가 않았다.

어쩐지 져서는 안 되는 부분에서 진 것같이 괴로운 심정을 느끼고, 결국 나는 이날 밤에 그다지 기분 좋게 잘 수가 없었다.

13 요염한 버섯 (넓은 의미로)

그 사람은 어느 날, 갑자기 나타났다.

"기적을 일으키는 성녀라는 건, 너인가?"

평소처럼 사람들의 상처를 치료하고 있었더니 기다리는 사람들을 밀어젖히고 이상한 사람이 나타나서 그런 소리를 꺼낸 것이다.

이 사람 뭐지. 그런 생각은 했지만, 상대는 명백하게 나를 향해 질문을 던졌다. 무시할 수도 없었기에 나는 솔직하게 대답했다.

"……저는 그런 생각은 없지만, 그렇게 부르는 사람도 있는 모양이네요."

평소라면 그런 사람은 냉큼 쫓겨났을 텐데, 이날은 그렇게 되지는 않았다. 오히려 마을사람들 모두가 적극적으로 이상한 사람이 지나갈 길을 비워주었다.

이상한 사람은 척 보기에도 튼튼해 보이는 갑주의 동행인을 셋이나 거느렸고, 옆에는 칼을 허리에 찬 흑발의 여성까지 함께 있었다.

처음에는 그 동행인들의 위압감이 사람들을 밀어냈느냐고 생각했지만 아무래도 아닌 듯했다.

멀찍이 에워싸고서 보고 있는 사람들은 이상한 사람을 가리키며 소곤소곤 대화를 나누었다.

"영주야……."

"이봐, 영주가 나왔다고."

"누구냐, 저 변태를 풀어놓은 건."

"엄마―, 영주님이 있어―."

"쉿, 보면 안 돼! 임신당해버려!!"

……아, 대략 어떤 사람인지 알겠네요.

분명히 제노가 여자를 좋아한다고 평가했는데, 마을 사람들의 이런 반응을 보면 어지간한 정도가 아니겠지.

이상한 사람, 다시, 영주는 나를 손끝부터 머리끝까지 빤히 바라봤다. 오늘은 더웠으니까 후드는 벗고 있어서 그야말로 빤히 응시당하고 말았다.

한바탕 살펴보고는, 영주는 깊이 한숨을 내쉬고,

"아름다워……."

"예에, 고마워요. 저기…… 에로 버섯 씨."

"누가 에로 버섯이냐?!"

머리 모양이 버섯 같고 시선이 음란했으니까 에로 버섯이라는 무척 알아듣기 쉬운 호칭을 사용했는데, 나를 엄청나게 째려봤다.

어울린다고 생각하는데 말이지, 에로 버섯.

"……변태 버섯 쪽이 나았나요?"

"표현을 바꾸었을 뿐이잖아?!"

"""푸흡."""

"뭘 웃는 거냐, 네놈들!!"

"""으하하하하하."""

"그쪽도 웃지 마라!!"

응, 이 패턴은 새로웠으니까 다음부터 이것도 섞어보자.

그건 제쳐놓고, 상대는 어찌된 영문인지 엄청나게 화를 내고 있었다. 웃음을 터뜨린 동행들의 갑옷을 퍽퍽 걷어차고, 폭소하는 주민들에게 위협하는 게 무척 역정이 난 모양이었다. 버섯 머리가 버섯구름으로 보일 정도.

그를 보며 웃지 않는 것은 본인과 나, 그리고 옆에 따르고 있는 여성뿐이었다.

"그렇게나 화내지 않더라도…… 평범하게 이름을 가르쳐준다면 그렇게 부를 텐데, 어째서 빨리 이름을 대지 않는 건가요?"

"이 참상, 내가 잘못한 거냐?! 나는 사마카 스왈로! 국왕으로부터 알레샤의 통치를 위임받은, 이 마을의 영주다!"

"그런가요. 저는 아르젠토 밤피르라고 해요. 그래서 그런 사마카 씨가, 저한테 무슨 용무일까요?"

"아르젠토인가……. 너, 내 아내가 되지 않겠나?"

……스트레이트로 왔군요―.

상대의 말에는 물음표가 붙어 있기는 하지만 행동에서는 '싫다는 말은 허락하지 않겠다고'라는 느낌이 여실하게 전해졌다.

갑옷 남자들은 자연스럽게 내 주위를 포위하듯이 위치를 잡았고, 측근 같은 여성은 칼에 손가락을 대고서는 놓치지 않겠다는 생각으로 가득했다.

변태 버섯, 아니, 사마카 씨는 아마도 혼신을 다한 자신만만한 표정으로 내 코에 숨결이 닿을 정도의 거리까지 얼굴을 가져다댔다.

입 냄새를 신경 쓰는지 허브 같은 상쾌하고 좋은 냄새가 났지만, 체온을 머금은 뜨뜻미지근한 숨결이 피부를 쓰다듬은 감상이 불쾌했기에 반사적으로 한 걸음 물러났다. 그러자 사마카 씨는 또다시 거리를 좁히고── 쿵.

"나쁘게 대하지는 않을 테니까……?"

벽에 쿵, 턱을 꾹.

순정 만화의 필살기 같은 연계기를 내게 날려주셨다.

……어쩌지, 전혀 가슴이 두근거리지 않아요.

단 미남 한정이라느니 단 좋아하는 사람 한정이라느니, 그런 주석의 의미를 진정한 의미로 이해할 수 있을 것 같았다. 확실히 이건 호감을 느끼는 사람이 해야지, 안 그러면 불쾌한 느낌밖에 없었다.

솔직히 말하면 사마카 씨의 얼굴은 그렇게 나쁘지 않았다. 적어도 못 생기지는 않았다. 안타까운 것은, 센스였다.

흑발을 포마드 같은 것으로 딱딱하게 굳힌 머리 모양은 어찌 보아도 윤기 있는 버섯이고, 덤으로 그 위에 비싸 보이는 깃털 달린 모자를 쓰고 있으니까 얼굴의 면적이 묘하게 작게 느껴지고 만다. 머리카락이나 모자가 본체 같이 보였다.

가벼운 복장이지만 여기저기에 쓸데없이 여겨지는 장식이 치렁치렁 달려 있어서 전체적인 밸런스가 나빴다. 그러면서 어째선지 가슴께는 확실하게 열어두었는데, 그거 멋있다고 생각하는 건가요.

전형적인 '본인은 엄청 잘 나간다고 생각하지만 주위에서는 촌스럽다고 여기는' 타입이었다.

제대로 된 복장을 입으면 아마도 평범하게 멋있어질 텐데, 보기에도 안타까운 느낌이 되어버렸다.

"저기요——."

"——아르제, 무슨 일 있어?!"

소동을 들었는지 집 안에서 페르노트 씨가 튀어나왔다. 가슴을 출렁출렁하면서.

페르노트 씨는 자신의 집 벽에 벽 쿵을 당한 나와, 벽 쿵을 한 사마카 씨를 보고 대략적인 상황을 헤아린 듯했다. 명백하게 노기를 머금은 시선으로 사마카 씨를 쳐다보고,

"사마카…… 당신, 그 아이한테 뭘 하는 거야."

"페르노트 경. 아니 뭐, 그저 구혼이에요."

"아내를 서른네 명이나 두고서는 아직도 부족해?"

"지금은 서른여섯 명인데요."

"더 나쁘잖아!!"

아무래도 두 사람은 아는 사이인 듯했다. 페르노트 씨의 말투는 배려가 없는, 오히려 적대심이 있는 말투였다.

……아내가 서른여섯 명이라니, 터무니없는 하렘이네요.

나는 조금도 마음이 움직이지 않았는데, 지금처럼 하는 걸 좋아하는 사람도 꽤나 있는 걸지도 모르겠다. 억지로 결혼했을 가능성도 있지만 실제로 물어본 것도 아니니까 단정하는 건 실례겠지.

사마카 씨는 페르노트 씨가 아무리 노려봐도 겁먹은 기색은 없이, 오히려 어이없다는 듯 어깨를 으쓱였다. 몹시 연극조라고 할까, 나한테 보여주려는 것 같은 행동이었다.

"후우~…… 페르노트 경. 당신이야말로 이런 곳에서 뭘 하는

건가요?"

"……실명했으니까 은거하는 거야. 알고 있잖아?"

"눈은 나았다고 들었어요. 그 보고를 받고 국왕 폐하께서 직접 돌아오라고 명령을 내리셨다는 이야기도 들었는데……. 아닌가요, 전직 왕국기사단, 삼번대 부대장?"

"……음."

페르노트 씨가 관직, 그것도 무척 높아 보이는 직위였다는 사실에는 놀랐다.

그렇게나 높은 직위였다면 그녀가 항상 바빠 보이는 것도 납득이 갔다. 아마도 임금님의 소집 명령을 거절하기 위해서 이런저런 곳에 머리를 숙이러 다녔을 테지.

지금 태도를 보면 복귀할 생각이 없다는 것은 알 수 있었다. 그러면서, 임금님의 타진을 거절하는 것에 죄책감을 품고 있다는 것도.

하지만 이 상황은 조금 거북했다. 페르노트 씨는 지금 명백히 상대에게 말려들어 가려는 참이었다.

성실한 사람이다. 상대의 반론까지 성실하게 받아들이고 만다. 그런 사람은 말다툼에는 맞지 않는다.

반면에 사마카 씨는 명백하게 경험을 쌓았다는 사실을 알 수 있을 만큼 차분하게 대화를 나누었다. 페르노트 씨한테 건넨 말도 반론이라기보다도 타이른다고 볼 수 있을 만큼 말투가 평온했다.

항구 마을 알레샤는 이 나라 무역의 거점으로 상당히 중요한 장소라고 제노는 말했다. 그곳을 맡고 있는 이상, 사마카 씨는 유능하겠지.

센스는 나쁘고 호색하더라도 정치나 경제에 능한 사람이 아니라면 이런 중요한 지역을 맡을 수는 없다.

전투 계열과 정치 계열. 근본적인 토대가 완전히 다른 사람들끼리 다투는 상황에서, 지금 다투는 곳은 사마카 씨의 토대 위였다. 페르노트 씨에게 승산이 없음은 명백했다.

상대의 특기 분야에서 승부해서 어쩌자는 거냐. 정말로 성실한 사람이구나, 오드아이 출렁 씨.

······어떻게 할까요.

후각에 의식을 집중했더니, 지금 이 자리에 있는 사람들 가운데 명확하게 '강하다'라고 느껴지는 것은 페르노트 씨와 사마카 씨의 측근인 여성이었다. 피 냄새를 바탕으로 한 블러드 리딩으로 알 수 있었다.

페르노트 씨는 내 아군이라고 보면 될 테니 방해하진 않는다면, 도망을 못 칠 것도 아니겠지.

다만 그렇게 해버리면 귀찮아질 것 같았다. 상대는 이 마을의 영주이고, 어쩌면 페르노트 씨가 책임을 추궁당할 가능성도 있었다.

게다가 사마카 씨만큼은 피 냄새를 알 수가 없으니까 실력을 판별할 수가 없었다.

그의 몸에서는 무척 달콤한 향기가 났다. 아마도 향수일 테지만, 그 냄새가 너무 강해서 피 냄새를 알 수가 없는 것이었다. 너무 뿌렸잖아, 이거.

스킬 레벨이 높으면 알 수 있을지도 모르겠지만 안타깝게도 후각 강화는 일 포인트밖에 안 찍었다.

실력을 모르는 이상 위험도도 알 수 없으니 갑자기 움직이는 것은 위험할지도 모른다. 지명수배 같은 것을 당해도 곤란하고.

"······우선은 좀 진정하고 이야기하지 않을래요? 자, 차라도 마시면서."

"호오, 그건 좋지! 아르젠토, 너를 내 저택으로 초대하지. 그곳에서 천천히, 서로에 대해서 이야기 나누지 않겠나."

"아, 아르제?!"

"괜찮아요, 페르노트 씨. 잠깐 차를 마시고 오는 것뿐이니까요."

이대로 놔두어도 일이 제대로 안 풀릴 것은 틀림없기에, 지금은 상대의 권유에 응해보기로 하자.

길게 이야기를 듣는 것보다는 그러는 편이 훨씬 낫다. 그게 말이지, 귀찮으니까. 용건이 있다면 빨리 끝내고 낮잠을 자고 싶다.

"······삼시세끼 낮잠 간식 포함으로, 간단히 함락된다든지 그러지는 않을 거지?"

"············."

"그건 곧바로 부정하라고?!"

아니, 정말로 그런 대접을 받아버리면 엄청 흔들릴 테니까요.

14   호색가의 의도

"하―…… 굉장한 곳이네요."

고급스러워 보이는 마차를 타고서 온 장소는 꽤나 졸부 취향의 저택이었다.

도처에 깔려 있는 붉은 카펫은 폭신폭신해서 걷는 게 망설여질 정도. 장식되어 있는 그림이나 항아리 따위는 한눈에도 고가임을 알 수 있었다. 나도 모르게 의자에 앉은 채로 두리번두리번 살펴보고 말았다.

무역의 거점을 맡고 있는 사람이다. 벌이는 상당하겠지. 아내가 서른여섯 명이나 있을 정도니까.

분홍색 트윈 테일이라는 특징적인 머리 모양의 메이드가 따라 준 차를 일단 한 모금 마셨다.

깊은 향기와 강한 단맛이 있고, 그러면서도 입에 남는 잡맛은 없었다. 그리고 남은 것은 기분 좋은 잔향뿐. 이건 상당히 좋은 홍차겠지. 게다가 잘 탔다.

감탄하는 동안, 사마카 씨가 말을 건넸다.

"우선은 무례를 사죄하지, 아르젠토."

"예?"

의외였다. 사마카 씨는 천천히 일어서더니 모자를 벗고 내게 꾸벅 인사를 하는 것이었다.

도저히 조금 전까지 자신만만한 표정으로 '내 것이 되어라' 같은 소리를 하던 사람으로는 여겨지지 않았다. 겸허하고 신사적인 태도였다.

그만이 아니라 측근 여성과 메이드, 그리고 갑주 사람들까지도 깊이 머리를 숙였다.

"억지스러운 짓을 해서 미안하네. 하지만 나는 어떻게든 너를 데리고 와야만 했어."

"그게 무슨 뜻, 인가요?"

"네 회복 마법은 너무 강력해. 그만한 힘을 가진 마법사를 그냥 놔둘 수는 없어. 나는 영주로서 이 나라의 국왕…… 플레이아데스 왕께 네 존재를 보고할 의무가 있어. 강력한 마법사가 나타났다, 라고."

……그러니까 아내 운운은 그저 구실이었다는 건가요?

떠오른 의문에 해답을 얻기 위해서 나는 말을 꺼냈다.

"저를 이렇게 부른 건 임금님과 만나도록 하기 위해서, 그런 건가요?"

"아니. 이건 내 개인적인 판단이야. 내가 보고하지 않더라도 네 소문은 이윽고 다른 마을까지 퍼지고 언젠가는 왕의 귀에 닿겠지. 그 전에…… 왕이 네 존재를 알아차리기 전에 너를 이곳으로 불러야만 했어."

나를 임금님한테 알려서는 안 된다고 그러는 건, 알겠다. 여하튼 회복 마법 스킬도 마력 강화 스킬도 최고 레벨이니까.

실제로는 그 밖에도 많은 스킬 레벨을 한계까지 올렸지만, 현재 나에 대한 소문은 '어떤 부상이나 질병도 고친다'라는 것이었다.

사라진 신체 일부나 결핍된 감각, 깊은 곳까지 뿌리내린 질병까지 한꺼번에 걷어낼 정도의, 말도 안 된다고 할 수 있을 만큼의 효과를 가진 회복 마법.

게다가 그런 터무니없는 마법을 몇 번이든 쓸 수 있다면, 깊이 생각하지 않더라도 쓸 곳은 얼마든지 있다.

막대한 이익이 될 존재. 상사에게 보고하는 것은 당연한 의무겠지.

하지만 그 의무를 사마카 씨는 저버렸다. 그것도 누군가의 지시가 아니라 자신의 의사로.

그건 다시 말해 임금님에게 불충을 저지르는 행위였다. 모시는 상사, 그것도 수장을 등진다니 쉽사리 할 수 없는 일이다. 어떻게 된 걸까.

"왕은 너를 중용하겠지. 제국과의 전쟁 최전선, 그곳에 너를 보내어 다친 병사를 치료한다……. 병사는 네게 감사하고 너를 지키고자 크게 사기가 오른다."

"……그렇군요."

"왕과 친한 자들이 병으로 쓰러지면 그것을 치료하고, 백성의 지지를 얻기 위해서 백성을 치유하고…… 절세의 미모와 어우러져서, 희대의 마법사, 신의 사자, 성녀라고 다들 추어올리는 몸이 되겠군."

"아―…… 예."

어쩌지, 듣는 것만으로도 엄청 귀찮다.

그건 매일 여기저기 돌아다니고, 여기저기서 사람을 치료하고,

143

항상 성녀답게 미소를 띠라는 거겠지?

장난이 아니다. 나는 매일 태평하게 자면서 살고 싶은데, 그렇게 된다면 쉴 틈 따윈 사라져버린다. 간식을 먹을 여유조차 과연 주어질지 의심스럽다.

삼시세끼 간식 포함, 자고 싶을 때는 마음껏 재워주고, 그러면서 환자가 모두 나한테 찾아와준다면 그래도 아슬아슬하게 허락할 수 있겠지만, 그런 건 사양이다.

"그래서…… 으음. 사마카 씨는 어째서 임금님한테 보고하지 않고 저를 저택으로 불렀나요? 저를 이용해서 무언가 정치적인 일을 하고 싶다든지?"

사마카 씨가 지금 말한 일은 딱히 임금님이 주도할 필요는 없었다.

예를 들면 사마카 씨가 해도 되는 것이다. 자신이 거느린 병사가 다칠 때마다 내게 회복시키고, 자기 마을에 사는 주민들의 부상이나 질병을 고쳐서 지지를 얻는다. 그러면 사마카 씨가 나라의 주인이 되는 것도 가능하겠지.

내가 가진 것은 그런 힘이다. 그 정도로 뛰어나게 되어버렸다는 자각은 있었다.

……그야말로 재능을 썩히는 일이지만요.

내가 회복 마법에 포인트를 한계까지 찍은 것은 원래 자신의 부상을 치료하기 위해서였다. 지금은 사람들한테서 돈을 받거나 은혜를 갚기 위해서 사용하고 있다. 그러니까 영리 목적이라고 할까, 완전히 나를 위해서 사용하는 것이었다.

전 세계를 돌면서 부상이나 질병을 치료하겠다는 숭고한 마음을 먹지는 않았다. 그런 성인군자가 아니었다. 나는 그저 누군가 보살펴 준다면 계속 낮잠을 자고 싶을 뿐.

그런 게으른 내게 기대해봐야 곤란하다. 귀찮다고.

"그런 생각은 없어. 나는 왕을 존경하고 충성도 맹세했지만…… 어느 일선은 양보할 수 없어. 이번에는 그 일선을 건드리는 일이니까, 너를 어떻게든 왕으로부터 숨기기 위해 움직였지."

의외로 부정해버렸다. 틀림없이 이쪽이라고 생각했는데 아무래도 아닌 모양이었다. 그는 지금의 권력에 만족한다는 것일까.

이 예상이 빗나갔다면 이제는 사마카 씨가 무슨 생각을 하는지 나로서는 알 수 없었다.

지금의 지위에 만족하고 있으면서, 그것을 준 상대를 배신하면서까지 그는 무엇을 하고 싶은 걸까.

"냐암…… 그 일선은, 뭔가요?"

모르는 건 솔직하게 물어보는 게 제일이다. 다과로 나온 쿠키를 하나 먹으며 사마카 씨에게 질문해봤다.

사마카 씨는 기다렸다는 듯이 기세 좋게 일어서더니 테이블 가장자리를 따르듯이 걸어서 내 쪽으로 다가왔다. 그리고 어쩐지 연극 같다고 할까, 자신에게 도취된 것처럼 양팔을 벌리고,

"그야 뻔하지! 너 같이 아름다운 소녀를, 그런 일을 위해서 사용하다니 바보 같은 짓이니까!"

"……허?"

"위험한 전장으로 가고, 정치의 도구로 사용되고, 바라지도 않

앗는데 숭배를 받는다……. 오오, 이 어찌나 아까운가…… 세계의 손실이겠지!"

"어, 어…… 사마카 씨, 당신 혹시…… 진심으로 저한테 구혼을?"

"물론이야! 내 아내로서, 그저 여자로서 살아! 조금 회복 마법에 능숙한 정도의 취급이라면 왕도 흥미를 가지지는 않겠지. 왕께는 그렇게 보고하겠어. 너처럼 아름다운 존재가 정치나 전쟁의 도구 따위가 되어서는 안 돼……. 그 아름다운 손은 그런 것을 위해서 존재하는 게 아니야……. 여자로서의 행복, 다시 말해서 사랑을 키우기 위해서 있는 거야! 아르젠토, 나랑 결혼하자……. 너무나도 커다란 그 힘을 버리고 한 사람의 여자로서 행복하게 살아가는 거야!"

……으─음.

아무래도 이 사람, 내가 생각하는 것 이상으로 확고한 호색가였던 모양이다.

15   내 손은 너무 작으니까

"거절할게요."

무척 놀랐다고 할까 넋이 나갔지만 내 대답은 정해져 있었다.

사마카 씨가 보살펴 주는 건 나쁘지 않을 것 같았다. 그는 신사적이고 여성에게 다정하다. 메이드도 잔뜩 고용했으니까 삼시세끼 낮잠 간식 포함으로 보살펴 줄 것이다.

그럼에도 나는 그의 유혹을 거절했다.

······조금 어긋나네요.

내가 바라는 것은 '삼시세끼 낮잠 간식 포함으로 보살펴 주는 생활'이지 여자의 행복을 바라는 게 아니다. 애당초 정신적으로는 남자였다.

그가 내게 바라는 것과 내가 기생 대상에게 바라는 것이 일치하지 않았다. 나는 나를 받아들여주는 사람이 보살펴 줬으면 좋겠고, 내가 받아들일 수 있는 인품인 사람에게 보살핌을 받고 싶은 것이었다.

결과론으로 따지자면 이곳에서 그의 유혹을 받아들이면 내 인생의 목적은 달성되지만, 서로를 향한 마음이 일방통행인 관계는 반드시 어디선가 파탄 난다.

그렇게 되면 곤란하다. 또다시 기생 대상을 찾아야 한다.

그런 이유 때문에, 구혼을 받아들일 수 없다는 것이 내 결론이었다.

사마카 씨는 내 말을 듣고 명백하게 어깨를 떨어뜨렸다. 분노가 아니라 낙담, 혹은 아쉽다는 분위기였다.

"그런가……. 네가 그리 바란다면 마음을 돌릴 수도 없겠군. 하지만 그렇다면 너를, 나는 보고해야만 해."

"상관없어요. 그게 일이잖아요?"

"나를 원망하지 않나?"

"거절하는데도 억지로 붙잡지도 않고 그저 보고할 뿐……. 그 시점에서 당신이 여성에게 정말로 다정하다는 건 알았으니까요. 그러면서 결단력이 있다는 것도."

"……그렇군, 이래서야 성녀라고 불릴 법도 해."

잘은 모르겠지만 사마카 씨는 어느 정도 납득해 준 모양이었다. 거절당했는데도 어쩐지 기쁜 듯 고개를 끄덕였다.

……의외로 이야기가 통한다고 할까, 내용물은 멋진 남자네요.

아내가 서른여섯 명이나 있는 것도 납득이 갔다. 내 생각이지만 그의 아내들 중에는 지금 내가 받은 것 같은 구혼을 받은 사람이 몇 명이나 있겠지. 평생 지켜주겠다는 마음을 담은, 그 나름대로의 진지한 구혼을.

페르노트 씨는 혐오감을 품고 있는 모양이었지만, 그는 그 나름대로의 신념을 가지고서 서른여섯 명의 아내와 잘 지내고 있다. 아마도 이 사람은 그런 사람이다.

머리 모양은 버섯 같고 옷 센스는 없고 액션이 조금 기분 나쁘지만…… 나쁜 사람은 아니라고 생각한다. 적어도 싫어지지는 않았다.

"뭐, 차 정도는 마시고 가줘. 너 같은 미인과 티타임이라니, 좀처럼 할 수 없는 일이니까."

"아내가 서른여섯 명이나 있는데도, 말인가요?"

"아내들한테는 미인이라느니, 그런 꽃을 아끼는 것 같은 표현은 안 해. 그녀들은 사랑하는 사람, 혹은 가족이라 부르지. 예쁜 것만이 아니라 아름답고 고귀하다는 의미를 담아서."

"그렇군요."

나를 계속 유혹하면서도 제대로 아내들을 자랑했다. 이건 완전히 호색가네.

원래는 남자지만 이렇게나 칭찬을 받으면 역시나 나쁘게 느끼지는 않았다. 조금 더 어울려주고 가자는 생각에 차를 한 모금 더 마셨다.

"──보, 보고 드립니다─!!"

그런 말과 함께 누군가 소란스럽게 문을 열어젖힌 것은 내가 찻잔을 내려놓은 것과 동시였다.

방으로 들어온 것은 사마카 씨의 호위와 같은 갑주를 입은 사람으로, 비싸 보이는 카펫 위를 저벅저벅 걸어서 사마카 씨 쪽으로 다가왔다.

얼굴이 완전히 가려져 있는 투구 너머로도 알 수 있을 만큼 당황했는데, 무슨 일 있었을까.

"티타임이라고 했을텐데 시끄럽다고, 마넨. 무슨 일이냐."

"……어비스콜이 나왔습니다."

"……!"

어비스콜, 그 말이 나온 순간에 사마카 씨의 안색이 바뀌었다.

어비스콜—— 어비스는 심연, 콜은 부른다는 의미였던가. 이름으로 봐서는 뒤숭숭한 울림이 있는데 무슨 일일까. 몬스터인가.

사마카 씨는 내게 인사를 하고는 자신의 버섯 머리에 모자를 뒤집어쓰며 말을 건넸다.

"미안하네, 아르젠토. 티타임은 여기까지야."

"사마카 씨, 머신돌이라는 건 뭔가요?"

"어비스콜이야. 몬스터지. 그것도 거물이야."

"아아, 역시……. 그건 위험한가요?"

"안전하지는 않지만 익숙한 상대야. 알레샤는 제국군이 오지는 않는다지만…… 바다는 몬스터와 해적의 영역이거든."

사마카 씨는 자신의 차를 단숨에 들이키고는 갑주 사람들에게 지시를 내리기 시작했다.

그의 표정은 진지하고 지시에는 망설임이 없었다. 무척 익숙한 모습이었다.

역시 유능한 거겠지. 그를 중심으로 일이 돌아가는, 그런 분위기가 있었다.

"아르젠토. 이 소동을 틈타서 마을을 떠나면 돼. 나는 이후로 피해 추산 등으로 바빠질 테니까. 너에 대한 보고는 천천히 하겠지."

명백하게 나에 대한 배려임을 알 수 있는 말을 남기고 사마카 씨는 부하들과 방을 나섰다.

측근 여성과 트윈 테일 메이드도 사마카를 따라갔기에 방에는 나 혼자 남겨졌다.

"……마을을 떠난다, 인가요."

사마카 씨가 말했다시피 그렇게 해야만 하겠지.

이대로 이 마을에 머무른다면 언젠가 틀림없이 임금님한테서 사마카 씨한테 나를 붙잡으라는 명령이 내려진다.

그렇게 되면 나는 느긋하게 잘 수가 없게 되고, 사마카 씨는 바라지 않는 일을 강요당하고 만다.

어쩌면 페르노트 씨한테도 명령이 내려질지도 모른다. 그렇게 된다면 성실한 그녀는 괴로워하겠지. 과거에 섬기던 나라와 은인 사이에 끼어버리게 된다.

이제 내가 이 마을에 있는 것만으로, 누군가가 불행해지는 것이다.

……원래부터 그렇지만요.

나는 게으르고 의욕 따윈 전혀 없는, 게으름뱅이의 화신 같은 존재다. 원래부터 나라는 생물과 엮여서 이점 따윈 없었다.

영혼이 세계에 맞지 않으니까 전생시킨다고 로리 영감님은 말했다. 다시 말해서 영혼이 적합한 세계라면 그 사람은 의욕이 생긴다는 이야기다.

하지만 결과는 보시다시피. 나는 전생 전과 무엇 하나 다르지 않은, 칠칠맞지 못한 인간 그대로.

변한 것이라면 종족, 성별…… 그리고 다수의 터무니없는 스킬 정도인가.

하지만 근본은 변함이 없었다. 변하지 않은 것이었다.

나는 여전히 게으르고 의욕 따윈 전혀 없는, 게으름뱅이의 화신 그대로 이곳에 있다.

그런 인간에게 호의를 베풀어도 곤란하다. 그런 것을 들이민다면 미안해서 안심하고 낮잠도 못 자게 되어버리니까.

이미 제노한테 받은 호의로도 벅찼다. 이 이상은, 내게는 너무 무겁다.

내가 바라는 것은 한 번의 호의가 아니다. 영원한 호의다. 일하지 않고 계속 자더라도 용서받을 정도의.

아무런 의미도 없는 존재를 인정해줄 정도의 감정이, 내가 바라는 것.

"……갈까요."

마을을 떠난다면, 갚을 것을 확실하게 갚아서 근심을 떨쳐낸 다음이다.

나는 쿠키를 하나 입 안으로 던져 넣고 사마카 씨의 저택을 뒤로했다.

모든 것은 내일의 낮잠을 기분 좋게 즐기기 위해서.

지니고 싶지 않은 무거운 짐은 이곳에 던져두고 가자.

16 영화에서 자주 본 녀석이었습니다

"영차."

최대치로 올린 속도에 내맡긴 곡예로, 근처의 집 벽을 뛰어 올라가서 지붕으로 올라섰다.

그렇게 옥상에 서서 의식을 집중하자 해풍 가운데 강한 향기를 느꼈다. 사마카 씨가 뿌렸던 향수의 달콤한 향기였다.

마을에는 많은 향기가 있었다. 바닷바람만이 아니라 사람의 냄새라고 할까, 생활의 냄새가. 그것들의 냄새가 있는데도 사마카 씨의 향수 냄새는 제대로 판별할 수 있었다. 역시 너무 많이 뿌렸다.

……항구 쪽인가요.

이동하는 것이 무척 빨랐다. 아니, 그만큼 서둘렀나.

방향을 알았으니까 바로 움직였다. 지붕에서 지붕으로 폴짝폴짝 점프하여 최단 루트로 사마카 씨 곁으로.

항구에 도착하자 사마카 씨는 바쁘게 이쪽저쪽으로 지시를 날리고 있었다. 그에 맞추어 사람들이 좌로 우로 바삐 움직였다.

보다시피 바쁜 현장이지만 용건이 있으니까 거리낌은 없었다.

지붕에서 뛰어내려 사마카 씨 눈앞에 착지했다. 돌바닥을 타닥울리며.

"아르젠토?! 어째서 이쪽으로 왔지?! 배를 내주지는 못한다고?!"

"알아요. 바카르콘은 어디에?"

"어비스콜이야! 지금 마침 저쪽에서 우리 배가 녀석한테 대미

153

지를 주고 있어."

사마카 씨가 가리킨 방향으로 시선을 돌렸다.

바다 방향이었다. 그것도 상당히 멀었다. 그럼에도 그쪽에 그 녀석이 있다는 걸 알 수 있었다.

시각 강화의 효과에 의지할 것까지도 없었다. 거대한 그림자라고 해야 할 존재가 해상에서 맹위를 떨치고 있었다.

그 녀석은 다수의 하얀 팔을 지녔다. 그 팔을 종횡무진으로 휘둘러서 차례차례 무장한 배를 부수고 가라앉혔다.

상대하는 선단이 대포로 공격을 가해도 고작해야 몸이 가볍게 기우는 정도. 똑바로 다시 서서는 가까운 배부터 침몰시키려고 들었다.

바다라는 심연에서 배와 사람을 물고기 밥으로 만드는 사악의 화신. 그야말로 어비스콜, 심연으로 부르는 목소리.

"싫어라…… 커다란 오징어……."

오징어였다.

어찌 보아도 오징어였다.

완전히 오징어였다.

심상치 않은 크기의 오징어였다.

대왕오징어 같은 호리호리한 몸이 아니라 갑오징어 같이 둥근 실루엣의, 굉장히 큰 오징어.

그것이 어비스콜의 정체라고 할까 비주얼이었다. 무척 맛있어 보였다.

하지만 저 오징어, 겉모습은 어찌 보아도 오징어지만 하는 행동은 흉악했다. 배를 몇 척이나 차례차례 가라앉혔다.

거대 해양 생물이 날뛰는, 마치 B급 영화 같은 광경이지만 틀림없이 많은 인간이 죽고 있겠지. 저만한 배가 가라앉았다면 금전적인 피해도 상당할 터. 스르륵 흘러내리는 모래시계의 모래처럼 돈도 사람도 흘러내리는 것이 지금, 눈에 보였다.

유효타를 주지 못하고 바다 밑바닥으로 가라앉는 선단을 바라보고 나는 중얼거렸다.

"대미지를 준다고 그래도, 어찌 봐도 불리하잖아요, 저건."

"녀석이 바다에 있는 동안에는 불리해. 그러니까 저렇게 체력을 깎아놓고, 항구로 다가오면 단숨에 쓰러뜨린다……. 그게 가장 효율적이야."

상대의 토대에서 정면으로 붙지 않는다. 승부의 기본이다.

사마카 씨는 그것을 충실하게 지키고 있었다. 상대가 자신의 홈 그라운드에 있는 동안에는 적당히 상대를 하고, 상대가 이쪽의 영역에 닿으면 집중포화를 날린다는 실로 올바른 전술이었다.

지금 바다에서 벌어지는 전투도 가능한 한 항구에 피해를 주지 않도록 먼저 일정한 대미지를 가해두려는 거겠지. 그건 알 수 있었다. 알 수, 있지만.

"……저 배에 타고 있는 사람들은."

"그들도 납득한 바야. 자신들이 가장 위험이 큰…… 버리는 패 같은 역할이라는 건. 그럼에도 이렇게 해주고 있어……. 그 분전에 응해야지."

담담하게 말을 잇는 사마카 씨는, 그러나 주먹을 꽉 움켜쥐고 있었다. 그 모습을 보고 정말로 그가 좋은 영주라고 생각했다.

버릴 것과 남길 것을 저울에 달고, 망설임 없이 이익이 되는 쪽을 선택할 수 있고—— 그 행동에 마음 아파하는 사람. 눈앞의 사람은 그런 사람이었다.

나로서는 도저히 흉내도 못 낼 것 같다. 애당초 그런 책임을 바라지도 않는다.

내가 할 수 있는 것은 좀 더 간단하고 알기 쉬운 일.

"사마카 씨, 저 커다란 오징어를 이 이상 피해가 없이 물리친다면 기쁠까요?"

"허? 갑자기 무슨 소리를…….."

"아뇨, 그러니까 이 이상 손해…… 인적 손해도 물적 손해도 없이 저 오징어의 침공을 막아낸다면 기쁘겠느냐고 묻는 거예요."

"……당연하지. 아무것도 잃지 않고 얻을 수 있는 게 있다면, 그게 최선이겠지."

"알겠어요. 그럼 지금부터 제가 하는 말, 전부 들어주지 않겠어요?"

"……책략이 있나?"

"예. 아마도 잘 풀릴 거예요. 그러지 않더라도 폐가 되지는 않도록 할 테니까요."

"으…… 으음…….."

사마카 씨는 내 말에 무척 망설이는 모양이었다.

역시 그의 마음속에 여성을 싸우게 만들고 싶지는 않다는 심정이 있을 테지. 사실 내용물은 남자라니, 상상도 못 할 테고.

그의 등을 밀어주기 위해 말을 건네자. 그리 생각하고, 입술을
움직였다.

"사마카 씨."

"뭐, 뭐지?"

"제 회복 마법, 봤죠? 그밖에도 이것저것 특기가 있으니까, 맡
겨주세요."

그 후로도 한동안 사마카 씨는 고민했지만, 결국에는 뜻을 굽
혀주었다.

나 하나와 앞으로의 일을 저울에 달고, 제대로 선택해준 것이
었다. 내가 어비스콜을 쓰러뜨린다면 좋다. 혹시 내가 실패해도
그 실패가 발생할 때까지의 시간을 방어 준비에 쓸 수 있다. 그런
판단을 해주었다는 것이다.

"그럼 서둘러서 모여주세요. 그리고 지금 어비스콜과 싸우는
배는, 살아있는 사람을 끌어올리면 전부 물러나도록 해주세요."

사실은 부상자 회복도 해주고 싶지만 안타깝게도 그런 여유까
지는 없으니까 그건 사마카 씨 쪽에서 어떻게든 해달라고 하자.
위생병 같은 사람들도 있을 테니까.

사마카 씨는 나에게 경의를 표하려는 것인지 버섯 머리에서 모
자를 벗고 묘하게 얌전한 표정을 지었다.

"알았어……. 죽지 말라고, 아르젠토."

"괜찮아요. 흡혈귀는 강인하니까요."

"뭐?! 흡혈귀?!"

페르노트 씨는 감추라고 그랬지만, 이게 끝나면 마을을 떠날

157

테니까 가르쳐줘도 상관없겠지.

아연실색한 사마카 씨를 '자, 빨리'라고 재촉하며, 나는 저 커다란 오징어를 퇴치하기 위한 준비를 시작하는 것이었다.

"······피의 계약. 사용하는 건 처음이네요."

자신의 스킬은 전부 파악하고 있었다. 이만큼 할 수 있는 것이 있다면 어떻게든 되겠지.

17 커다란 촉수와 작은 흡혈귀

"가까이서 볼수록 커다란 오징어네요."

솔직한 감상이 입에서 새어나왔다. 저 오징어, 회를 뜨면 몇 인분이 나올까. 애당초 먹을 수 있는지도 알 수 없지만.

지금 내가 서 있는 곳은 중형 무장 선박의 선수였다.

배의 이름은 피스케스 호. 오징어에게 다가가기 위해서 사마카 씨한테 받은, 폐선 예정이었던 낡은 배. 어디서 들은 것 같은 이름인데, 어디였더라.

그런 피스케스 호는 현재, 거대 오징어—— 어비스콜을 향해서 천천히 전진하는 중.

배를 움직이는 것은 선원이 아니었다. 이 배에 타고 있는 것은 나 하나뿐이었다.

당연하지만 본래라면 이런 일은 있을 수 없다. 이만큼 큰 배를 움직이려면 적어도 다섯 명 정도는 인원이 필요하겠지. 선원이 아니니까 자세히는 모르겠지만.

……이 또한 터무니없는 스킬이네요.

피의 계약. 자신의 피를 주어 종자로 만드는 스킬이다.

본래라면 생물에게 사용하는 스킬이지만 레벨이 최대가 되면서 무기물조차 사역 대상이 되었다.

그리고 고레벨 피의 계약에는 종자를 자유자재로 조종하는 힘도 있었다.

다시 말해서 나는 배를 종자로 삼아 자동 조종처럼 움직이는 것이었다. 내가 바라면 돛은 멋대로 팽팽함을 조정하고 조타륜을 만지지 않고도 방향 전환을 해준다.

생각하는 것만으로 움직일 수 있다니 굉장히 편리했다. 피스케스 호는 범선——돛으로 바람을 받아서 움직이는 구조라서 엔진이 달려 있지는 않지만 바람이라면 내 마법으로 일으킬 수 있고.

아무리 그래도 대포까지 자유롭게 쏜다든지 그럴 수는 없지만 이 배에 타고 있는 이유는 오징어한테 접근하기 위해서니까 항행이 가능한 것만으로 충분했다.

……편리하네요, 피의 계약.

게으른 내게 딱 맞는 스킬이었다. 후후후, 로리 영감님도 참 세심하시잖아요.

조금 전까지 오징어가 날뛰었기에 바다는 무척 거칠었다.

그런 가운데, 피스케스 호는 파도에 휩쓸려 상당히 흔들리면서도 제대로 앞을 향해 나아가주었다.

피의 계약이 지닌 효과 중에는 '하인으로 삼은 것의 능력을 올린다'라는 효과도 있었다. 그 덕분에 폐선 직전인 낡은 배인 이 배로도 어려움 없이 거친 바다를 나아갈 수 있는 것이었다.

문제가 하나 있다면 배에 타기 전부터 어깨에 걸고 있는 가죽 벨트의 위치가 이따금 비뚤어져서 조금 기분 나쁜 것 정도겠지. 지금 역시도 위치를 살짝 조절했다.

오징어 쪽은 명백하게 나를 인식하고 있지만, 갑자기 선단이 물러난 것에 당황했는지 명확하게 공격을 펼치려고 하지는 않았다.

문답무용으로 덤비지 않는다면 우선은 대화해 보자. 그리 생각하여 나는 블러드 박스에서 어떤 물건을 꺼냈다.

꺼낸 것은 피스케스 호와 마찬가지로 사마카 씨가 준비해준 확성기였다.

그래봐야 선거 같은 상황에 사용하는 스피커가 달린 물건은 아니었다. 스포츠 관전 등에서 사용될 법한 간이형 확성기였다. 플라스틱 같은 재질로, 정말로 그런 느낌의 표현이 딱 맞았다.

"여보세요—, 들립니까—."

일단 확성기를 사용해서 불러봤다. 언어 번역 스킬의 효과 범위를 넓혀두었으니까 이것으로 상대가 지성이 있는 생물이라면 내 말이 통할 테고 상대의 말도 알 수 있을 테지.

말을 보내고 잠시 기다린 뒤, 상대한테서 대답이 왔다.

"누구냐."

······우와, 아재 목소리.

종족적인 것인지, 아니면 개체적인 것인지. 오징어의 목소리는 장년이라고 할까, 아저씨라는 느낌의 표현이 딱 맞아떨어지는, 메마른 것처럼 낮은 목소리였다.

목소리만 들으면 차분해서 멋있는 인상을 받지만 겉모습이 오징어라서 괴리감이 강렬했다. 가볍게 웃음을 터뜨릴 뻔했지만 어떻게든 참아내고 대답했다.

"으—음...... 지나가는 흡혈귀예요."

"흡혈귀라고? 무슨 농담이냐, 계집. 해가 떠 있는 시간에, 흡혈귀가 움직일 수 있다는 거냐."

161

"아니, 햇빛 내성을 가지고 있으니까요. 저기…… 아재 오징어 씨."

"아재 오징어?!"

"아, 미안해요. 오징어 아저씨 쪽이 나았나요?"

"딱히 차이도 없다고?!"

사람이 아닌 존재를 상대로도 네이밍이 퇴짜를 맞고 말았다.

딱 맞는 이름이라고 생각했는데, 아재 오징어. 어쩐지 맛있을 것 같고.

회도 좋겠지만 오징어 조림 같은 것도 괜찮을까. 삶아도 구워도 생으로도 맛있다니, 오징어는 굉장해.

"아쉽다는 그 표정은 뭐냐……."

"어, 아뇨, 개인적인 이야기니까 신경 쓰지 마세요. 그보다도, 마을로 침공하는 건 그만두지 않겠어요?"

"거절한다."

짧은, 그만큼 알기 쉬운 대답. 그 대답이 돌아온 뒤, 눈앞의 풍경이 대량의 촉수로 메워졌다.

꿈틀꿈틀 형태를 구부리는 촉수를 가진 상대의 말은 까끌까끌하게 쉬었지만 확고했다.

"무슨 속셈인가 싶었는데, 시답잖은 농담에 어울릴 생각은 없다."

……역시 이렇게 되어버렸나요.

내가 마음속으로 그런 판단을 내린 것과 동시에, 피스케스 호를 향해 무수한 하얀 팔을 휘둘렀다.

아무리 피의 계약이 지닌 효과로 강화되었다고는 해도, 저만한 숫자의 공격을 맞으면 잠깐도 못 버티겠지. 이것 참, 귀찮은데.

18 흡혈귀 씨는 일하지 않는다

"뭐라⋯⋯?!"

어비스콜이 비명 같은 목소리를 흘렸다. 메마른 목소리가 거친 바다에 울리고 사그라든다.

그가 당황한 이유는 간단. 피스케스 호가 사라졌기 때문이었다. 지금 막 가라앉히려던 물체가 갑자기 사라졌으니 놀라는 것도 당연하겠지.

촉수 무리는 두들길 상대를 잃고서 그저 바다를 꿰뚫고 허공을 갈랐다.

결과적으로 격렬하게 물보라가 튀고 폭력으로 발생한 소리가 맞부딪쳤지만, 그것뿐이었다.

그를 상대로 내 쪽은 어떻게 하고 있느냐면, 어비스콜이 허둥지둥 주위를 둘러보는 모습을 그야말로 높은 곳—— 하늘에서 내려다보고 있었다.

내가 한 일은 간단했다. 블러드 박스에 피르케스 호와 옷, 그리고 확성기를 수납하고 박쥐화 스킬을 사용하여 육체를 변화시켜서는 냉큼 날아서 도망쳤을 뿐.

작은 박쥐가 되어서도 빠른 속도에는 변함이 없었다. 쏟아지던 촉수 사이를 누비듯이 고속으로 비상하여 하늘 높이 도망칠 수 있었다.

⋯⋯촉수 플레이는 좀.

163

오징어 촉수는 내 몸보다도 두꺼우니까 플레이 이전에 으직, 박살나 버리겠지만 어느 쪽이든 싫다.

지금 박쥐가 된 내 몸에는 어떤 물건이 매달려 있었다. 이것만큼은 블러드 박스에 수납할 수 없으니까.

스킬 레벨이 10이라도 스킬의 특성상 절대로 수납이 불가능한 것이니까 계속 몸에 달고 있었다.

떨어뜨리지 않도록 신중하게, 그러면서도 빠르게 나는 것은 무척 귀찮았지만 어떻게든 이게 필요했으니까 어쩔 수 없었다.

충분한 고도를 취한 뒤, 박쥐화의 효과를 풀었다. 날개를 가진 생물에서 날개가 없는 인간 형태로.

알몸을 드러내는 것은 춥고 어쩐지 허전한 느낌이 들었지만 블러드 박스에서 옷을 꺼내어 착용하면 해결되었다.

착용이라고는 해도 굳이 일일이 입을 필요는 없었다. 블러드 박스는 혈액 안에 물건을 존재까지 녹여버리는 스킬이니까.

혈액은 온몸을 순환한다. 혈관이 없는 머리카락이나 손톱, 발톱을 제외하면 내가 원하는 곳에서 물건을 꺼낼 수 있다.

피부 정도라면 존재는 통과할 수 있으니까 피를 흘리기 위해서 상처를 낼 필요는 없었다.

몸 안쪽에서 스며 나오듯이 옷이 나타나서 자동적으로 착용이 완료되었다.

당연하지만 박쥐화를 해제해버리면 날개를 잃은 내 몸은 중력에 사로잡혀 바다로 떨어져버린다.

하지만 나는 지금 상당히 높은 위치까지 날아올랐다. 모든 것이 저 멀리, 자신만이 존재하는 위치까지.

물에 닿을 때까지는 시간 유예가 있는 것이었다. 저 오징어를 배제하기에는 충분한 유예가.

"어디냐?! 어디로 사라졌나?!"

히스테릭하게 소리를 지르고 마구잡이로 촉수를 휘두르는 어비스콜. 그 행위는 바다를 거칠게 만들었지만 내게는 아무런 영향도 주지 못했다.

그런 오징어의 모습을 응시하며 나는 몸에 계속 걸고 있던 가죽 벨트를 끌어당겼다.

벨트 끝에 달려 있는 것은 커다란 물통이었다. 뚜껑을 열었더니 잘 아는 향기가 바다의 짠 내를 무시하고 내게 닿았다.

……혈액이지요.

사마카 씨한테 부탁해서 병사들로부터 조금씩 제공 받은 혈액. 그것이 물통의 내용물이었다.

그렇다, 혈액만큼은 블러드 박스에 수납할 수 없었다. '존재를 녹여서 무한하게 보존'한다는 말도 안 되는 효과의 스킬이라도 이 전제만큼은 뒤집을 수 없었다.

동질의 물체끼리는 존재를 녹인 참에 뒤섞여서 하나가 되어버리니까.

혈액을 혈액에 섞을 수는 없는 것이다.

"블러드 암즈."

해야 할 일은 간단. 하늘에 피를 흩뿌리고 힘을 사용했다. 귀찮을 것 없는, 참으로 심플해서 내 취향이었다.

블러드 암즈의 '암즈'는 팔의 복수형이 아니라 무기, 혹은 무장한다는 의미 쪽이다.

능력은 피의 무장이라는 말이 나타내다시피 혈액에서 무기를 만들어낸다.

스킬 레벨이 올라가면 올라갈수록 더욱 강하게, 더욱 다수의 무기를, 더욱 소량의 혈액으로 만들어낼 수 있다. 레벨이 최대라면, 피 한 방울이면 단검 정도는 만들어버린다.

주어진 힘. 결코 스스로 선택한 것이 아니라 로리 영감님이 추천한 스킬을, 나는 거리낌 없이 구사했다.

공중에 흩뿌린 피가 원래의 질량을 완전히 무시하고 확장. 형태를 이루며 점점 응고되었다. 혈액이 아니라 명확한 무기로서 형태를 확립했다.

오징어는 저렇게나 컸다. 하나하나, 저 거구를 꿰뚫을 수 있을 만큼의 길이가 필요하겠지. 날카롭게, 길게. 그렇게 내가 상상한 그대로 무수한 무기가 창조되었다.

"『트라이던트』."

선택한 형태는 삼지창.

이유는 단순. 어부가 사용하는 작살 같은 형태니까. 상대는 바다의 생물이니 이거면 되겠지.

창끝에서 밑동까지는 대략 오 미터. 당연히 두께도 상당했다. 무게도 자유니까 제대로 된 중량으로.

물통 하나만큼으로 만들어낸 것은 서른 자루. 그것들은 잠깐의 시간 동안 공중에 전개되어 모든 삼지창의 끝을 오징어에게 향했다.

고레벨 블러드 암즈의 특성으로, 간단한 동작이라면 건드리지 않고도 움직일 수 있다는 것이 있다. 지금 상황에서는 딱 맞는 특성이었다.

아주 살짝만 밀어주면 중력이 목표로 안내해줄 테니까.

……정말이지, 멋대가리 없는 오징어예요.

저 마을은 그렇게나 온화하고 바람이 기분 좋은 곳이다. 그렇게 낮잠에 최적인 마을을 부수려고 하다니 무슨 짓이냐.

나는 이제 저곳을 떠나야 하지만, 앞으로도 분명히 다양한 사람들이 저곳에서 낮잠을 잔다. 그런 행복한 시간을 망칠 권리는 누구에게도 없다.

상대가 어떤 이유로 공격했는지는, 솔직히 아무래도 상관없다.

나는 그저 낮잠에 최적인 저 마을이 무너지기를 바라지 않을 뿐이다. 그리고, 약간의 은혜 갚기.

상대 따윈 알 바 아니다. 공격한 이유도 흥미는 없다.

그리고 그것은 상대도 마찬가지일 터. 내 주장 따윈 아무래도 상관없겠지. 아니라면 이야기를 끊고 공격하지는 않는다.

이야기를 듣지 않는 자들끼리, 냉큼 붙고 냉큼 끝내자.

나는 이런 귀찮은 일은 얼른 끝내고 낮잠을 자고 싶으니까.

"……좋은 마을이에요."

항구 마을 알레샤. 기후가 좋고, 바닷바람이 기분 좋고, 생선이 맛있다.

바다의 향기를 느끼며 자는 낮잠은 최고였고, 무역 거점이라 생선 이외의 먹을거리도 풍부했다.

너무 진지할 정도로 성실한 전직 왕국 기사가 있고, 그 사람은 알지도 못하는 흡혈귀를 구해주고 피랑 침상을 제공해주었다.

영주는 호색가에 센스는 없고 자신을 미남이라 착각하는 구석은 있지만, 유능한 영주다.

사마카 씨는 알레샤를 평화롭게 유지하고, 무엇보다── 마을 사람들에게 웃음을 사고도 그것을 그저 화내는 것으로 그칠 수 있는 사람이다.

그것은 다름이 아니라, 아랫사람들이 웃을 수 있을 만큼 그가 경애를 받는다는 뜻이다.

정말로 좋은 마을이라고 생각한다.

그러니까 이 마을은 이 마을의 사람들이 지킨다.

나 같은 게으름뱅이가 아니라 이 마을의 사람들이 지켜낸다.

내가 하는 일은, 아주 약간 뒤에서 밀어주는 것.

게으른 흡혈귀인 내가 해도 괜찮다고 여겨지는, 아주 작은 일.

이 마을에 사는 사람들의 피를, 이 마을의 모든 것을 지키는 힘으로.

"그럼 여러분── 자신의 마을을, 지켜주세요."

살짝 밀어주자 삼지창들이 자신의 몸을 앞으로 날렸다.

주어진 첫 속도는 중력에 이끌려 가속. 이제 내가 아무것도 안 해도 모두가, 모두의 피가 쓰러뜨려줄 것이다.

나는 멍하니 있을 뿐이다. 일하지 않고, 일하고 싶지 않다.

삼지창 무리는 척척 속도를 높였다. 이윽고 나를 지나서 오징어를 목표로 쏟아졌다.

"뭐냐…… <u>오오오오오오</u>?!"

깨달았을 때는 이미 늦었다.

이제까지 자신이 했던 것처럼, 바다에 떠 있는 작은 배를 침몰시키듯이.

그저 삼켜지고 사라질 뿐이다.

"안녕히."

쏟아지는 삼지창에 이별의 말을 더하여.

어비스콜이 무수한 창에 꿰뚫려서 바다로 가라앉는 것을 지켜보며 나는 몸을 박쥐로 바꾸었다.

오징어의 거구가 바다의 심연으로 이끌려 사라지는 것을 끝까지 확인한 뒤, 날아서 그 자리를 떠났다.

……아깝네.

제대로 이야기를 들어줬다면, 지금쯤 사마카 씨가 준비해준 혈액은 전부 내 것이었을 텐데.

흡혈귀가 된 뒤로 이미 몇 번인가 피를 마셨다. 최근에는 흡혈 행위가 '상식에서 벗어났다'라는 감각이 사라지고 오히려 페르노트 씨 말고 다른 이의 피 맛에도 흥미가 생긴 것이었다.

다양한 사람의 피가 블렌드된 믹스 혈액. 간식으로 무척 기대했는데, 정말로 아쉬웠다.

박쥐의 몸으로는 내뱉을 수 없는 한숨을 마음속으로 내쉬고, 나는 알레샤로부터 멀어지는 것이었다.

……날아가는 거, 무척 피곤하네요.

피스케스 호에 타면 눈에 띄니까 귀찮아도 이걸로 날아갈 수밖에 없었다.

안개화나 그림자화는 이동하기에는 속도가 느리니까 이게 가장 빠르고 눈에 안 띄는 것이었다.

아—아. 빨리 땅이 있는 곳으로 돌아가, 자면서 쉬고 싶은데—.

해는 기울기 시작했다. 이제 곧 밤, 다시 말해서 잘 시간이었다.

빨리 쉬고 싶다. 밤은 흡혈귀가 활발해지는 시간대라든지, 정말로, 그건 아무래도 상관없으니까.

19 호색가는 고생한다

"……후우."

펜을 놓고 눈을 감았다.

책상 위, 그야말로 산더미인 서류의 끝은 아직, 한없이 멀었다. 시야를 닫고 아주 잠시라도 그 사실을 잊지 않으면 못 해 먹겠다 싶을 정도였다.

어비스콜의 습격── 그것을 아르젠토가 물리친 뒤, 하룻밤이 지났다. 어제 사건에 대한 서류는 아직 대량으로 남아 있는 것이었다.

자신이 만들어낸 어둠 속에서 나는 눈 안쪽의, 열기와도 닮은 피로를 주물러서 풀었다.

"사마카 님, 수고 많으세요~."

옆에서 나를 치하하는 맥 빠지는 목소리와 함께 물을 따르는 소리가 났다.

눈을 떠보니 나의 정무 보좌를 담당하는 열두 번째 아내── 엘데라의 모습이 있었다.

평소처럼 내가 준비한 시녀 복장을 입고, 나를 치하하며 차를 타 주었다. 우수한 보좌관이자 사랑하는 아내이기도 한 여성이다.

"사마카 님. 제가 님을 붙일 때는『공과 사』중에『공』이라고, 전에 제가 말을 했던가요~?"

지극히 자연스러운 움직임으로 엉덩이에 손을 뻗었다고 생각했는데, 엘데라 '양'은 꿰뚫어본 모양이었다. 미소로 손등을 꼬집었다.

집무실 벽에 등을 기대고 있는 내 호위 유즈리하가 지그시 눈을 뜨고서 나를 바라보며 한숨을 내쉬었다. 무언의 모멸이라는 것이었다.

"엄격하네, 둘 다."

"시끄러워요, 사마카 님 야해~."

"에로 영주."

"정말로 엄격하잖아?!"

업무 외적으로는 둘 다 조금 더 내게 다정하다지만 이럴 때는 사정없었다. 그렇기에 도움을 받는 부분도 있지만.

……필요 없는 부분에서 응석을 부리지 않고 그치니까 말이지.

스스로 생각해도 나쁜 버릇이지만, 아름다운 여성을 보면 그만 탈선해버리는 경향이 있었다. 서류 작업도 좋아하는 편이 아니었다.

그럴 때, 여기 두 사람은 압력을 가해주니까 고마웠다.

그러면서도 일을 벗어나면 무척 응석을 부려주는 모습도 있어서, 한 사람의 남자로서 행복을 곱씹을 수 있었다. 둘 다 좋은 여성이다.

하지만 지금은 다소 탈선하는 편이 나은 시간대이기도 했다. 엘데라 쪽도 그건 아는지, 오늘은 평소보다 차를 타주는 횟수가 많았다. 실로 유능한 부하다.

유즈리하는 평소 그대로지만 그녀는 내 호위. 아무 일도 없으면 움직이지 않는 것이 보통이니까 그걸로 충분했다.

게다가 유즈리하는 내 아내가 아니다. 사실은 그녀도 부디 내 아내가 되어주었으면 했지만 '아내가 되었으니 싸우지 말라고 그럴 거라면 아내가 될 수 없다'라고, 몇 번을 구애해도 매정하게 거절했다. 그 부분이 좋은데. 오히려 좋은데.

"엘데라 양. 다과를 줄 수 있을까."

"예예, 오늘은 카스텔라가 좋은 게 들어왔어요~."

"호오. 그건 기대되는데."

"사마카. 온다."

"그런가, 빠른데."

유즈리하의 짧은 말. 잠시 후, 나도 '온다'는 것을 알 수 있었다.

거침없는 발소리였다. 저벅저벅 울리는 소리는 명백하게 침입자라는 느낌이지만, 병사들에게는 '그녀'가 저택으로 오면 통과시키도록 말해두었다.

그럴 마음만 있다면 우리 병사로는 그녀에게 상대가 안 될 테니까, 애당초 막아봐야 헛수고다. 그러니까 괜한 피해가 나오지 않도록 처음부터 손을 대지 말라고 말해둔 것이었다.

집무실 문을 난폭하게 열고 그녀가 나타났다.

방문은 예상하던 일이었기에 놀라지 않고 인사했다.

"페르노트 경. 어서 오십시오."

페르노트 경은 내 말에는 대답하지 않고 이쪽으로 시선만을 보냈다.

응시와는 달랐다. 그렇다고 차갑지도 않았다. 저건 명백하게 분노한 눈이었다. 그녀가 가진 색이 다른 두 눈에 깃든 분노는 좌

173

도 우도 같은 질, 같은 양임을 한눈에 알 수 있었다.

한 걸음 한 걸음을 내딛는 소리가 방 안에 울릴 정도로 힘이 실린 걸음으로, 그녀는 내 앞까지 다가왔다. 집무용 책상을 사이에 두고 일대일이 되는 위치로.

힘준 걸음걸이 탓에 그녀의 풍만한 가슴이 격렬하게 흔들렸지만, 지금 그쪽으로 시선을 보내면 아무리 그래도 농담으로 그치지는 않으리라 생각하여 자중했다.

간신히 입을 연 그녀의 말은 예상 그대로였다.

"사마카…… 당신, 그 아이를 어디로 보냈어?"

"그 아이? 누구 말인가요?"

"장난치지 말고!!"

강한 말에는 행동도 동반되었다. 집무용 책상이 쪼개지지는 않을까 싶을 정도로 삐걱거렸다. 그녀가 양 손바닥으로 강하게 후려친 결과였다.

이 전개도 예상했기에 타격을 가하기 전에 서류더미를 들고 있었다. 옆에서는 엘데라가 마찬가지로 찻잔을 들고 있었기에 피해는 없었다.

굳이 피해를 들자면 그녀의 가슴이 굉장했다는 것 정도일까. 저런 식으로 흔들리는데 아프지는 않을까. 남성으로서는 영원한 신비겠군.

예상했던 그대로의 말에 예상했던 그대로의 전개.

여기서부터도 어느 정도는 예상하고 있었기에, 상대가 다음 말을 할 때까지 나는 몇 가지 대답을 준비해뒀다.

그렇게 준비를 하는 동안, 상대가 말을 이었다.

"아르제…… 아르젠토 밤피르 말이야!"

"모르겠는데요."

"장난치지 말라고 그랬잖아?!"

"흐—음…… 며칠 전부터 소문으로 돌던 회복 마법사 말인가요? 그거라면 아직 만나지도 않았는데요."

"허?! 무슨 소리를…….."

"저는 바쁘거든요, 페르노트 경. 어비스콜 피해를 추산하고, 부흥까지의 절차랑 필요 자금, 인원 등을 조정해야만 해요.『조금』회복 마법이 능숙한 마법사 따위, 어디에나 있을 법한 존재를 신경 쓸 여유는 없다고요."

"……당신."

페르노트 경이 눈을 크게 뜨고 나를 비추었다. 후후, 오늘도 잘생겼구나, 나.

그건 제쳐두고, 지금 내가 이야기한 핑계의 속뜻을 그녀는 간신히 알아준 모양이었다.

눈앞에 있는 여성은 전직 왕국 기사단. 그것도 여성만으로 구성된 삼번대의 부대장을 맡았다. 반대로 말하면, 부대장으로 그친 이유가 있다는 의미였다.

……성실하니까 말이지.

그녀는 성실했다. 그렇기에 연기도 못 하거니와 에두른 표현에 대한 이해도 느렸다.

성실하다고 그러면 듣기는 좋지만 바꿔 말하면 조금 둔감하다는 의미였다.

실력은 좋지만 성실하고 우둔. 그것이 왕국 기사단 시절 그녀의 평가였다. 그런 청렴함을 거북해하는 사람도 많아서 출세는 그저 그런 수준으로 그쳤다.

지금은 기사 시절과 비교하면 조금 둥글어지고 다소의 연기는 이해하게 되었지만…… 여전히 자기가 하는 건 서툰 모양이네.

이것 참, 그리 생각했더니 전직 기사님의 질문이 날아들었다.

"……어제 일은 어떻게 보고할 생각이야?"

"보고도 뭣도. 어비스콜의 피해가 꽤나 나와서 말이죠."

"나한테는, 그렇게는 안 보이는데. 평소보다 훨씬 간단하게 수습된 것처럼 보여."

"이것 참, 배는 몇 척이나 침몰했고 몇 명은 목숨을 잃었어요. 게다가 피난 중에 넘어져서 다쳤다든지 틈을 노린 절도 피해도 있었고요. 아니, 하나하나, 구석구석까지 찬찬히 살펴봐야만 하는 건 힘들지만, 이것도 영주의 역할이니까 대충 처리하지는 않아요."

페르노트 경은 침묵했다. 내 말을 하나하나 곱씹고 의미를 이해하고자 하는 거겠지.

그렇다, 그녀는 성실한 것이다. 그러니까 한 번 진지하게 받아들이고, 그리고서 생각한다. 내 말의 속뜻을.

솔직하게 말해도 되겠지만 그런 식으로 진지하게 받아들이는 페르노트 경이 어쩐지 사랑스러워서 그만 이런 식이 되어버렸다.

이것도 나쁜 버릇이겠네. 자각은 있다. 고칠 생각은 없지만.

자, 슬슬 다음 문장을 덧붙여도 되겠지.

"그러니까 어비스콜 앞에 갑자기 나타나서 이걸 물리치고 어디론가 날아간 몬스터를 왕에게 보고하기에도, 아직 꽤 시간이 걸릴 것 같아서요. 이것 참…… 정말로 곤란하네요."

"……그 몬스터는, 어디로 날아갔지."

"글쎄…… 제국이나, 공화국이나……."

"……국경 방향이란 거네? 그것도, 어느 쪽으로든 갈 수 있을."

성실한 분답게 지리를 제대로 파악하고 있음을 알 수 있는 말.

긍정도 부정도 않고, 나는 서류 다발을 책상 위로 되돌렸다. 이 이상 내가 이야기할 건 없으니까.

그리고 그건 상대도 마찬가지겠지. 내가 이 이상 이야기하지 않는다는 게 전해졌는지 책상에서 떨어져 문으로 향했다. 방을 나가는 것이었다.

"도움이 됐어."

떨떠름한 느낌이지만 감사의 인사를 늘어놓고, 페르노트 경은 모습을 감추었다.

기사 시절과 비교하면 조금 부드러워진 것 같지만 불이 붙으면 일직선인 것은 변함없나 보다.

"왕가슴이 스토커가 됐어."

기본적으로 타인이 주위에 있을 때, 내 부하들이 이야기는 경우는 거의 없었다.

유즈리하가 입을 연 것은 페르노트 경이 방을 나서고도 잠시 시간을 둔 다음이었다.

"그렇게 말하지 마, 유즈리하. 그녀는 한결같은 거야."

"뭐든 표현하기 나름이라고요. 빌어먹게 진지하다고 하면 되잖아요."

"왕가슴."

"너희 정말로 엄격하구나."

내가 타인과 대화를 나눌 때에는 끼어들지 않아서 정말 다행이었다. 그러지 않는다면 틀림없이 다툼이 생긴다.

물론 이런 솔직한 모습도 사랑스럽지만, 공과 사를 구별해주는 부하들이라 정말 다행이라고 생각하며 나는 한숨을 내쉬는 것이었다.

"그런데 사마카 님. 사람의 입에 문을 달아둘 수는 없다고요~?"

"아르젠토에 대해서 다소 소문은 퍼지겠지만, 내가 『모르는』 것으로 해두면 왕도 크게 중요시하진 않아."

"그 왕가슴은?"

"『회복된 시력으로 세계를 보고 오겠다』라면서 여행을 떠났다. 왕이 물어볼 것 같다면 그렇게 말해두자."

"에로."

"어째서?!"

지금 그건 정말로 어째서냐?!

그리 생각하고 항의하는 말도 했지만, 유즈리하는 그저 무시할 뿐만 아니라 엘데라한테서 카스텔라를 받아서는 먹고 있었다.

정말로, 타인이 없는 곳에서는 자유롭게 행동하는구나……. 그리 생각하면서도 나는 내 일에 착수하기로 했다. 실수가 없도록 천천히 시간을 들여서.

이것 참. 이런 상태로는 왕에게 보고하는 건 대체 언제가 될지.

"그런데 사마카 님~."

"무슨 일이야, 엘데라 양."

"밖에서 아르제 님을 내보내라는 민중 여러분은 어떻게 하죠~?"

"……녀석들도 어지간하네."

아마도 마을에 살면서 그녀의 신세를 진 사람들이겠지. 감사의 말을 건네고 싶어서 어쩔 수가 없다. 그런 것이다.

이쪽도 이야기를 잘 해서 어떻게든 넘겨야만 한다. 소동이 이 이상 커지고 만다면 왕의 귀에 들어가는 게 빨라져버린다.

정말로, 이것 참.

다행히도 그녀는 사랑받고 있었다. 소동을 크게 만들지 않는 것이 그녀를 위한 일이라는 걸 알려준다면 그들도 어느 정도는 가라앉겠지.

물론 수습이 안 되는 사람도 있을 테고, 이미 아르젠토의 소문을 듣고 마을을 나선 사람도 있다.

엘데라가 말했다시피 사람의 입을 막을 수는 없다.

……그래도 조금은 완화시켜야 한다.

다시 한 번 한숨을 내쉬고, 나는 집무실에서 나가려고 일어섰다.

이것도 아름다운 여성이 자신답게 살아갈 수 있도록 해주기 위한 일이다.

내 손에 들어오지는 않았지만 적어도 그녀가 바라는 장소에서 아름답게 지낼 수 있기를, 그저 기도하자.

내가 할 수 있는 일. 그것만을 하고.

"사마카 님 히죽히죽거리는 게 기분 나빠요~."

"야한 걸 생각하고 있어. 난 알아."

"슬슬 조금은 다정하게 대해줘도 되잖아?"

20 경계의 무녀는 슬쩍 덮는다

"후와아~. 피곤하구나."

하품을 하고 자기 어깨를 주물렀다.

실제로는 어깨가 결린 것을 느낄 법한 육체가 아니니까 이건 어디까지나 기분의 문제였다. 하품도 포함해서.

내 육체는 이미 쇠하여 현재는 정신체. 지금 움직이는 육체는 마음이 조금이라도 쉴 수 있도록 준비한 가짜에 불과했다.

생전의 나와 완전히 같은 외모인 흑발의 여성체. 유사한 것일 뿐이기에 살이 찌거나 나이를 먹거나, 그러지는 않는다는 건 편리하구나.

육체가 정신체라면 있는 장소도 정신세계이니, 내게 보이는 모든 것은 내 정신이 만들어낸 환영이다.

육체의 감각도, 앉아 있는 방석의 부드러운 감촉도, 따듯한 녹차도, 맨발에 느껴지는 바닥의 냉기나 의복의 무게—— 모두 내가 희망하여 이 세계로 끌어들인 유사한 존재에 불과했다.

차를 호로록 홀짝이는 소리조차도 가짜인 것이다.

그럼에도 원래는 그런 것을 느끼며 살았기에 이렇게 편안히 있으면 무척 진정되었다.

"후이~."

유사 녹차를 마시고, 유사 한숨을 내쉬고, 유사 잡지를 펼친다.

내 역할은『경계의 무녀』. 세계들 사이를 잇는 가교 역할. 그중에서도 『전생』 시스템을 담당한다.

무수한 세계보다도 더욱 위에 있는 영역── 신들의 착오로 발생한 '세계에 적합하지 않은 영혼'을, 그 영혼이 올바르게 살 수 있는 세계로 옮기는 역할이다.

솔직하게 말하면 상사의 뒤치다꺼리를 하고 있다.

……귀찮은 역할이지.

이름은 바뀌고, 존재도 바뀌고, 역할조차도 변화했다.

생전. 그저 무녀였던 나는 인신공양으로 생애를 마쳤다.

내 세계, 내 시대에는 성 건축이나 기우제에서 그렇게 제물을 바치는 풍습이 있었던 것이다.

신께 몸을 바치고 사명감으로 가득하던 그 무렵. 호호, 그립구나.

역할을 받아들이고 산 제물이 되어 자신의 목숨이 끝났음을 느끼고── 다음 순간에는 새하얀 세계에 있었다.

영문도 모르고 곤혹스러워하다가 '신계란 꽤나 쓸쓸한 곳이구나' 같은 생각을 한 것은 한순간. 그것뿐인 시간으로 나는 내 역할을 이해했다.

정신세계인 것이다. 이야기를 듣지 않더라도 영혼에 직접 말을 건네는── 아니, '새기는' 것만으로 이해가 미친다. 앞으로 나는 이곳에서 전생을 책임져야만 한다고 그 자리에서 깨달았다.

그 후로는 계속 이 역할에 종사하고 있다. 수십 년, 수백 년…… 어쩌면 수천 년일지도 모른다. 어느샌가 시간의 감각이 사라져버렸기에 정확하게는 알 수 없게 되고 말았다.

자유롭지 못할 것은 없다. 바란다면 지금 하는 것처럼 '유사적

으로 생전과 같은 모습을 얻는' 것은 가능하고, 신들에게 요청만
하면 대부분의 물건은 전달된다. 지금 펼치고 있는 잡지도 그중
하나였다.

이름은 「주간 경계」. 수많은 세계에서 유일한, '이 세계 전용'의
정보지.

물론 이것도 바라면 모든 정보가 머리로 들어오지만…… 나는
'책을 읽는다'라는 감각 그 자체를 좋아하기에 굳이 페이지를 넘
기고 하나하나의 정보를 천천히 받아들였다.

"호오, 그 세계에서 새로운 과자…… 사야겠군."

실제로는 요청하면 전달되니 돈을 지불하진 않지만, 기분은 이
런 표현이 가까우니까 상관없겠지.

그 세계, 라고 단적인 표현을 했는데 달리 부를 이름이 없는 것
이었다.

예를 들면 '지구'라는 별이 있는 세계가 있는데, 그것은 세계의
이름이 아니다.

실제로는 별 바깥쪽에는 우주가 있고, 그 위로 은하가 광대하
게 펼쳐져 있다.

세계——한 세계의 정보를 모두 뭉뚱그린 것에 이름 따윈 없는
것이다.

관리하는 신들조차 '그 세계가 조금—. 위험해서—. 멸망할 것
같네—' 정도였다. 정신세계니까 '그 세계'로 의미가 통해버리는
것이다. 서로의 의식을 공유할 수 있으니까 개개의 이름은 필요
없다.

그리고 그 규칙은 내게도 해당되었다.

생전의 이름은 있지만 지금의 내게 이름은 없다.

전생을 담당하는 경계의 무녀는 나를 포함하여 몇 명인가 있지만, 전원 이름은 없다. 누군가가 '그 아이'라고 하면 의식 공유로 모두에게 통한다.

문명이 발달한 세계의 표현이라면 '그림이 포함된 업로드'에 가까울까. 세세한 내용을 한눈에 알 수 있으니까 일일이 이름을 붙일 필요가 없는 것이다.

굉장한 것 같기도 조잡한 것 같기도 한 세계다. 생전에 열심히 신들을 믿었던 몸으로서는 너무 간단해서 조금 서글퍼지기도 한다. 그런 쓸쓸한 심정에도 오랫동안 이 역할을 맡으며 익숙해져 버렸지만.

"다들 인생을 잘 구가하고 있는 모양이구나."

잡지 「주간 경계」 후반부에는 전생한 이들의 뒷이야기가 실려 있다.

당연히 내가 전생을 담당한 자들이 어떻게 살고 있는지도 실려 있었다. 나는 그것을 살펴보는 것을 항상 기대했다.

어떤 이는 과학 발달에 공헌.

어떤 이는 수백 년을 이어진 대전을 평정하고 왕으로.

또 어떤 이는 우주로 여행을 떠나서 사람들의 의식을 잇는 진화의 여행으로.

정말이지, 어느 녀석이든 스케일이 크구나.

전생자들에게는 착오에 대한 '사죄'로 다소 선을 넘은 능력을 주고 있다.

어느 정도 선을 넘는지는 전생자가 지닌 영혼의 질에 따라 다르지만, 대부분의 경우 '치트'나 '규격 밖'이라고 표현해도 될 정도의 능력을 얻는다.

물론 쾌거만 존재하지는 않는다. 주어진 힘으로 폭거의 끝을 저지르는 자도 있다. 파괴신으로 전생한다든지.

하지만 그것은, 신들에게는 관계가 없는 일이다. 신들은 악행도 포함하여 '세계를 살피는' 것이 주된 목적이니까.

팔락팔락 시원스럽게 페이지를 넘겨 원하는 기사를 찾았다. 지금 나는 한 남자에게 흥미가 있었다.

어느 세계에서 무기력하게 살던, 마치 계집애 같은 외모의 남자.

내가 이 역할을 맡고 상당한 시간이 흘렀지만 그 녀석만큼 무기력한 자는 만난 적이 없었다.

무기력할 뿐인 영혼이라면 다수 있었는데 그것은 당연한 일이었다. 영혼이 세계에 적합하지 않는 이들은 대부분이 생기를 잃은 것 같은 눈빛이었다.

하지만 그것은 '인정받지 못한 것에 대한 체념'이나 '주위와 자신이 어긋나는 것에 절망', 혹은 '충족되지 않기에 영혼이 가라앉아버렸다' 같은 이유였다.

하지만 그 녀석은 달랐다.

그저 한결같이 무기력. 전생이라는 상식을 벗어난 일을, 받아들이는 정도가 아니라 그저 따라서 흘러가는 느낌조차 있었다.

그런 일은 아무래도 상관없으니까 빨리 자고 싶다, 그런 호소를 하던 것이다.

그 모습은 마치 자신은 그렇게 해야만 한다, 그런 생각을 하는 것처럼 보이기조차 했다.

그런 문제아였지만 전생은 이루어졌다. 이제까지의 전생자 가운데서도 최고 수준의 힘을 받기도 했다. 게다가 그것은 어디까지 초기 능력—— 성장에 따라서는 전생한 세계의 미래를 결정할 수 있을 정도의 잠재 능력을 지닌 것이었다.

그런 녀석이 지금 어떻게 지내고 있나. 나는 그 부분에 흥미가 있었다.

몇몇 페이지를 넘어서 그 이름에 다다랐다.

쿠온 긴지. 내가 전생을 이룬 존재. 그에 대해서 적힌 페이지로 시선을 떨어뜨렸다.

"푸흡!"

웃음을 터뜨렸다. 그럴 수밖에 없었다.

일시적인 육체가 호흡 곤란에 빠지지는 않을까, 그런 생각이 들 만큼 그것은 지독했다.

내가 펼친 페이지에는 쿠온 긴지가 전생한 뒤의 행동이 적혀 있고, 그리고 몇 장의 사진이 실려 있었다.

정확하게는 사진이 아니라 그 세계의 풍경을 오려서 보존하는 것이지만, 원리라고 할까 목적은 사진과 똑같으니까 세세한 부분은 상관없겠지.

"……시스템 에러가 아니냐, 이건."

녀석은 자고 있었다.

반쯤 썩어버린 침대에서, 마차의 짐칸 같은 장소에서, 폭신폭신한 침대에서, 어딘가 숲속의 풀에 파묻혀서.

자고 있었다. 마구 자고 있었다. 자는 사진밖에 없었다.

세세한 활동 내역도, 굳이 큰일을 언급하자면 몬스터를 쓰러뜨려서 마을을 구한 정도.

주어진 능력에 비해서 하는 일의 스케일이 너무나도 작았다. 작은 정도가 아니라, 거의 아무것도 안 했다.

"……내가 알 바 아니라고."

전생자가 전생할 장소를 결정하는 것은 내가 아니라 신들이 만든 시스템 쪽이다.

다시 말해서 내게 잘못은 없다. 평소처럼 완벽하게 일을 해냈다. 틀림없다.

나는 생각을 멈추고 「주간 경계」를 살며시 덮었다. 내 육체도, 앉아 있던 방석도, 모든 것을 없애고 역할로 돌아가기로 했다.

나의 상사, 신들의 실수는 끝이 없고 전생자 역시도 끝이 없다. 그렇기에 경계에 있고 전생을 담당하는 나는 바쁜 것이다.

그래서 그 녀석은 내가 알 바 아니다. 모른다. 모르니까 말이다. 내 탓이 아니라고.

"잘 왔도다, 새로운 전생자여."

자, 일을 시작하자.

나는 바쁘다. 잠만 자는 어디의 누구랑은 다르게.

21 흡혈귀 씨는 꿈을 꾼다

푹신푹신 가라앉은 의식. 푹신푹신 가라앉은 세계.

커다란 솜사탕에 파묻힌 것처럼 기분 좋다. 멍하니 그런 생각을 했다.

지금 내가 떠 있는 곳은 수면의 시간이었다. 내가 자고 있다는 자각이 있지만, 그러면서도 움직일 수 없는 시간. 움직이고 싶지 않은 시간.

이 시간은 자각한 상태에서 꿈을 꾼다. 그것이 꿈이라고 느끼면서도 잘 수 있는 것이다.

그리운 목소리. 그리운 시간. 빠져든 다정함. 빠져들 수 있는 세계.

그런 것을, 꿈속에서 떠올렸다.

아무것도 안 해도 된다고, 모두가 받아들여 주었다.

너는 아무것도 안 해도 된다. 그게 말이지, 너 말고는 다들 우수하니까.

확실히 다들 우수했다. 내가 아무것도 안 해도 괜찮을 만큼 뛰어났다.

나도 그럭저럭 우수했다. 하지만 그것은 내가 태어난 세계에서는 너무나도 작아서, 당연한 수준조차도 안 될 정도였다.

"그 아이는 밖으로 내보낼 수 없어. 우리 집안의 수치잖아. 그런 건 어디에나 있어. 우리의 우수한 유전자에서, 어째서 저 정도의 아이가 태어나버렸을까."

누군가가 그런 소리를 했다. 어머니라는 사람이었나. 아버지라
는 사람이었나.

그렇게 닫힌 세계 안에서, 나는 계속 잤다. 모두가 그렇게 하도
록 해주었으니까. 그러라고 말해줬으니까.

아무것도 안 해도 된다.

어디로도 안 가도 된다.

그러니까―― 누구의 눈에도 띄지 마라.

어른들은 모두 그렇게 말했으니까.

햇빛이 닿지 않았기에 내 몸은 희고 가냘픈, 마치 흡혈귀 여자
아이처럼 변했다.

그러고서도 나는 그 세계에서 계속 잤다. 이따금 깨어서는 책
을 읽거나 요리를 해보거나, 밖에 나가지 않고서도 할 수 있는 일
을 해보거나.

때때로 내 상태를 보러온 '우수한 사람들'은 나를 두 종류의 눈
으로 바라봤다.

비웃음, 동정.

그중에서도 동정의 시선을 보내는 아이는 때때로, 철창 너머에
서 촉촉한 눈빛으로 나를 봤다. 그것이 너무도 면목이 없어서 차
라리 비웃어준다면 편할 텐데, 그런 생각도 했다.

"자면서 살 수 있다니 최고잖아요. 신경 쓰지 마세요. 밥도 나
오고, 그럴 마음이 있다면 스스로도 만들 수 있고……. 간식도 부
탁하면 받을 수 있으니까. 아아, 정말이지. 울지 말고. 아, 그렇

지. 최근에 표정을 바꾸지 않고 이런저런 목소리를 내는 기술을 익혔어요. 보고 갈래요?"

울 것 같은 아이를 상대로, 나는 철창을 사이에 두고 그런 대화를 나누었다. 항상 잤으니까 별로 기억나지는 않지만. 그런 대화를, 나누었다고 생각한다.

행복한 시간. 아무도 내 잠을 방해하지 않는 세계.

모두가 울어도, 웃어도. 내게는 그저 받아들이는 것만으로 계속 잘 수 있던, 다정한 세계였다.

그 세계에서 나는 만족했는데. 어찌 된 영문인지 이세계로 전생하게 되어버렸다.

민폐에도 정도라는 게 있다. 덕분에 또 기생 대상을 찾아야만 하는 신세가 되었으니까.

만에 하나 기생하게 해주는 사람이 사라졌을 때에 대비하여 배운 가사 스킬도 도움이 되는 꼴이 되어버렸으니 성가시기 짝이 없다.

의욕 따윈 생길 리가 없는데, 이렇게 애써 전생을 시켜봐야 곤란하다. 그런 권리는 좀 더 성실한 사람한테 줬으면 좋겠다.

나 같은 것보다도 어울리는 사람이 잔뜩 있었을 텐데.

나 같은 것보다도 집착이 있는 사람이 틀림없이 많았을 텐데.

나 같은 것보다도 살고 싶다며 외치던 사람이 당연히 몇 사람이든 존재했을 텐데.

어째서 내가 선택되었을까. 이유 따윈 전혀 모르겠고, 알고 싶다는 생각도 없다.

생각하는 건 귀찮다. 이대로 계속, 요람 같은 꿈속에서 그저 흔들리고 싶다. 흔들흔들흔들흔들, 생각도 못할 정도의 잠에 빠져 있는 것이, 내게는 최고의 행복이다.

"응, 뉴……."

꿈틀. 내 몸이 움직였다. 동시에 의미도 없는 말이 입에서 새어 나왔다.

수면의 시간이 끝나고 잠에서 깨어나려 하는 것이었다.

……귀찮네요.

잠든 채로, 계속 깨지 않는다면 좋을 텐데. 죽어 버려도 상관없으니까.

그런 생각을 하며, 푹신푹신하게 가라앉았던 의식이 천천히 떠올랐다.

상승하는 의식을 억지로 가라앉히는 것조차 번거로워서, 나는 그 감각에 그저 마음을 맡겼다.

아아.

정말로, 누군가 보살펴 주지 않으려나.

이름: 아르젠토 밤피르

종족: 흡혈귀

신체 능력: 극단적으로 빠름

스킬

흡혈 3

안개화 10

박쥐화 10

그림자화 10

피의 계약 10

블러드 리딩 10

블러드 암즈 10

블러드 박스 10

언어 번역 10

언어 해독 10

후각 강화 1

시각 강화 1

마력 강화 10

회복 마법 10

바람 마법 1

어둠 마법 1

불 속성 내성 10

물 속성 내성 10

신성 속성 내성 10

어둠 속성 내성 10

햇빛 내성 10

독 내성 10

저주 내성 10

마법 내성 10

☆한 마디

"하ㅡ, 삼시세끼 낮잠 간식 포함으로, 평생 보살핌 받으면서 살고 싶어……."

☆상세

이세계로 전생한 흡혈귀 미소녀. 원래는 남성이자 인간. TS……!

전생 전의 연령은 19세. 이름은 쿠온 긴지.

'무기력한 것은 영혼이 세계에 적합하지 않기 때문'라는 말과 함께 전생되었다.

종족도 스테이터스도 적당하게 설정했지만, 영혼의 질이 좋았기에 터무니없이 강력한 존재가 되어버렸는데, 본인은 전혀 신경 쓰지 않는다. 낮잠과 일하지 않는 것만 생각한다.

사실은 가사 스킬이 만능인 점을 포함하여 천성적인 스펙도 높다지만, 본인의 의욕이 없어서 상쇄된다고 할까 마이너스로 넘어가는 느낌.

취미는 낮잠.

좋아하는 것은 일하지 않고 게으름 피우는 것.

싫어하는 것은 기분 좋게 낮잠을 잘 수 없는 것.

흡혈귀의 모든 약점을 거의 극복했지만 흡혈 충동만큼은 흡혈귀의 존재와 관련된 부분이기에 극복하지 못했다. 그보다도 할 수가 없다.

전생 전에는 어딘가에 유폐되어 있던 모양이지만 어느 정도 자유는 있었고, 그 이전에는 밖에 나가는 것도 허락되던 시기가 있었던 모양이다.

그런 배경이 있어서 육체는 전생 전부터 희고 가늘며 얼굴도 여성 같았다나. 본인이 이르길 '흡혈귀 여자아이처럼'.

또한 상대에게 이상한 별명을 붙이는 것과 무표정으로 음색만 바꾸는 것이 자신 있는 특기. 반대로 표정을 만드는 것도 특기.

가사도 포함하여, 아직 그밖에도 감춰진 특기가 꽤나 있는 모양.

원하는 것은 단순한 동정이 아니라 영원한 호의. 자신의 모든 것을 받아들여 줄 사람을 찾아서, 반쯤 자면서 오늘도 뒹굴뒹굴.

은색의 소녀는, 어디로 향하는 것인가.

☆흡혈귀 코멘트

아르제 "어, 나를 이야기해서 어쩌려는 건가요. 아무래도 상관없으니까 잘래요. 안녕히 주무세요."

이름: 페르노트 라일리아

종족: 인간

신체 능력: 밸런스

스킬

검술 6

성 마법 6

마법검 3

회복 마법 4

도구 감정 3

어둠 속성 내성 3

신성 속성 내성 2

☆한 마디

"그 게으른 여자애, 반드시 붙잡아서 불평을 해주겠어!"

☆상세

플레이아데스 왕국, 전직 왕국 기사. 여성만으로 구성된 삼번
대의 부대장이었다.

어느 몬스터와의 전투에서 두 눈의 시력을 잃고 알레샤에서 은

거 생활을 보내고 있었다.

오른쪽이 금색, 왼쪽이 보라색인 오드아이에 갈색 사이드 테일. 그리고 거유.

성격은 성실하고 연기는 서툴다. 어떻게든 아르제를 갱생시키려고 노력 중이었다. 그리고 헛수고였다.

보이지 않아도 생활이 힘들지는 않았지만, 반대로 말하면 그만한 시간 동안 빛을 잃고 있었다.

아르제를 도와준 계기로 시력을 되찾고 이후로는 그녀에게 침상을 제공한다.

그 후, 작별 인사도 없이 떠난 아르제에게 분개. 뒤를 쫓듯이 알레샤를 떠났다.

비교적 어른이라고 할까, 나이도 꽤 먹었지만, 맹목적이 되어버린 것이리라. 어떤 의미로.

전투 스타일은 회복 보조도 가능한 마법 검사. 마법검으로 신성 속성을 무기에 부여하여 마를 친다.

적당히 붙인 이름이라고 할까, 입 밖으로 꺼냈을 때에 소리가 좋은 것으로 붙였을 뿐이라든지 그렇지는 않습니다.

☆흡혈귀 코멘트
아르제 "저 가슴에 파묻혀서 자면 기분 좋을 것 같았는데요."

이름: ??? (경계의 무녀)

종족: 원래는 인간 (정신체)

신체 능력: 없음 (정신체)

스킬

전생의 의식

☆한 마디

"나는 바쁘다만."

☆상세

수많은 세계의 틈, 통칭 『경계』에서 『전생』을 집행하는 무녀.

원래는 인간 무녀였지만 신의 산 제물로 바쳐지고 정말로 신을 섬기게 되었다.

그리고 스킬 항목에 있는 『전생의 의식』에 레벨이 없는 것은 애당초 아르제가 전생한 세계의 규칙에 해당되지 않으니까. 편의상 스킬 항목에 기술했을 뿐.

그밖에는 기우제나 강신, 정화 등등 무녀로서의 기술은 얼추 집행할 수 있다고 할까, 그녀가 있던 세계는 『신의 힘을 빌릴 수 있는 세계』였다. 정말로 유능한 무녀였다나.

다양한 세계의 과자에 입맛을 다시며 오늘도 그녀는 신의 뒤치다꺼리.

지금 고민거리는 '생각하던 것보다 신이 조잡하다'라는 것. 믿고 있던 측으로서는 복잡한 심정인 듯. 아이돌의 이면을 알게 된

팬이냐.

☆흡혈귀 코멘트

아르제 "뭐든 꺼내 주지, 장난치면 즐겁지, 좋은 기생 대상이라고 생각하는데 말이죠―. 하아아, 아쉬워라……. 누가 보살펴 주세요."

22 조금만 더 자고 싶은데

"⋯⋯후아아."

잠에서 깨어나서 일단 하품을 한 번.

눈물이 글썽한 시야로 주위를 둘러보니 아무래도 지금 있는 장소는 숲인 것 같았다.

주위에는 키가 큰 나무들이 잔뜩 있고, 자연 그대로인 지면에서는 풀꽃이 몸을 뻗고 있었다.

손으로 눈물을 훔치며 침대에서 일어났다. 으음, 어떻게 되었더라.

⋯⋯그래그래. 오징어를 쓰러뜨리고 여기까지 날아왔죠.

어비스콜이라는 거창한 이름의 오징어를 바다로 침몰시키고, 나는 박쥐의 몸으로 여기까지 날아왔다.

육지에 닿으면 곧바로 내려와도 상관없었지만 누가 찾아도 귀찮을 거라는 생각에 조금 긴 거리를 날아서 이 숲까지 다다른 것이었다.

여기라면 눈에 띄지 않으려나. 그리 생각하여 지상에 착지. 박쥐화 스킬을 해제하고── 지쳤으니까, 잤다.

"응─, 냣."

가볍게 기지개를 켰다. 뻐근한 몸을 풀고 잠기운을 떨쳐냈다.

나무들 사이로 내리쬐는 햇볕은 아침임을 알 수 있는, 아직 그다지 뜨겁지 않고 상쾌한 햇볕이었다.

은발을 쓰다듬듯이 불어오는 바람은 풀꽃의 풋되고 달콤한 향기를 머금고 있어서, 이쪽도 상쾌하게 느껴졌다.

아침이라는 것은, 내가 이 숲에 온 뒤로 하룻밤이 지났다는 거겠지.

어쩌면 이틀 정도 잤을지도 모르겠지만, 자고 있는 동안에 벌어진 일은 알 수 없다.

"그리운 꿈을 꿨네요."

혼잣말은 휘잉, 바람에 휘감겨서 숲으로 빨려들었다.

그립다고 해도 불과 보름이나 한 달 정도 전에는, 나는 그 세계에 있던 것이다. 그 세계에서, 무위도식할 수 있었다.

그저 아무것도 안 하고 계속 자는 것이 허락되는 행복한 생활.

떠올렸더니 그리워지고 말았다. 빨리 그런 생활로 돌아가고 싶네. 그를 위해, 나를 기생하게 해줄 사람을 찾아야지.

"자, 이제부터 어떻게 할까요."

첫 목표는 국외 도망이겠지. 사마카 씨는 그런 성격이니까 나를 보고하는 것은 늦추어줄 테지만, 그래도 나라에서는 나가는 편이 낫다.

이익이 되는 존재의 정보라면 다른 나라로 흘리지는 않을 테니까 나라를 나서면 쫓길 걱정은 사라진다.

국경이 어느 방향인지는 모르겠지만 알레샤가 어느 쪽인지는 기억한다. 조금 난폭한 이론이지만 알레샤에서 멀어지는 방향으로 계속 나아가면 언젠가는 나라 밖으로 나갈 수 있을 터.

그를 위해서는 물론 이동해야만 한다. 하지만 그러려고 해도 여러 문제가 있었다.

우선은 물을 포함한 식량. 흡혈귀는 식사와 물이 그다지 필요하지는 않은 모양이라 사흘 정도라면 먹지도 마시지도 않아도 괜찮겠지만 필요성이 아예 없는 것은 아니었다. 너무 아무것도 안 먹다가는 흡혈귀라도 해도 괴로워진다.

다음은 옷. 더러워지면 회복 마법으로 깨끗하게 만들 수 있지만 지금 가진 것은 제노한테 받은 한 벌뿐이다. 찢어지기라도 하면 성가시다. 페르노트 씨가 옷을 몇 벌 마련해줬지만 두고 와버렸으니까.

어느 쪽이든 사전에 준비하고 나서면 좋았을 테지만, 그대로 알레샤로 돌아가면 귀찮은 일이 기다리고 있었을 테니까 어쩔 수 없다. 오징어를 쓰러뜨릴 때, 꽤나 화려하게 행동해 버렸고.

문제가 될 일은 더 있었다. 혈액이 그랬다. 음식은 사흘 정도라면 참을 수 있더라도, 피는 아마도 그 정도면 필요해지겠지.

게다가 먹을 게 없다면 흡혈 충동을 얼버무릴 수도 없다. 먹지도 마시지도 않는다면 전처럼 일주일도 못 참겠지.

혈액만큼은 블러드 박스에 보존할 수 없으니까 딱히 준비해둘 수도 없으니 어쩔 수 없는 일이지만.

그리고 문제라기보다는, 미련.

마지막에 페르노트 씨한테 인사 정도는 하고서 나서고 싶었다.

침상에 대해서는 제대로 돈을 지불했으니까 빚은 없다고 봐도 되겠지만 제대로 된 작별 정도는 해두고 싶었다.

"하아아아……."

그리고 또 하나. 내가 성대하게 한숨을 내쉴 수밖에 없는 문제가 있었다.

이것은 혈액보다도 중요한 일이었다. 그러면서도 정말로 어떻게 해결할 수 없는 문제.

음식이나 물이라면 조달이 불가능하지는 않다. 피도 동물이나 몬스터라도 잡아서 흡혈하면 되겠지.

페르노트 씨도 어디선가 다시 만날 수 있을지도 모른다. 알레샤는 좋은 곳이라 기회가 있다면 또 낮잠을 자러 가고 싶으니까.

하지만 지금, 내 고민의 대부분을 차지하는 문제만큼은 해결책이 떠오르지 않았다.

"……귀찮아."

그렇다. 귀찮다.

걷고 싶지 않다.

박쥐로 날아가는 것도 피곤하니까 싫다.

오히려 더는 일하고 싶지 않다.

누가 옮겨줘. 밥도 준비해줘. 그리고 간식이랑 혈액도.

그런 생각을 해봐야 헛수고라는 건 안다.

이곳에는 나밖에 없다. 스스로 움직이지 않으면 한 걸음도 나아갈 수 없고 식사도 안 나오는 것이다.

그럼에도 나는 단호하게 움직이고 싶지 않다.

하아아, 우연히 왕자님이나 공주님이 지나가다가 그대로 나를 안아들고 성까지 데려가서 모조리 시중을 들며 보살펴 주지 않으려나.

"······자자."

앞으로의 일을 생각하니 지독히 우울했다. 우선은 한잠 자고 잊자.

그리 생각하고 다시 풀 침대에 드러눕자 등에 느껴지는 것은 흙 특유의 딱딱한 감촉이었지만 그건 그것대로 기분 좋았다.

이따금 나무 사이에서 불어드는 바람에서는 초목의 풋풋한 냄새만이 아니라 꽃의 꿀 향기도 났다.

약간의 달콤함과 상쾌함이 뒤섞인, 자연의 냄새.

욕심을 이야기하자면 폭신폭신한 침대가 그립지만, 이런 향기가 감싸여서 낮잠을 자는 것도 나쁘지 않다. 오히려 좋아한다.

자기 위해서 사고의 스위치를 끄려다가── 냄새에, 잡다한 것이 뒤섞였다.

그것은 신기한 냄새였다. 달달한, 그것도 나쁜 의미의 단맛. 시큼한 것도 섞여 있었다.

전생하기 전의, 훨씬 전. 아직 밖으로 나가는 것이 허락되던 무렵에 맡은 적이 있는 냄새였다. 무슨 냄새였더라.

도저히 기분 좋게 잘 수 없을 정도의 악취에 의식이 다시 돌아왔다.

기껏 느긋하게 낮잠을 자려고 했는데 허사가 되었다. 누군지 모르겠지만 책임을 지고 날 보살펴 줘야겠어.

"······다가오고 있네요."

불쾌한 냄새는 점점 이쪽으로 다가오고, 그 악취가 짙어졌다.

흡혈귀라는 종족은 냄새나 소리에 민감했다. 이것은 스킬의 효과와는 다른 종족적인 특성.

종족적인 특성이라는 것은 '개나 고양이의 후각이 사람보다 뛰어나다'라든지 '인간 남성보다 여성이 색조에 뛰어나다'같이 생물로서 시작부터 겸비하고 있는, 다른 이들보다 유리한 점이다.

그에 더해서 후각 강화 스킬까지 가지고 있으니까, 지금의 나는 이런 '악취'로 느껴지는 냄새가 전생 전과 비교해서 더욱 거북한 것이었다. 흡혈귀는 마늘을 싫어한다, 그런 이야기도 수긍이 갔다.

냄새를 느낀 뒤로 조금 시간을 두고, 이번에는 땅울림이 다가왔다.

대지를 흔드는 진동은 규칙적으로, 지진이 아니라 무언가 중량이 있는 물체가 '걷고 있다'는 것을 알 수 있었다.

냄새로 방향은 판별되었기에 그쪽으로 시선을 향했더니 이윽고 그 정체를 알 수 있었다.

나무들 사이를 성큼성큼 걸어오는 것은 눈대중으로 이 미터 정도의 거구. 거대한데도 불구하고 걸음걸이는 전혀 거침이 없이 시원시원해서 명백하게 숲을 걷는 행위가 익숙하다는 것을 알 수 있었다.

허리띠를 둘렀을 뿐인 몸은 굉장히 근육질이고, 전체적으로 구석구석까지 검고 짧은 털이 나 있었다. 상당히 불결한지 몸 주위에는 파리가 몇 마리나 날아다녔다.

다리는 몸이 우락부락한 것치고는 가늘지만 역시나 근육질이고 발끝에는 어엿한 발굽.

통나무 같은 팔 끝에 있는 손은 다섯 손가락이었다. 형태만이

라면 인간의 손에 가까웠다. 붙잡은 것은 호랑이의 목이라도 단
번에 잘라낼 수 있을 것 같을 만큼 커다란 도끼. 무척 두꺼운 날
이 둔탁하게, 아침햇살을 반사했다.

거친 콧김을 반복하는 얼굴은 명백하게 사람의 것이 아니었다.

크고 축축한 코, 세로로 긴 얼굴, 몸과 같이 전체적으로 자란
검고 짧은 털.

사람 같기도 소 같기도, 하지만 어느 쪽도 아닌 것이 이쪽으로
걸어왔다.

온몸을 대충 살펴본 뒤, 전생 전의 철창이 설치된 방 안에서 읽
은 몇몇 소설에서 비슷한 존재가 등장하던 것을 떠올렸다.

미노타우로스라든지 우두(불교에서 묘사하는 지옥에 존재하는, 소머리에
인간의 몸을 가진 옥졸)라든지. 그런 생물. 아니, 몬스터라는 표현이
옳을까.

"음머어어어어어어어!!!!"

울었다. 음머—라고 울었다.

대기를 울리고 나뭇가지가 흔들릴 정도의 큰소리였지만, 저건
완전히 음머—라고 울었잖아.

"외양간 냄새였나요—."

확실히 옛날에 맡은 적이 있는 냄새였다. 간신히 떠올리고 납
득이 갔다.

외양간이라면 어릴 적에 가본 적이 있다. 아마도 아버지의 친
척 사촌인가 팔촌인가가 길러서 말이다.

기르던 것은 굉장한 브랜드의 소였다고 그랬는데, 철창이 설치

된 방으로 들어가기 훨씬 전의 어릴 적이었으니까 어른의 이야기는 잘 기억나지 않는다. 고기를 구워줬던 게 맛있었다는 사실은 기억하지만.

"어리석구나, 밀렵꾼!!"

이야기했다. 그것도 엄청 유창하게.

언어 번역의 효과는 무척 좁혀 두었다. 구체적으로는 인간의 말을 번역할 수 있는 정도. 그게 말이지, 새의 말 같은 걸 이해해봤자 잘 때 성가실 뿐이니까.

그런 지금의 상태에서 소의 말이 이해되었다면, 눈앞의 소는 지금 이 세계의 인간이 사용하는 일반적인 언어를 사용한다는 의미였다.

외모에서는 상상이 안 될 정도의 높은 지성에 솔직히 무척 놀랐지만, 그보다도 지금의 말에는 신경 쓰이는 단어가 있었다.

"……밀렵꾼?"

"이 숲은 새들이 감시하고 있지……. 너같이 너저분한 밀렵꾼을 말이다!!"

무슨 소리인지 의문스럽게 생각했지만, 상대는 내 이야기를 들을 생각이 없는 듯했다. 잘 걸렸다는 분위기로 검지를 척, 나를 가리켰다.

새들이 감시한다고 그러는데, 나는 어제 하룻밤 푹 잠들어 있었다. 감시망, 꽤나 느슨한 게 아닐까.

그런 내 의문은 전혀 모르고 저쪽은 엄청 의욕적이었다. 푸쉭―, 김이 나올 것만 같이 거친 숨을 내뿜었다. 냄새…….

"숲을 더럽히는 녀석은, 이 몸이 용서치 않는다!!"

소 특유의 가느다란 꼬리를 휘둘러서 땅바닥을 한 번 쳤다. 명백하게 분노한 상대가 무기를 들었다.

아침의 태양을 가로막을 정도로 거대한 그림자가 내 몸을 뒤덮었다.

상대의 검게 빛나는 육체를 올려다보며, 내가 생각하고 입에 담은 것은 하나였다.

"……소의 피는 맛있을까요?"

당연히 대답은 없고, 대신에 도끼가 위에서 떨어졌다.

23   거북한 타입

결론부터 말하면, 전투는 십 초 정도로 끝났다.

상대가 휘두른 도끼를 나는 우선 옆으로 뛰어서 회피.

공격으로 튀어 오른 흙을 제쳐놓고, 그대로 상대의 주위를 빙글빙글 돌았다.

"으, 빨라……?!"

"블러드 암즈. 『사슬』."

때리거나 걷어차 봐야 크게 효과는 없을 것 같았기에 내 혈액을 무기로 만들어서 사용했다. 바람 마법도 저런 근육으로는 버텨낼지도 모른다고 판단한 선택.

내 손가락에 송곳니로 가볍게 구멍을 뚫는 정도는, 흡혈귀의 몸이라면 간단했다. 따끔한 감촉과 함께 넘쳐난 혈액을 길게 사슬로 변화시켰다.

이때 떠올린 것은 테리어 도적단의 구성원인 사슬낫의 치와. 내게는 그와 같은 기술은 없으니까 만들어낸 사슬을 그저 감았다.

팔이나 다리까지 통째로, 몸 전체에 빼곡하게. 속도를 활용하여 주위를 돌면서, 칭칭 감아서 구속한 것이었다.

"음머?!"

"자, 사슬 씨. 꽉 조이세요."

"음머어어어어어어?!"

만들어낸 무기는 어느 정도라면 손을 대지 않더라도 자유로이 움직일 수 있다. 그 능력을 사용해서 감은 사슬을 조였다.

블러드 암즈 조작은 그렇게까지 빠르지 않지만 힘은 무척 강했다. 순식간에 소고기 말이 완성이었다. 아니, 이건 고기로 감은 게 아니라 고기가 감긴 거니까 조금 다른가.

이리하여 맥없이 승부는 갈린 것이었다.

"큭…… 인간 놈이! 이 숲은 넘기지 않는다!!"

사슬로 칭칭 감긴 채, 소 씨가 나를 노려봤다. 얼굴 크기와 비교하면 눈은 작고 동글동글해서 조금 귀여웠다.

상대는 눈동자에 깃든 의지는 강했다. 내 안에서는 승부가 났지만, 소 씨의 마음은 아직 꺾이지 않은 모양이었다. 이건 완전히 오해를 산 분위기였다.

……정말이지―. 귀찮은 소 씨네요―. 어쩌지, 정말.

하지만 계속 오해하는 상황은 귀찮으니까 제대로 설명을 해둬야 하려나.

계속 적의를 마주하는 것도 피곤하고. 풀 수 있는 오해는 풀어 두는 게 좋다.

"저기, 있잖아요. 우선 첫째로, 저는 인간이 아니에요. 흡혈귀예요. 자, 송곳니랑 귀, 잘 보세요."

"음…… 하지만, 아직 아침이라고……."

"아침이든 낮이든 괜찮아요. 햇빛 내성이 있으니까. 또 하나. 저는 여기서 낮잠을 잤을 뿐이지, 숲이나 숲의 은혜를 요구할 생각은 없어요."

"……정말인가? 밀렵꾼이 아니라는 건가?"

"돈 때문에 곤란하지는 않으니까요. 밀렵을 할 의미가 없어요."

그 증거로, 알레샤에서 번 돈의 일부를 꺼내어 쌓아올렸다.

잘그랑잘그랑 귀에 거슬리는 소리를 내며 동전의 산이 생겼다. 아침햇살을 반사하여 반짝반짝 빛나는 산을 두고, 우리 사이에는 미묘한 침묵이 흘렀다.

"…………."

"…………."

"……저기."

"예?"

"진짜로, 죄송했습다……."

"……말투가 바뀌지 않았나요?"

"죄송함다, 밀렵꾼한테 안 쫄려고 조금, 그게, 열을 올렸습니다. 진짜로 죄송함다……. 용서해 주십쇼……."

갑자기 상대의 분위기가 바뀌어 꾸벅꾸벅 사죄했다. 목소리도 낮게 위협하는 톤에서 소년 같은 높은 목소리로 바뀌었다.

솔직히 조금 안 어울리지만 귀여운 목소리였다. 밀렵꾼 용서치 않겠노라, 같은 소리를 했으니까, 그는 몬스터는 몬스터라도 이 숲의 평화를 지키고 있었다…… 같은 느낌이려나.

지위가 있다는 건 큰일이네. 나는 그런 거 절대로 필요 없다.

일단 오해가 풀렸으니까 돈을 회수한 다음에 블러드 암즈를 해제했다. 사슬은 내 뜻에 따라 붉은 연기로 변하여 사라졌다.

무기로 바꿔버린 혈액은 되돌릴 수 없다. 해제할 경우, 이렇게 흩어져버리는 것이었다.

"그리고 손가락을…… 아픈 거 아픈 거 날아가라. ……그럼, 다시. 흡혈귀 아르젠토 밤피르예요. 아르제라고 부르면 돼요."

"미노타우로스 오즈왈드라고 함다. 숲의 수호자임다."

"킨타로?"

"미노타우로스임다! 누님, 잘 부탁드림다!!"

"아뇨, 누님은 좀."

"그럼 아르제 누나!!"

"어……… 마음대로 하세요."

귀찮으니까 그냥 마음대로 부르라고 했다. 영혼이 남자니까 조금 위화감이 있어도 신체적으로는 여성이니까 틀린 것도 아니고.

사슬이 풀리고 자유의 몸이 된 오즈왈드를 다시 살펴봤다.

커다랬다. 검게 빛났다. 그리고 무척 냄새가 났다.

"잠깐만 실례할게요."

"예?"

"깨끗해져—라."

솔직히 말해서 힘들었기에 깨끗하게 만들었다.

더러운 것을 없애는 회복 마법이 한순간에 그의 몸에서 불결함을 지웠다. 감돌던 냄새는 숲의 상쾌함 바람에 휘감겨서 점차 사라졌다. 파리도 주위로 날아갔다.

아직 살짝 소 냄새는 나지만 깨끗해졌으니까 이건 이제 본인의 체취겠지. 참기로 했다.

"조금 더, 몸가짐에 신경을 쓰는 게 좋아요."

실례일지도 모른다는 생각은 있었지만 일단 주의는 줬다.

사마카 씨 정도라고 하지는 않겠지만 조금 더 주의했으면 좋겠다. 코로 숨을 쉬지 못하는 건 고통이니까.

조금 전까지의 악취라고도 할 수 있을 냄새는 그가 제대로 몸을 깨끗이 씻지 않기 때문이다. 체취는 본인으로서는 어떻게 할 수 없는 부분이 있으니까 어쩔 수 없지만, 이 이야기는 해도 되겠지.

오즈왈드는 잠시 입을 떡하니 벌리고 있었다. 그리고는 너무나도 감격한 것 같은 말투를 내뱉었다.

"……우와. 아르제 누나, 대체 뭐하는 사람임까……. 지금 그거, 유니콘이 쓸 것 같은 레벨의 장난 아닌 마법이라고요?!"

"그냥 지나가는 흡혈귀예요."

"이런 다정한 사람을 습격하다니, 저…… 저…… 아르제 누나, 진짜 죄송함! 제가 할 수 있는 일이 있다면 뭐든 말씀해주십쇼!"

그럼 보살펴 줘, 라고 그럴까 싶었지만, 오즈왈드는 미노타우로스. 이족보행을 하는 소 같은 생물이다.

경제력 같은 건 없어 보인다고 할까 애당초 경제라는 개념이 없는 장소에서 생활하고, 숲을 지키기 위해서 밀렵꾼과 싸우고 있다. 다시 말해서 바쁜데다가 전사할 가능성이 있다.

덤으로 체취가 내게 거북한 느낌이다. 도저히 우량하다고 할 수는 없는 상대였다.

이 미터 정도인 몸을 작게 움츠리고 꾸벅꾸벅하는 오즈왈드는 어쩐지 조금 귀여웠지만, 보살펴 줬으면 좋겠다는 생각은 안 들었다. 아쉽네.

제쳐 놓고, 오즈왈드는 사죄를 하겠다고 그러는데 어쩌지.

역시 지금은 피를 받아두는 게 좋을까.

보아하니 소 같으니까 몸에 피는 돌겠지. 아직 흡혈 충동은 없지만 미리 보급하는 것도 나쁘진 않을지도.

피에 굶주리지 않은 현재로서는 가장 좋은 부탁은 국경까지 데려다 달라는 건데, 숲의 수호자니까 숲에서 나갈 수는 없겠지. 우락부락한 저 몸의 어깨 같은 데 태워달라고 그러면 재밌을 것 같으니까 아쉽네.

……아, 그런가. 탈것이다.

"그럼 하나 부탁해도 될까요?"

"뭐든 말씀해 주십쇼!"

"이 부근에, 말 같은 건 있을까요?"

그렇다.

걷고 싶지 않다면, 타고 가면 되는 것이다.

제노가 마차에 태워줬을 때처럼.

안장이 없어도 말에 탈 수는 있다. 뭣하면 가까운 마을에서 조달해도 되고.

혹시 있다면, 이 숲에서 말을 조달해서 가자. 내가 자더라도 달려줄 것 같은 아이를.

24 우마(牛馬) 타임

"말이 모여 있는 곳이라면 압다! 안내하겠습다!"

그러더니 오즈왈드는 소 얼굴을 미소의 형태로 만들었다. 정육점 마스코트 캐릭터같이 친근한 미소였다.

오즈왈드는 미소 그대로 커다란 손을 내게 내밀더니, '타십쇼!'라고 말했다.

아무래도 안내만이 아니라 옮겨다 주려나 보다. 무척 신사적인 대응이었다.

어쩌면 어지간한 남성보다 신사일지도 모르겠다. 적어도 갑자기 구혼할 것 같은 버섯 머리보다는 신사일까.

그 말을 기꺼이 받아들여서 손바닥에 앉자 그대로 어깨 쪽으로 들어 올렸기에 이번에는 그쪽에 얌전히 앉았다.

뜻밖의 형태로 타고 싶다는 바람이 이루어지고 말았다. 그의 어깨 위에서 보이는 풍경은 높아서 조금 즐거웠다.

"천천히 걸을 테니까, 흔들리는 게 심하면 말씀해 주십쇼!"

"아뇨, 쾌적해요."

"감사—함다!!"

옆에서 보면 몬스터 사역사, 혹은 소녀를 꾀어서 데려가는 몬스터인가.

다행히도 주위에 보는 눈은 없고, 데려다주는 것은 무척 편하니까 순순히 받아들이기로 했다. 이것도 사죄의 일부라고 생각하면 되겠지.

숲속을 익숙한 모습으로 저벅저벅 걸어가며 오즈왈드는 내게 이야기를 건넸다.

"이것 참―, 밀렵꾼이 아니어서 다행임다! 아르제 누나가 진짜로 밀렵하러 왔다면, 나는 절대로 상대가 안 되었을 검다!"

"밀렵꾼이라니, 그렇게나 많이 오나요?"

"오죠. 이 숲은 인간의 마을에서는 떨어져 있으니까, 뭐라고 함까? 나라에서 개발하러 오지 않으니까 귀중한 약초 같은 게 나니까요. 그런 건 허가 없이는 재배하거나 채취해서 팔거나 하면 안 된다는 모양임다, 인간의 규칙으로는. 그러니까 밀렵꾼이 이 숲에서 규칙을 어기려고 오는 거겠죠."

"허어, 그렇군요."

허가가 필요한 사업이라면, 그 허가를 어디서 내느냐에 따라서도 다르겠지만, 그것이 나라이든 협회나 조합이든 그 사업을 진행하는 데 '중개료'나 '회비' 같은 걸 받겠지.

하지만 밀렵이라면 이익은 전부 밀렵꾼의 것이 된다. 재배하는 수고도 들지 않는다.

위험은 있고 위법이지만 큰돈을 손에 넣을 수 있다면 뛰어드는 사람도 나온다. 욕심에 눈이 먼 인간은 어디에나 있는 법이다.

"그리고, 우림다."

"오즈왈드 군이랑 여러분 말인가요?"

"인간 부자들 중에 먹는 녀석이 있슴다…… 몬스터 고기. 뭐, 그쪽은 위법이 아님다만, 우리 입장에서 보면 밀렵이라고 할까,

217

적임다."

……확실히 오즈왈드, 식감이 좋아서 맛있어 보여.

잠깐 그런 생각을 했지만 가만히 있었다. 어딘가 마을에 들어가면 고기를 구워먹고 싶네. 할 수 있을까, 이세계에서 고기구이.

"뭐, 우리 몬스터는 인간에게는 기본적으로 해수 같은 취급이라 데미랑은 다르니까요!"

"데미?"

"데미 휴먼. 아인이란 녀석임다! 엘프, 다크 엘프, 드워프, 마인, 흡혈귀, 수인…… 어느 정도 인간에 가까운 녀석임다! 데미는 인간에게 적대적인 녀석과 그렇지 않은 녀석이 있으니까요."

"흐—응…… 그런가요."

"예를 들면 엘프는 인간을 적대하는 건 아니지만, 숨겨진 마을에서 다른 종족과 교류를 단절하는 녀석들과 반대로 사람들의 마을로 내려와서 적극적으로 사람들과 관여하는 녀석들이 있는 모양임다!"

"오즈왈드, 박식하네요."

"헤헤헤, 철새 녀석들이 이야기해 줌다! 하지만 아르제 누나도 그 정도는 알고 있죠?"

"아뇨, 생후 반 개월 정도라서 전혀 몰라요."

"진짬까?! 역시 아르제 누나 쩔어! 생후 반 개월 만에 그렇게나 강하다니 쩔어!"

오즈왈드는 수다스러웠다. 그 후로도 꽤나 다양한 이야기를 했다. 그보다도 내가 태어난 지 얼마 안 되었다는 사실을 알고는,

나를 배려해서 이것저것 가르쳐준 거겠지.

흡혈귀나 드워프도 인간과 적대하기도 아니기도 한다든지, 그런 이야기도 들었다.

페르노트 씨가 말했던 '눈에 띄니까 정체는 감춰라'는, 아마도 그런 의미도 있었을 테지. 적대시 당하는 경우도 있으니까 그다지 스스로를 내세우지 말라는, 그런 의미가.

……그만큼이나 이 세계에 대해서 이야기를 들어도—.

배려해주는 오즈왈드한테는 미안하지만 세계정세 이야기 따윈 잔뜩 들어봐야 곤란하다.

그게 말이지, 흥미가 없고 애당초 단숨에 들어도 이해하기 어렵다.

상대의 이야기가 점점 길어졌기에 중간부터 적당히 건성으로 대답하기로 했다.

일단 들은 내용은 제대로 기억하니까, 또 필요할 때에 떠올려서 이해하면 되겠지.

그렇게 적당히 그를 상대하며 숲을 나아가는 동안 몇 마리 동물이나 몬스터들과 엇갈렸다.

동물은 너구리나 사슴 등, 내가 아는 것 같은 생물뿐이었다.

몬스터 쪽은 여러모로 흥미 깊은 외모를 한 것이 많았다. 키가 작은 녹색 피부의 소인 같다든지, 마찬가지로 작고 이족보행인 개 같은 존재 등등을 다수 만났다.

"녹색 녀석은 고블린. 개 같은 건 코볼트라고 한다! 여, 고브조! 코봇치도! 잘 지내고 있나?!"

무엇일까 생각하며 바라봤더니 오즈왈드가 설명해줬다. 양쪽 다 판타지 소설에서 자주 본 몬스터인 모양이었다.

……그래그래. 그런 게 좋거든요, 정보 제공이라는 건. 필요할 때에 필요한 것만으로.

오즈왈드는 내게 많은 이야기를 건네며, 스쳐 지나가는 몬스터나 동물에게도 말을 건네며 걸어갔다.

그와 같은 미노타우로스와도 몇 번인가 마주쳤다. 오즈왈드 쪽이 한 아름 정도 큰 것은 역시나 숲의 수호자라고 할까.

숲을 걷는 오즈왈드의 모습은 옛날부터 익숙해진 마을을 걷는 인간과 그리 다르지 않은 것처럼 보였다. 얼굴은 소이고 도끼를 들었지만.

"뭐, 그렇게 되어서 할아버지 대신에 숲의 수호자를 하게 됐습니다."

"그런가요. 그런 것치고, 저를 알아차리는 건 늦었네요."

"보통은 밤에 숲으로 온 밀렵꾼은 불빛을 사용하고, 안 쓰더라도 움직이니까……. 아르제 누나는 수상쩍은 움직임이 없었으니까 발견이 늦어져 버렸습니다. 아침에 새한테서 보고를 받고 벌떡 일어났습니다."

"아—…… 자고 있어서 그랬군요."

어둠속에서 로브를 입고 풀에 파묻히듯이 나는 잠을 잔 것이었다.

그러면 확실히 아침까지 알아차리지 못하더라도 이상하지는 않을지도 모르겠다.

결과적으로 무척 푹 잘 수 있었으니까 다행이지만, 오즈왈드한테는 미안한 짓을 해버렸다.

"일단 고블린 같이 싸우지 못하는 녀석들이 함정을 설치한다든지, 그러기도 해주지만요. 딸랑이라든지."

"허어, 그런가요."

여기서 말하는 딸랑이란 나무 따위의 사이를 끈이나 로프로 묶고 그곳에 소리가 나는 것을 달아서 무언가가 닿으면 소리가 나는 구조의 물건이다.

함정이라기보다는 자연물을 사용한 간이 경보 장치라는 표현이 옳겠지만, 표현을 봐서는 그밖에도 다양한 함정이 설치되어 있을 테지.

"너무 많이 설치하면 우리도 생활하기 불편하니까 대부분 밤 동안에만 사용하도록…… 아. 슬슬 도착임다."

오즈왈드가 손을 어깨로 가져다 댔기에 그의 손바닥 위로 이동하자 천천히 내려 주었다.

땅바닥에 내려서서 우선 느낀 것은 젖은 냄새였다. 강화된 흡혈귀의 후각으로 그것이 물 냄새임을 바로 알 수 있었다.

냄새가 나는 쪽으로 걸어갔다. 나무들 사이를 잠시 빠져나가자 냄새의 발생원이 보였다.

호수라고 표현해도 될 정도로 광대하게 펼쳐진 물의 카펫. 나무 사이로 비쳐드는 햇살을 반사하여 반짝반짝 빛나는 수면의 일렁임은 무척 환상적으로 보였다.

호수 주위에는 말이나 멧돼지, 다람쥐나 새, 원숭이. 그런 동물들만이 아니라 몬스터도 다수 있어서, 각자가 자연의 은혜를 즐기고 있었다.

동물과 몬스터. 양쪽의 물 마시는 곳이었다.

"할아버지 그 전대 정도부터 계속 여기서는 물이 샘솟고 있습다. 말 이외에도 잔뜩 있는데, 여기가 가장 많이 모이는 곳임다!"

"……이런 곳이 있다면 제대로 몸을 씻는 편이 좋다고요?"

"죄송함다! 오늘부터 주의하겠슴다!"

"그래요. 부탁할게요."

허리를 있는 힘껏 구부리고 머리를 숙이는 오즈왈드에게 그리 말하고 나는 호숫가로 다가갔다.

동물도 몬스터도 나를 흘끗 보기만 할 뿐이지 도망치거나 위협하지는 않았다.

"다들 놀라지 않네요."

"제가 데려왔으니까 괜찮다고 생각하는 검다."

그렇구나. 숲의 수호자인 만큼 그의 영향력은 강한 모양이었다.

경계 당하지 않는 것은 알았으니 물을 마시거나 풀을 뜯는 말들을 한 마리씩 사양하지 않고 살펴봤다.

내 체구는 소녀라고 해도 될 정도. 너무 큰 말에는 탈 수 없으니까 신장에 맞을 법한 말을 찾기로 했다. 크면 타는 게 귀찮으니까.

숫자는 적지만 뿔이 달린 말도 있었다. 아마도 유니콘일 테지만, 어느 아이든 무척 커서 내 몸으로는 가볍게 탈 수 없을 것 같았다.

살랑살랑 흘러드는 물가 특유의 바람을 즐기며 호숫가를 따라서 걸어갔다. 이윽고 말 하나와 눈이 마주쳤다.

푸르게 보이기까지 하는 새카만 털에 크기는 중형.

실루엣은 호리호리하지만 불안정한 느낌은 아니었다. 오히려 '탄탄히 조인 결과로 호리호리해졌다'라는 인상을 받았다.

말 특유의 동그란 눈은 명백하게 다른 말보다 색이 깊어서 어쩐지 이성적인 빛을 느꼈다. 가만히 바라보면 빨려들 것 같은, 밤의 어둠 같은 검은 눈동자였다.

……괜찮을지도.

특히 갈기가 취향이었다. 폭신폭신하면서 삐친 것 같은 느낌이 귀여웠다.

언어 번역은 제대로 효과 범위를 넓혀 두었으니까 우선은 인사부터 하자.

"처음 뵙겠어요. 제 이름은 아르젠토 밤피르예요."

"……이름은 없다. 그냥 말이다."

아, 엄청 좋은 목소리.

음역이 낮고 단호한 말투. 그의 강한 의지를 느낄 수 있었다.

어른 남자라는 느낌일까. 인간이라면 바에서 조용히 술잔을 기울이는 게 어울릴 것 같은 목소리였다. 말이지만.

"으─음…… 나를, 태워주시지 않을래요?"

"호오, 아가씨를."

"예. 그리고 이 나라 밖까지 데려다줬으면 해요."

"괜찮겠지. 하지만 조건이 있다.

"뭔가요?"

아무리 나라도 그냥 태워 달라고 그럴 생각은 없었다.

상대는 말이니까 돈에는 흥미가 없겠지만 당근 정도는 지불할 생각이었다.

상대가 무언가 요구한다면 가능한 한 들어주자고 생각했다. 기생 상대가 아니라면, 무언가 대우를 받으면 보답하지 않고서는 기분이 나쁘다.

이름 없는 말 씨는 작고 광택이 있는 눈을 바라보며 말을 꺼냈다.

"나는 나보다 느린 녀석이 하는 말은 들을 생각이 없다. 나를 타고 싶다면 붙잡아봐라, 아가씨."

25 흡혈귀 씨는 술래잡기가 달갑지 않다

"규칙은 기억하겠지, 아가씨."

"도망치는 당신을 제가 조금이라도 건드리면 승리, 일몰이 될 때까지 도망치면 당신의 승리, 오즈왈드 군이 열을 세면 쫓아간다, 였죠."

삐친 스타일의 갈기가 차밍한 말 씨는 푸후―, 콧김을 내쉬고 고개를 가볍게 끄덕였다. 정답, 이라는 이야기인 듯했다.

지금 우리가 있는 곳은 호숫가에서는 조금 떨어진 곳. 다른 동물에게 폐가 되지 않도록 이동한 것이었다.

심판 역할인 오즈왈드가 한 걸음 내디디고 한 손을 힘껏 들었다. 꽤나 의욕이 넘치는 모양이었다.

"그럼 시작하겠슴다!"

"언제든지 괜찮아요."

"그러지."

솔직히 조금 귀찮다고는 생각하지만 이게 끝나면 그 후로는 말의 등에서 편안하게 보낼 수 있으니까 참자.

승마라는 것은 균형 따위를 생각하면 조금 위험하다지만, 말의 체온이 직접 느껴져서 그건 그것대로 기분이 좋을 것 같았다.

"그럼, 시작임다!"

오즈왈드가 기운차게 소리를 터뜨리는 것과 동시에 말 씨가 달려갔다. 역시나 말인 만큼 굉장한 가속이었다.

숲에는 당연히 나무들이 여기저기 있으니까 직선으로 달릴 수만도 없었다.

그런데도 그는 교묘한 몸놀림으로 나무들 사이를 거의 감속도 없이 빠져나갔다.

자신만만하게 "나보다 느린 녀석의 말은 듣지 않겠다" 같은 대사를 꺼내는 것도 납득할 수 있는, 멋진 달리기였다.

"세―엣, 네―엣, 다―섯, 여―섯……."

점점 작아지는 삐친 스타일의 갈기를 바라보며 오즈왈드가 묘하게 귀여운 목소리로 숫자를 세는 것을, 태평한 기분으로 들으면서 기다렸다.

태평하다고 할까, 그렇게 늘어지는 목소리로 세면 어쩐지 양이라도 세는 것 같아서…… 졸려…… 잠이…….

"――아르제 누나, 자는 검까?! 벌써 다 셌다고요?!"

"후냐."

안 되지, 코에 방울까지 만들고서 완전히 잤다.

감겨 있던 눈을 비비며 기지개를 켜고 한숨을 내쉬었다.

그러고 보니 오늘은 낮잠을 아직 안 잤다. 그러니까 졸리지. 빨리 끝내고 낮잠을 자자.

"저기, 아르제 누나. 안 쫓아가도 됨까?"

"쫓을 필요가 없으니까요."

"예?"

"서로의 그림자, 이어두었으니까요."

말하면서 손을 들어 가리킨 것은 내 그림자였다.

햇빛이 비치며 만들어진 검은색은 나뭇잎의 흔들림에 맞추어 아지랑이처럼 흔들리고 있었다.

하지만 그것만이 아니었다.

내 그림자의 딱 머리 부분에서 가느다란 그림자가 뻗어 나와, 그것이 숲 안쪽까지 계속 이어져 있었다. 햇빛으로 만들어진 것이 아닌 이상한 그림자가.

이 그림자가 향하는 곳은 삐친 것 같은 갈기가 멋진 말 씨의 그림자.

이것은 그림자화 스킬 고레벨이 되면 사용할 수 있는 기술로, 내 그림자와 다른 이의 그림자를 이을 수 있는 것. 그림자 묶기, 라는 식으로 표현하면 될까.

"그림자화."

시작 전부터 책략은 짜두었다. 남은 것은 스킬을 구사하는 것뿐이었다.

그림자가 된 나는 릴에 감긴 낚싯줄처럼 자동, 고속으로 말 씨의 그림자로 옮겨졌다.

이 스킬은 몸에 걸친 옷까지 그림자로 바꿀 수 있으니까 일일이 옷을 넣었다가 꺼내는 수고도 없다. 편리한 스킬이다.

그림자화 스킬은 레벨이 올라가면 지금 하는 것처럼 그림자를 묶는 것 외에도, 그림자 상태에서도 청각이나 시각을 얻을 수 있게 된다.

그 능력으로 그림자 안에서 밖을 내다보니, 말 씨는 삐친 것 같은 갈기를 나부끼며 숲속을 정원처럼 달리고 있었다.

"훗…… 역시 쫓아오지는 못하나."

"그렇지도 않아요."

"이힝?!"

와, 말다운 비명.

그런 생각을 하며 그림자 안에서 상반신만 원래대로 되돌렸다.

하반신은 아직 그의 그림자에 들어 있어서, 상대가 달려서 움직이면 나도 이끌려가듯이 움직였다. 옆에서 보면 그림자에서 은발의 여자가 자라난 것처럼 보이겠지.

이런 응용이 가능한 것도 그림자화에 스킬 포인트를 최대까지 찍어둔 덕분이었다. 역시 추천대로 포인트를 분배해두어서 다행이다.

천천히 그림자에서 빠져나오며 상대의 옆에서 배를 건드렸다. 단단한 근육과 생물의 온기.

"자, 터치."

"으, 으음……!"

"이걸로 제 승리……라고 해도 되겠죠?"

"……이의는 없다."

상대가 천천히 걸음을 늦추었기에 나도 그림자에서 완전히 빠져나왔다.

솔직히 이런 식으로 허를 찌르는 것 같은 수단을 사용하지 않더라도 이겼을 거라 생각한다.

진심으로 달리지 않더라도 지금의 나는 자동차만큼 빨리 달릴 수 있으니까.

물론 말도 자동차한테 지지 않을 만큼 빠르겠지만…… 진심을 발휘한 나는 속도를 더욱 낼 수 있다.

실력으로 굴복시켜도 아무런 문제는 없었는데 이런 수단을 사용한 것은, 물론 귀찮으니까.

이것으로 상대가 패배를 인정하지 않는다면 살짝 진심을 발휘해서 달릴 생각이었는데, 귀찮은 일 없이 끝나서 안심했다. 정직한 사람, 아니, 말이라서 다행이다.

"그럼…… 으음. 언제까지고 말 씨라고 부르는 건 좀 불편하니까 이름을 붙일까요."

"후…… 나는 패배한 몸이다. 아가씨가 마음대로 부르게."

"그럼 네구세오 씨로."

"…………."

엄청난 표정을 띠었다.

화난 것 같으면서 기가 막힌 것 같은. 말은 그런 표정도 가능하구나, 그런 생각이 들 정도로 미묘한 표정이었다.

"삐친 갈기의 임금님이니까, 네구세오." ((잠버릇 등으로) 삐친 머리를 가리키는 일본어 네구세(寝癖)와 임금님을 가리키는 오사마(王様)에서 따온 이름이다)

"……어, 음."

자기 입으로 '마음대로 하라'라고 그런 입장이라 취소할 수 없다고 느꼈을 테지. 네구세오 씨는 말의 얼굴을 복잡한 심정인 듯 일그러뜨리고 애매하게 고개를 끄덕였다.

마음에 안 든다면, 그렇게 말해주면 다른 이름을 생각할 텐데. 검은 털이니까 독일어로 검다는 의미의 슈바르츠라든지, 프랑스어로 느와르라든지.

상대의 분위기에서는 마음에 들지 않는다는 걸 느끼면서도, 명확하게 불평을 토로하지 않았기에 그의 이름은 네구세오가 되었다. 내 안에서는 딱 맞는 이름이었으니까. 상대의 생각은 알 바 아니다.

자신의 의견을 확실하게 말하는 것은 중요하다. 나는 낮잠을 자고 싶다고 언제든지 솔직하게 말하려고 한다.

"하ㅡ, 지쳤어. 낮잠을 자고 싶네요."

그래, 이런 느낌으로. 항상 스스로의 기분에 솔직한 것이 나다.

네구세오 씨가 엄청난 눈빛으로 나를 봤지만 흥미 없으니까 내버려뒀다.

26 낮잠을 자고 있으니 이야기가 진행된다

"……응."

어느샌가 잠들었나. 졸리다 싶더니 정말로 그렇게 해버렸나 보다.

잠에서 깨어난 이유는 피 냄새를 느꼈기 때문이었다.

다양한 피 냄새였다. 명백하게 짐승의 피 냄새도 있고 송곳니가 욱신욱신하는 것 같은 달콤한 냄새도 있었다.

다양한 동물, 인간—— 어쩌면 몬스터의 피도.

"……오래된, 냄새네요."

자다 깨서 멍한 상태로 혼잣말을 꺼냈다.

감도는 피 냄새는 그다지 신선하게 느껴지지는 않았다.

흩뿌려진 뒤로 방치되어 그대로 시간이 지난 뒤. 그런 느낌의 냄새였다.

물론 오래된 피 냄새 따윈 맡은 적은 없지만 '오래된 피다'라는 데에는 확신이 있었다. 증거는 없지만, 틀림없이 그렇게 느껴졌다. 피의 정보에 민감한 것은 역시 흡혈귀의 종족 특성일까.

"깨어났나, 아르젠토."

"아, 네구세오 씨."

"…………."

"왜 그래요, 네구세오 씨. 네구세오 씨, 표정이 이상한데 무슨 문제라도 있나요, 네구세오 씨? 네구세오 씨도 참. 네—구—세—오—씨?"

"괘, 괜찮다. 문제없다."

네구세오 씨가 이름을 불릴 때마다 복잡한 표정으로 움찔하는 것이 조금 재밌었지만, 피 냄새가 신경 쓰이니까 이쯤에서 그만 뒀다.

웃음을 참으며 풀 침대에서 몸을 일으키고 옷에 묻은 먼지나 이파리를 털었다.

해가 기울어진 모습을 보면 시각은 저녁보다 조금 전 정도일까.

후각으로 의식을 기울였더니 냄새가 흘러드는 방향은 바로 알 수 있었다.

"……사람의 냄새도 있나요."

오래된 피 냄새만이 아니었다. 그에 뒤섞인 것처럼 몇몇 인간의 냄새도 났다.

인간과, 오래된 피. 그리고 오즈왈드한테 들은 이야기. 이것들을 한데 생각하면, 짚이는 바는 하나였다.

"밀렵——."

"——음머어어어어어어어!!!!"

"꺅."

말을 마지막까지 꺼내기 전에 숲 안쪽에서 포효가 울렸다.

깜짝 놀라서 귀를 막아버렸는데, 저건 아마도 오즈왈드의 목소리겠지.

"숲의 수호자가 싸우고 있군."

"……아뇨, 아니에요."

"음…… 무슨 뜻이지?"

코를 자극하는 향기가 점점 짙어지고 있었다.

새로운 피의 향기였다. 그것이 오래된 피 냄새를 덧칠하듯 후각에 닿았다.

중요한 것은 그 새로운 향기가 엄청 짐승 냄새가 난다는 사실. 좀 더 말하면, 소 냄새였다.

"오즈왈드 군 쪽이 밀리는 모양이에요."

혹시 오즈왈드가 우세하다면 새로운 피는 달콤한 냄새—— 인간의 피 냄새가 날 터.

내가 좋아하는 냄새가 아니라 내게는 거북한 냄새가 났다.

그것은 다시 말해서 내게는 거북한 냄새가 나는 사람, 아니, 몬스터가 부상을 당했다는 의미였다.

"네구세오 씨, 조금 앞서 갈 테니까 천천히 따라오세요."

"어쩔 생각이지?"

"얼마 전에, 인사도 없이 신세를 진 곳을 나와 버렸어요. ……두 번 다시 그러고 싶진 않아요."

뇌리에 떠오른 것은 오드아이에 가슴이 큰 여성. 페르노트 씨.

성실한 사람이다. 지금쯤 인사도 없었다는 사실에 화를 내고 있을지도 모른다. 언젠가 만날 수 있다면 제대로 사과하고 싶다.

……일단 눈앞의 일을 정리하죠.

작별의 인사도 없이 죽게 내버려두는 건 꿈자리가 사납다.

꿈자리가 사나운 것은 곤란하다. 그야말로 낮잠을 기분 좋게 잘 수 없으니까.

그리 생각했을 때에는 이미, 나는 네구세오 씨를 두고서 달려

가고 있었다. 첫걸음부터 속도를 내어 소리가 들린 방향으로 향했다.

뒤에서 또 '이힝?!' 하는 소리가 들렸지만, 지금은 내 스테이터스를 설명할 틈은 없으니까 내버려두기로 했다.

피 냄새는 그저 짙어질 뿐이었다. 아마도 거리가 가까워진다는 이유만이 아닐 것이다. 이렇게 달리는 동안에도 새로운 피가 흐르고 있겠지.

조금 서두르는 편이 나을까.

27 숲의 수호자

"음머어어어어!!"

옆으로 휘두른 도끼는 공허하게 허공을 갈랐다. 완전히 포착했다고 생각했는데 맞지 않았다.

오히려 다친 것은 내 팔이었다. 쪼개어지듯 살점이 갈라졌다. 생긴 상처는 얕지만 확실하게 피가 흐르고 대지를 더럽혔다.

……어떻게 된 겁까?!

이해가 안 되더라도 무기를 계속 휘두를 수밖에 없었다. 전투는 계속되는 것이었다.

하지만 아무리 시도해도 내 공격은 맞지 않았다. 상대의 '보이지 않는 공격'만이 조금씩 내 몸을 잘라냈다.

"느리구나……. 느린 녀석에게 살 가치는 없다고?"

"윽……?!"

귓가에서 너무나도 즐거워하는 목소리가 들렸다. 올라탔다. 내 어깨에. 어느샌가.

등줄기를 손끝으로 쓰다듬은 것 같은 오싹한 감각에 나는 순순히 따랐다. 도끼를 놓고 얼굴 옆으로 손등을 휘두른 것이었다.

즉각적인 움직임. 그것도 무기를 버리면서까지 얻은 속도였다. 대응은──.

"──흘러가라."

상대는 간단하게 대응했다.

피했다. 통하지 않았다.

그것만이 아니었다. 한쪽 귀의 감각이 청각까지 모두 사라졌다. 느껴지는 것은 날카로운 통증뿐이었다.

상대는 나로부터 순식간에 떨어져서 이미 손이 닿지 않는 위치에 있었다. 히죽 웃으면서, 마치 나뭇잎이라도 집어든 것처럼 내 오른쪽 귀를 과시했다.

"크, 큭……!"

"앗하~♪ 그렇게나 멍청하게 살면서 재밌어? 내가 소 씨처럼 멍청했다면, 너무 시시해서 죽어 버렸을지도! 꺄하하하!"

"얕보지 말라고…… 이 밀렵꾼이!!"

뜯겨나간 귀를 생각할 여유는 없었다. 아픔을 무시하고 나는 공격을 가했다.

무기는 줍지 않고 맨손으로 러시. 도끼를 휘두르는 것은 느리다고 생각했기에 선택한 공격이었다.

……젠장, 오늘은 희롱당할 뿐이네요!

아르제 누나도 지금 눈앞에 있는 밀렵꾼도, 건드리지도 못했다.

양쪽 모두 무척 호리호리해서 맞출 수만 있다면 일격에 쓰러질 것 같았다. 하지만 그 일격이 도저히 들어가질 않았다.

아르제 누나는 어쨌든 빨랐다. 하지만 이 녀석은── 완전히 유령이었다.

"흔들리고, 흘러가라."

공격을 맞췄다고 생각해도 연기처럼 일렁일 뿐. 일렁이고, 맞지 않았다.

그리고 다음 순간에는──.

"으윽?!"

──내 쪽이 상처를 입었다.

이해할 수 없는 일격. 이마를 얕게 상흔이 났다. 흘러나온 피로 오른쪽 시야가 막혔다.

회피 방법도 그렇지만 공격의 정체도 알 수 없었다.

살점을 얕게, 하지만 날카롭게 베는 것을 생각하면 참격이겠지만 상대는 보아하니 빈손이었다. 자신의 몸에 무슨 일이 벌어져서 상처가 나는지를 알 수가 없었다.

"으으음…… 음머어!!"

보이지 않지만 공격을 당했으니 아직 근처에 있을 거라 생각해서 전 방위로 돌려차기를 날렸다.

발끝은 발굽, 다리 그 자체는 근육 덩어리다. 자기평가라지만 맞으면 결코 무사하지는 못한다. 대기까지 박살 낼 기세로, 후려쳤다.

"맞으면 굉장하겠네, 맞으면……. 흘러가라!"

그 말을 마지막으로, 또 한쪽의 청력도 날아갔다.

"──────!!"

이제는 자신의 고통스러워하는 목소리조차도 들리지 않았다.

아마도 그저 잘라낸 것이 아니라 무언가의 저주도 포함된 공격이었다. 통증에 둔감한 미노타우로스의 육체에도 확실하게 영향을 주고, 잘라낸 것만으로 고막까지 뽑혀 나가니까.

"──────."

상대가 무어라 말하고 있지만, 당연히 그 말도 들리지 않았다.

심술궂은 미소였다. 내가 들리지 않는다는 걸 알면서 말을 꺼내는 거겠지. 웃으며 내 다른 한쪽 귀를 쓰레기처럼 버렸다.

분노는 없었다. 다만 초조함은 있었다.

내가 죽으면 저 밀렵꾼에게 숲의 모든 것을 빼앗겨버린다. 송두리째 빼앗기고, 멸종당하고 만다.

숲의 은혜도, 그를 받는 이들도, 모두 다 잃어버리고 만다.

"—————!!!!

그리 둘 것 같으냐, 그 말은 망가진 청각에 들려오지 않았다. 그럼에도 스스로를 고무하기 위해 외치고 대지를 박차며 달려갔다.

내 움직임이 빠르다고 생각하지는 않는다. 상대가 전투하는 방법의 정체도 알 수 없고, 어떻게 하면 통할지도 전혀 짚이지 않았다.

상대는 명백하게 나를 희롱하고 있었다. 그럴 마음만 있다면 간단히 나를 죽일 수 있을 텐데, 가지고 놀고 있다. 그 정도의 실력 차이가 있다는 사실은 이해할 수 있었다.

……그럴지라도, 물러날 수는 없슾다!

내 뒤에는 소중한 것이 있다. 할아버지 대부터 계속 지켰던 숲이.

어릴 적부터 계속 언젠가는 내가 지키겠다고, 그리 결심한 장소다.

내 집. 지켜야 할 장소. 사랑하는 동료가 있는 곳.

작은 새와 짐승 소리, 바람 소리, 흘러가는 물, 나무 사이로 비쳐드는 따뜻한 햇살, 몬스터들의 생활.

어느 하나도 더럽게 두지 않는다. 어지럽히게 두지 않는다.

이곳은 우리의 장소다. 우리가 살아온 세계다. 비웃음당하고 짓밟힌다니, 허락할 수는 없다.

나를 제외한 미노타우로스는 몸은 크지만 대부분이 온화한 성격으로 싸움에는 어울리지 않는다. 코볼트나 고블린도 겁쟁이다.

이 숲에서 제대로 싸울 수 있는 것은 나뿐이다. 내가 지켜야만, 그래야만 하는 것이다.

"_____."

상대의 웃음이 흔들렸다. 또다. 또, 보이지 않는 공격이 온다.

대비해봐야 효과는 없다는 걸 알아도, 나는 대비했다. 마구잡이로 휘두를지라도, 어쨌든 닿을 때까지 때린다는 의지를 담은 주먹을 움켜쥐었다.

"_____?!"

베이기 직전, 반절의 시야에 갑자기 은색이 나타났다.

어디서 왔는가. 아니, 어느새 왔는가. 그 사람은 은빛 머리카락을 나부끼며 내 쪽으로 시선을 향했다.

"_____."

그녀의 작은 입술이 움직였다.

목소리는 들리지 않았다. 그럼에도 나는 그 사람이 뭐라고 했는지 알 수 있었다. 본 적이, 들은 적이 있었으니까.

그것은 오늘 처음으로 들은 말.

작은 새가 지저귀는 것보다도 다정하게 울리는, 노랫소리 같은 말.

들리지 않아도 분명하게 떠올릴 수 있는 말.

아픈 거 아픈 거, 날아가라.

28 속도 자랑 많지 않습니까?

"어때요? 이제 아프지 않나요?"

"저, 저기⋯⋯. 죄송합다, 귀가, 안 들려서⋯⋯."

"안 들린다⋯⋯. 부상이 아니라면 저주인가요. 자, 들리게 돼—라."

"오⋯⋯ 고, 고맙습다, 아르제 누나!"

오즈왈드는 휘청휘청하면서도 내게 머리를 숙였다. 제대로 회복이 된 듯했다.

상처에서 흘러서 잃은 혈액은 곧바로 돌아오지 않는다. 외상을 치료하는 회복 마법이 하는 역할은 '상처를 막고, 혈액 생산 능력을 일시적으로 높이고, 잃은 부위를 재생시키는' 것이니까.

일, 이 분만 있으면 혈액도 늘어날 테지만 완전히 회복되기에는 그의 크기라면 십 분은 걸릴까. 그때까지는 지금처럼 조금 휘청댈 것이다.

떨어진 소의 귀도 조금씩 재생되는 중이었다. 이쪽은 회복까지 오 분 정도일까.

큰 부상이나 중병, 강한 저주를 치료하는 데에는 몇 분의 시간이 필요했다. 설령 고레벨의 회복 마법일지라도.

참고로 혈액이나 손실된 부위를 만들기 위한 에너지는 내 마력으로 조달했다.

가볍게 오즈왈드의 몸을 만져보고 다른 이상이 없는지 확인했다.

손에 피가 묻었지만 그것은 상처를 막기 전에 흘리고 만 것이고 새로운 출혈은 없었다. 응, 제대로 치료됐다.

……자, 저쪽은 어떻게 할까요.

오즈왈드와 싸우고 있던── 그보다도 그를 일방적으로 희롱하던 상대.

보아하니 소녀라고 해도 될 나이대였다. 열여섯 살 정도일까. 지금 내 외모보다도 아주 조금 언니로 보였다.

그녀는 내가 끼어든 순간에 공격을 멈추고 거리를 벌렸다. 그것도 상당한 거리를. 아마도 나를 경계한 행동이겠지.

귀찮으니까 차라리 그대로 돌아간다면 좋겠지만, 그럴 리도 없을 것 같았다.

나로서도 이대로 숲을 나갔다가는 오즈왈드가 해체되어 고기구이가 되어 버릴 것을 생각하면 아무리 그래도 조금 마음이 아프니까, 여기서 '자, 그럼 이만'은 할 수 없었다.

거리를 벌리고서도 느껴질 만큼 상대의 몸에서는 지독히 짙은 피 냄새가 났다. 오즈왈드가 흘린 피만이 아니었다. 좀 더 다양한 피였다.

원리는 모르겠지만 맡고 있는 동안에 오래된 피 냄새의 정체를 알 수 있었다.

……잔뜩 죽인 사람의 냄새네요.

눈앞의 사람은 아마도 그런 사람일 것이다. 많은 생물의 피 향기가 몸 안에 들러붙어서 떨어지지 않는 거겠지.

밀렵꾼이 아니다. 밀렵꾼이 고용한 호위 같은 사람이다.

숲 안쪽에서 아직 몇 명, 인간의 냄새가 느껴지니까 틀림없다. 숲의 수호자를 우선은 배제하려고 온 것일까.

상대는 짧은 흑발을 난폭하게 흐트러뜨리며 나를 봤다. 호박색 눈동자가 나를 포착했다. 힐끗, 탐색하는 것 같은 시선.

"……빠르네."

"빠른, 가요?"

"빠르지만 용서할 수 없겠는데. 갑자기 나타나다니……. 살짝, 아주 살짝, 안 보였다고?"

"저기—……."

"이 세상에 나보다 빠른 녀석이 있을 리가 없잖아?! 흔들려라!"

가능한 한 대화로 해결하고 싶었지만 아무래도 그녀는 사람과 대화하는 것이 서툰 타입인 모양이었다.

흔들, 한순간 상대가 떨었다. 아니, '흔들렸다'라는 게 옳을지도 모르겠다.

다음 순간에는 상대는 내 측면, 그것도 바로 옆에 나타났다.

……확실히 빠르네요.

그렇게 말할 정도는 된다. 그것이 솔직한 감상이었다.

그저 빠른 것만이 아니었다. 상대는 '허상을 만들어서 움직이고 있다'.

상대의 모습이 흔들린 시점에서, 상대는 이미 그 자리를 벗어난 것이었다. 흔들려 보이던 것은 아마도 무언가 마법으로 자신의 모습만을 그 자리에 남기는 거겠지. 홀로그램 같은 건가.

과정은 무척 간단했다. 허상을 만들면 일단 뒤로 스텝. 그 후에

나무들 사이를 누비듯이 달려서 이쪽으로 다가왔다.

조금 전까지 하던 것도 모두 똑같았다. 그것뿐인 움직임을 오즈왈드가 반응할 수 없을 정도의 속도로 해치웠을 뿐.

상대가 잔상에 정신이 팔린 동안, 소리도 없이 고속으로 움직여서 순간적으로 나타난 것처럼 착각하게 만든다. 그런 전술이었다.

"흘러가라!"

상대가 펼친 것은 손날.

손날은 명백하게 '무언가'를 두르고 있었다. 그 주위만 공기의 흐름이 명백하게 다른 것이었다.

아마도 바람 계열의 마법. 바람을 조종하여 보이지 않는 칼날 같은 것을 만들었을 테지.

……빠른 것에 집착하는군요.

그래서 그녀는 아무것도 지니지 않았다. 무기조차 들지 않았다.

짐을, 쓸데없는 무게를 극한까지 줄이고 최고 속도로 움직이는 것을 무엇보다 우선시한다. 그런 전투 스타일이겠지.

그녀의 굴곡이 없는 몸은 빠르게 움직이기에는 무척 적합한 듯했다. 가슴의 경우에는, 내가 뭐라고 할 처지는 아니지만.

아마도 속도를 내기 위해서 장비도 무척 가벼울 것이다. 얇은 일본 옷 같은 모습으로 평상복으로 보일 정도로 가벼운 복장. 다리나 어깨가 드러날 정도로 가벼운 복장이었다.

굳이 짐이 있다면 등 뒤로 맨 커다란 띠와 양쪽 손목에 찬 검은색 팔찌 정도일까. 형태는 심플하지만 신기한 문장 같은 디자인이 되어 있었다.

그리고 그야말로 칼날 수준으로 날카로운 손날이 내 목으로 다가왔다.

"……?!"

"아프잖아요."

……좀 지나치게 힘이 없는데요?

내 대응은 간단. 몸을 노리고 휘두른 손날을 받아냈을 뿐이었다.

그대로 꽉 붙잡으면 속도도 뭣도 상관없다. 붙잡고 있는 한, 상대는 거리를 벌린다든지 그럴 수는 없으니까.

명백하게 당황한 모습으로 그녀가 호박색 눈을 부릅떴다.

"어, 어째……서……?!"

"아마도 당신의 마법이라면 제."

"죽여 버리겠어!"

"정말로 이야기를 듣지 않는 사람이네요."

당신의 마법으로는 제 마법 내성을 돌파할 수 없다고 생각해요, 그렇게 제대로 가르쳐주려고 했는데. 무시당해버렸다.

내가 대미지를 받지 않는 것은 마법 내성이 높으니까 그녀의 바람 마법으로 상처를 입지 않는다. 그것뿐인 이야기였다.

펼친 공격은 그저 어린 여자아이의 춥이 되어버렸다.

그런 사실은 전혀 모르는, 그보다도 이야기를 듣지 않으니까 '알 수가 없는' 상대는 내가 손을 붙잡고 있는 쪽의 팔, 그쪽 손목에 다른 한쪽 팔로 손날을 질리지도 않고 펼쳤다.

"흘러가라!!"

휘잉, 대기를 가르는 소리마저도 갈라버릴 것만 같은 고속 공격.

당연히 손날에는 바람의 칼날이라 불러야 할 보이지 않는 힘이 실려 있었다. 아마도 저주도 담긴 일격이었다.

"자, 안 됐네요."

"어, 어엇?! 이, 이거 뭐야?!"

다른 한쪽 손으로 칼날을 받아냈다. 이것으로 완전히 붙잡았다.

마법도 저주도 내성 스킬이 최대라서 그녀의 공격은 의미가 없었다. 내 내성은 낮은 레벨의 마법이나 저주라면 몸에 닿은 순간에 흩어버릴 정도였으니까.

상대는 어떻게든 빠져나가려고 발버둥 쳤다. 그 저항에는 팔만이 아니라 발차기나 박치기도 포함되어 있었지만 가볍게 처리하고 끝이었다.

"무슨, 일이, 무슨 일이 벌어지는……?!"

"단순히 당신보다 빠를 뿐이에요."

"나보다…… 빨라?!"

"사실이니까요."

확실히 상대의 움직임은 빨랐다. 아마도 네구세오 씨보다도 더 빠르겠지.

그럼에도 내 속도는 그보다 더 웃돌았다.

신체 능력의 '속도'. 내가 끝까지 찍는다고 정한 스테이터스.

이건 단순한 다리의 속도를 가리키는 것이 아니었다. 손끝이나 반사 신경, 동체 시력 등 '속도'와 관련된 모든 능력을 가리켰다.

다시 말해서 높을수록 모든 행동이나 반응이 빠르게 가능하다. 상대에 대한 대응도 포함해서.

내 쪽이 빠르다는 것은 상대의 반응을 웃돌고, 그러고서 상대의 행동을 보고 나서 움직여도 타이밍이 맞을 정도의 속도를 낼 수 있다는 의미다.

아무리 그래도 항상 세계의 모든 것이 느리게 보인다든지 그러지는 않지만, 아주 조금 의식을 집중하면 그런 느낌으로 볼 수도 있다.

항상 주위가 천천히 보였다면 페르노트 씨의 자해도 막을 수 있었을 테지만, 주위가 계속 슬로모션이라면 사는 게 힘을 테니까 평소에는 멍하니 세계를 바라보는 것이다.

아무래도 상황이 상황이라 지금은 조금 마음을 다잡았지만.

그래서 이제까지 상대의 행동은 전부 보였다. 오즈왈드와 그녀 사이로 끼어들기 전부터, 모두.

붙잡은 상태에서 상대가 저항하더라도 너무 느리니까 간단히 대응할 수 있었다.

힘도 내 쪽이 강하니까 완력에 호소해도 금세 억누를 수 있었다.

귀찮으니까 날뛰진 않았으면 좋겠다. 이미 승부는 났으니까. 집중하는 거 피곤하다. 빨리 그만하고 낮잠을 자고 싶다.

"블러드 암즈. 『밧줄』."

"히익……?!"

"묶여주세요."

귀찮은 일을 끝내기 위해서 나는 힘을 사용했다.

아까 오즈왈드의 부상 유무를 확인했을 때, 손바닥에 묻혀둔 그의 피를 그대로 바꾸었다.

피로 짜낸 실 뭉치로 천천히 그녀를 구속했다.

당연히 저항했지만 그것 모두를 속도와 힘으로 억누르고 온몸을 칭칭 감았다. 오즈왈드에게 했던 것처럼 정성껏.

그 후에도 밧줄을 계속 조작해서 가까운 나무의 높은 가지로 날렸다.

그리고는 묶어 올리는 것만으로 인간 진자가 완성되었다.

끌어올리는 것뿐이라면 가지에 걸지 않고도 가능하지만 계속 조작하는 것도 귀찮으니까 이렇게 끝내자.

"제, 젠장! 내려! 날 내리라고!!"

"자, 붙잡았어요. 으—음…… 납작 가슴 춉 씨."

"누가 납작 가슴 춉이라고?!"

"……납작 춉?"

"이 빌어먹을 게!!"

아무래도 입이 험하니까 '욕설 납작이' 같이 불러도 될까? 뭐, 어느 쪽이든 상관없지만. 이름을 몰라서 적당히 부르는 것뿐이니까 딱히 고집하는 건 아니었다.

오히려 이 아이 무슨 말을 해도 화낼 것 같으니까 정말로 아무래도 상관없지. 후후, 재미있네.

"뭘 히죽히죽대는 거야! 냉큼 내려!"

……인간 냄새가 멀어지네요.

멀리서 무언가의 방법으로 이쪽의 모습을 엿보고 있었을 테지. 복수의 인간 냄새가 점차 멀어졌다.

역시 이 아이는 호위라고 할까, 청소부라는 느낌인가.

"아르제 누나, 괜찮습까?!"

"예, 아무렇지도 않아요, 오즈왈드 군. 그보다 저쪽에 밀렵꾼이 아직 있는 모양인데요?"

"⋯⋯! 이 몸께서 다녀오겠습다!!"

손을 들어 방향을 가리키자 미묘하게 본래 모습이 뒤섞인 분위기로 오즈왈드가 달려갔다.

다른 몬스터나 숲의 동물들과도 연계하는 모양이고 함정도 있다. 뒷일은 맡겨도 괜찮겠지.

애당초 숲을 지키는 것은 오즈왈드의 역할이고 나는 살짝 도우러 왔을 뿐이니까.

"무시하지 마! 내리라고!!"

자, 납작 가슴 욕쟁이 씨⋯⋯ 욕쟁이 납작 가슴 씨였던가? 저쪽은 어떻게 할까.

일단 조금만 더 시선을 피해서 못 알아차린 척 해두자. 지금 이야기해봐야 아마도 웃음이 터져버려서 제대로 이야기를 나눌 수 없을 테니까.

"뭘 부들부들하는 거야! 여길 보라고!!"

"픕."

어쩌지, 저 아이 엄청 재밌어. 아무래도 이세계인은 재밌는 사람이 많은 것 같다.

29 비욘드 더 방치 플레이

한바탕 방치를 즐긴 뒤, 나는 그녀에게 말을 건네기로 했다.

일본 옷 같은 가벼운 복장에 밧줄이 파고든 상태로 매달려 있는 그녀를 올려다보고 말을 던졌다.

"저기…… 뭐라고 부르기로 했더라. 그러니까 납작 가슴…… 평평이?"

"너한테 평평하다는 말은 듣고 싶지 않아!"

확실히 나도 가슴은 전혀 없다고 할까, 열심히 모으면 조금은 주장할 수 있는 정도지만 별로 신경 쓰지는 않았다. 상대는 다른 모양이지만.

그녀는 다리를 바동거리며 무척 화를 냈다. 지금 호칭이 어지간히도 마음에 안 드나 보다.

"호칭이 마음에 안 든다면 이름을 가르쳐줘요. ……어째서 빨리 말하지 않는 건가요?"

"지금 내가 잘못한 거야?! 내, 내 이름은 크롬! 크롬 크라임!! 『저주의 바람 크롬』이다!"

"지독한 감기 크롬?"

"저, 주, 의, 바, 람!! 너 일부러 그러는 거지?!"

아니아니. 그런 이명인지 예명인지 모르는 것까지는 안 물어봤다고요. 아무래도 상관없어요.

크롬 씨는 이러쿵저러쿵 소리치면서 필사적으로 날뛰었지만 고작해야 밧줄이 흔들리고 매달려 있는 본인이 키홀더처럼 대롱대롱할 뿐이었다.

이따금 바람 마법을 써서 밧줄을 자르려는 시도도 하는 모양이지만 몇 번을 영창해도 피의 밧줄은 손상이 없었다.

밧줄은 상당히 단단하게 만들어 뒀으니까 자르는 건 무리겠지. 강철 와이어와 같은 수준으로 단단하게 만들었으니까.

"젠장, 이거 뭐야! 어째서 안 잘리는데!"

"특별하게 만들었으니 그 정도로는 못 절단한다고요?"

특별하게 만들었다고 해도, 미노타우로스의 피를 사용한 것은 관계없었다. 밧줄의 강도는 블러드 암즈의 레벨에 따른다.

그 후로도 잠시 크롬 씨는 애를 썼지만 어떻게 해도 무리임을 이해했는지 이윽고 얌전해졌다.

더는 날뛰지 않는 대신에 이번에는 무섭다고 할 수 있을 만큼 분노한 표정으로 나를 노려봤다. 명백한 노기가 실린 호박색 시선이 내게 쏟아졌다.

"크, 크으으……"

"내려 주는 건 괜찮지만, 두 가지 정도 약속을 해주지 않을래요?"

"뭐, 뭔데……"

처음에는 전혀 대화할 생각이 없었고 지금도 그녀는 나를 노려봤지만, 이야기는 조금 얌전히 들어주게 된 모양이었다. 역시 방치가 통한 걸까.

여기까지 하고서도 이야기를 안 들어줄 것 같았다면 오즈왈드한테 맡길 생각이었다. 그럴 경우에 그녀가 어떻게 될지는 어찌어찌 알고 있기에 들어줄 생각인 모양이라 다행이었다. 아무리 그래도 눈앞에서 인간이 살해당하는 것에는 조금 저항감이 있었다.

밀렵꾼 쪽은 모르겠다. 원래부터 자업자득이고, 굳이 도우러 가는 것은 귀찮았다. 내 시선이 닿지 않는 곳이라면 죽어도 딱히 마음이 아프지는 않으니까 그냥 내버려 두면 되겠지.

그런 결론을 내리고 나는 크롬 씨한테 말을 건넸다.

"하나는, 이제 이 숲에 해를 끼치지 말 것. 다른 하나는…… 당신의 피, 마시게 해주지 않을래요?"

"피, 피를……?"

"예. 흡혈귀니까, 필요하거든요."

흡혈 충동은 아직 고개를 내밀지 않았지만 마셔두면 또 며칠은 안심이다. 기회가 있을 때에 제대로 보급해두고 싶었다.

상대한테서 느껴지는 오래된 피 냄새가 너무 강해서 본인의 피 냄새를 알 수 없지만 그녀는 보기에는 인간이었다. 인간의 피라면 틀림없이 맛있다.

페르노트 씨가 아닌 다른 사람의 피를 마실 수 있을지도 모르겠다고 살짝 기대마저 품었다. 스스로도 이제는 완전히 흡혈귀 같이 되어버렸다.

"참고로 제 이름은 아르젠토 밤피르라고 해요. 아르제라고 부르면 돼요."

"흡혈귀…… 아르젠토, 밤피르……."

상대의 이름을 들었으니까 나도 자기소개를 했다.

크롬 씨는 알사탕을 굴리듯 천천히 내 종족과 이름을 입에 담더니 그대로 고개를 숙이고 말았다.

고개를 숙여도 위에 매달려 있으니까 얼굴은 보이지만. 미간에 주름을 짓고서 아직은 조금 기분 나빠 보였다. 엄지로 꾹꾹 펴주고 싶다.

"……알았으니까 내리라고."

"그럼 바로."

피의 밧줄을 조작해서 크롬 씨를 지면에 내렸다.

여자니까 다치지 않도록 천천히 조심스럽게. 넘어지지 않고 앉을 수 있도록 내렸다.

블러드 암즈를 해제하자 그녀를 묶고 있던 밧줄은 흔적도 없이 흩어졌다.

풀려난 순간에 도망칠 가능성도 고려했는데, 그런 짓은 하지 않았다. 크롬 씨는 사슬이 완전히 사라지는 것을 바라본 뒤에 나를 살짝 노려보고 고개를 피할 뿐이었다.

……미움을 사버렸나?

"……해."

"냐?"

"하라고!"

"예?"

"보고도 모르는 거냐! 깨물 거라면 빨리 해!"

아, 그렇구나.

나한테서 고개를 피한 것처럼 보였지만 상대는 목을 내밀 생각이었나 보다.

……딱히 깨물어서 마실 필요는 없는데요—.

페르노트 씨는 매일 피를 찻잔에 따라줬다. 요컨대 마실 수만 있다면 뭐든 되는 것이었다. 그래서 나도 '흡혈하게 해달라'라고 한 게 아니라 '마시게 해달라'라고 했다.

다만 상대는 물릴 생각인 듯했다. 항의하는 말을 날린 뒤에는 또다시 내게 목을 들이대고 입을 다물었다. 뾰로통한 분위기로 기분 나쁜 듯이.

그냥 손끝에 살짝 상처를 내면 되는데요. 그렇게 말할까 싶었지만 크롬 씨의 목을 보고 있었더니 마음속에서 부글부글하는 감정이 나타났다.

그녀의 목은 호리호리하고 무척 부드러워 보였다.

어둡다고 할까 어쩐지 끈덕진 말투와는 달리 피부는 아름답고 밝은 색깔이라 혈액순환이 좋은 것처럼 보였다.

그녀의 목덜미를 바라보고 샘솟은 감정. 그것은 굶주림이었다.

흡혈 충동이 드러날 때의 굶주림과는 달랐다. 정말로 좋아하는 것이 눈앞에 있을 때와 같은 종류의 굶주림. 맛보고 싶다는, 단순한 욕망.

……맛있겠다.

그리 생각했을 때에는, 나는 지극히 자연스러운 움직임으로 그녀 곁으로 다가갔다.

상대는 아무 말도 하지 않았다. 내게 시선을 보내지도 않았다.

그래서 사양하지 않기로 했다.

30　첫 흡혈 이야기

"실례할게요."

살며시 그녀의 목덜미로 얼굴을 가져갔다. 크롬 씨는 움찔, 살짝 몸을 떨었지만 물러나지는 않았다.

느껴지는 것은 오래된 피의 향기. 하지만 여기까지 다가가니 여자아이 특유의 달콤한 향기와, 땀과 피의 냄새도 느껴졌다.

자연스럽게 차오른 침을 삼키고 나는 입을 열었다. 들이마신 공기는 차가웠지만 그리 느낀 것은 착각.

실제로는 내 몸이 뜨거워졌을 뿐이었다.

"⋯⋯아, 응."

새어 나온 숨결이 상대의 피부에 막히고, 살며시 송곳니를 대고 천천히 밀어 넣었다. 그녀의 숨결과 '읏' 하는 목소리가 귓가에 울렸다.

기대했던 그대로 부드러운 피부의 얕은 저항을 뚫자 달콤한 피 냄새가 넘쳤다.

이 향기를 느끼니 이제는 마실 수밖에 없었다. 나는 이미 그런 생물이 되었으니까.

상대의 목과 허리에 손을 두르고 단단히 이쪽으로 끌어당기려고 했다.

만에 하나라도 놓치지 않도록.

결코 도망칠 수 없도록.

"웃, 응."

혈액의 흐름과 온기를 느끼고 송곳니 안쪽이 찌잉, 열기를 띠었다.

신경에 울리는 감각은 충치 같지만 아프지는 않았다. 오히려 기분이 좋을 뿐. 달콤한 쾌락의 감각.

"쪽, 큭, 응…… 크……."

피부에 달라붙듯이 바싹 입술을 대고, 넘쳐나는 피를 빨아올리고, 들이마셨다.

혀끝을 사용해서 상처를 자극하여 빨리 더 달라고 재촉하며 꿀꺽꿀꺽.

그렇게 넘쳐나는 생명을 빨아들였다. 공들여서, 한 방울도 남기지 않도록.

블러드 리딩이 자동으로 발동했지만 머리에 들어오는 정보가 성가셨다. 지금은 이 피의 맛을, 온도를, 목 넘김을 좀 더 느끼고 싶었다.

스테이터스 정보만을 읽어 들이고 곧바로 리딩을 차단했다. 좀 더 원한다. 좀 더.

"후아, 아, 아……."

간드러지는, 끈적끈적한 목소리. 이제까지의 크룸 씨와는 다른 의미로 끈적끈적한 목소리였다. 품속에 있는 그녀의 몸에서 힘이 빠져나가는 것을 알 수 있었다.

이빨이 빠져버리지 않도록 체중을 받치기 위해 상대의 허리를 다시 안고, 나는 계속 피를 빨아들였다.

"싫어, 뭐, 야…… 이거…… 후아, 힉…….."

"응, 후…… 쭈욱…… 냐암!"

"히극?!"

"하앗…… 맛있어……♪ 하암, 응, 쪼오오옥……♪"

"후에, 하…… 히아아아아."

몇 번이고 이빨을 대어 뚫린 구멍을 조금씩 넓혔다. 그러자 새로운 피의 맛이 입 안 가득 퍼져서 더는 참을 수가 없었다.

쪼옥쪼옥 버릇없게도 소리를 내고 탐식하듯이 흡혈을 계속했다. 왈칵왈칵 넘치는 생명을 꿀꺽꿀꺽 계속 마셨다.

그렇게 거침없이 빨아들이는 사이, 크롬의 몸에서 본격적으로 힘이 빠졌다. 가늘게 경련을 반복하고 입술은 의미 없는 말을 흘리기만 하는 상태가 되어버렸다.

……아, 피를 너무 빨았나.

살짝 넋을 놓아버린 모양이었다. 너무나도 피가 맛있어서 정신이 팔려버렸다.

찻잔에 담은 걸 마시는 것과는 전혀 달랐다. 이쪽에 익숙해져 버리면, 직접 빨지 않으면 만족하지 못하게 되어버릴지도 모른다.

그렇다고 해서 이대로 있다가는 그녀가 죽을 때까지 마셔버릴지도 모른다. 그 사실을 깨닫자마자 이빨을 뺐다.

"응, 냘름…… 아흔 허 아흔 허, 할아하하."

넘친 혈액을 핥으며 회복 마법을 사용. 발음은 이상했지만, 마법은 제대로 발동했다. 어디까지나 말이 필요할 뿐, 문구에 그렇게 구애되지 않는다고 할까 정해진 것은 없었다.

내 송곳니로 만들어버린 상처를 마법으로 확실하게 치료했다.

……흉터가 남으면 미안하니까요.

여자의, 그것도 눈에 띄는 곳이다. 제대로 처치해 줘야지.

회복 마법으로 혈액을 생산하는 속도도 높였으니까 조금 시간이 지나면 기운을 차리겠지.

거듭하면 무한하게 상대의 피를 빨 수 있다. 얼핏 그런 생각을 했지만, 언제까지고 붙잡아 두는 건 역시나 가여우니까 그만뒀다.

"괜찮아요? 조금 과했을지도 모르겠네요, 미안해요."

"후에, 아, 하으……."

조금 전까지 목덜미를 물고 있었으니까 크롬 씨의 얼굴은 보이지 않았다. 지금은 흡혈을 멈췄으니까 상대의 얼굴을 볼 수 있기에 얼굴을 살피며 말을 건넸다.

크롬 씨는 얼굴을 붉게 물들이고서 입을 반 정도 벌리고 있었다. 촉촉한 눈으로 내가 아닌 어딘가 먼 곳을 바라보고 있었다.

어쩐지 엄청 멍한 모양이었다. 역시 너무 빨고 말았을까.

"……크롬 씨? 괜찮아요?"

"후, 에, 좀 더…… 후헤…… 헉?! 떠, 떨어져!"

"히냣."

상대가 갑자기 나를 떠밀었다.

전투 중처럼 긴장하지는 않았기에 미처 반응하지 못하고 떠밀려 넘어져 버렸다. 스스로 생각해도 귀여운 비명을 터뜨리고 말았다. 엉덩이 아프다.

"아야야…… 뭐 하는 건가요."

"시, 시시시시시끄러워! 너, 너, 너어……!"

"아, 제 이름은 아르젠토 밤피르라고요?"

"잊어버린 게 아니고! 뭐, 뭐냐, 지금 그…… 으, 으으으으으!!"

크롬 씨는 이를 으득으득 갈면서 발을 동동 굴렀다. 현실에서 이러는 사람은 거의 없을, 귀중한 발동동이었다.

그녀의 얼굴은 새빨개서 마치 삶은 문어 같았다. 그런 상태라면 혈액은 잘 만들어지고 있나 보다. 다행이다.

"밤피르……!"

"아르제라고 부르면 된다고요?"

"밤피르!!"

굳이 에두른 호칭으로 부르고 싶은지 두 번이나 불렀다.

호칭에 특별한 고집이 있는 건 아니고 단순히 간단한 게 편하다고 생각해서 건넨 말이었기에, 그녀가 굳이 그런 식으로 부르고 싶다면 말릴 이유는 없었다. 그 이상 아무 말 않기로 했다.

크롬 씨의 호박색 눈동자는, 만난 뒤로 이제까지 본 적이 없을 만큼 힘이 넘쳤다. 강한 의지가 느껴지는 눈으로 나를 노려보고 손을 들어 가리키며 말을 던졌다.

"죽인다……. 나한테, 나한테 그런 짓을……!!"

"으음…… 그런 짓, 인가요?"

이유는 잘 모르겠지만 굉장히 화난 것 같았다.

혹시 아까 피를 너무 빨아서 화가 난 걸지도 모른다. 멈췄다고는 해도 그대로는 죽어버렸을지도 모른다.

피를 잃는 것은 죽음에 가까워지는 것이다. 공포나 분노를 느끼더라도 어쩔 수 없다. 제대로 사죄해야겠지.

"저기, 미안해요. 조금 과했어요."

"조금?! 사람을, 그렇게……!"

"그렇게?"

"이, 이 자식……. 용서 안 해……. 그런 굴욕도, 나보다 빠른 것도, 절대로 용서 못 해!!"

번쩍. 크롬 씨의 호박색 눈동자가 맹렬하게 빛났다.

또 싸울 생각이냐며 대비했지만 그렇지는 않았다. 그녀는 크게 도약해서는 가까운 나뭇가지에 착지했다. 그대로 나뭇가지 위에 고양이처럼 자세를 낮추고 올라탔다.

아직 제대로 된 컨디션이 아닐 텐데, 잘도 저렇게 높은 곳까지 뛸 수 있구나. 솔직히 감탄했다.

"기억해둬라! 이걸로 이겼다고 생각하지 말라고!"

세상 사람들 절반 정도는 어디선가 들은 적이 있을 법한 말과 함께, 크롬 씨는 숲 안쪽으로 사라졌다.

그녀가 어째서 화가 났는지는 모르겠지만……. 일단 숲에서 나가는 모양이니까 괜찮을까.

멀어지는 오래된 피 냄새를 배웅하며 일단 스테이터스를 확인했다. 또 만날지도 모르니까 기억해둬도 되겠지.

이름: 크롬 크라임

종족: 인간

신체 능력: 신속 중시

스킬

시각 강화 1

청각 강화 1

은밀 2

마법검 8

바람 마법 4

어둠 마법 3

바람 내성 6

어둠 내성 8

저주 내성 8

독 내성 6

계약 아티팩트

스며드는 음사아(音死兒)

　놀란 것은 스킬 레벨 8이라는 점이었다. 내성도 포함되기는 하지만 그것이 세 개나 있다면 상당하겠지. 왕국 기사를 했던 페르노트 씨조차 가진 스킬 중에 가장 높은 수치는 6이었다.

　아는 게 당연하다는 느낌으로 『저주의 바람』 같은 이름을 댔으니까, 그쪽 길로는 이름이 알려졌을지도 모른다.

　……아티팩트라는 건 뭐죠?

　단어에서 받은 이미지는 '마법 물품'이었다.

　짚이는 건 있었다. 그녀가 착용하고 있던, 양손의 팔찌였다.

어쩐지 윤기가 있는 검은색은 무척 인상적이라, 까닭이 있다고 해도 납득이 될 정도로 시선을 끌었다.

어쩌면 그녀가 사용하던 바람의 칼날과 저주는 각자 다른 요인으로 발생했던 걸지도 모른다.

소리가 죽는다고 하면 청력을 빼앗는다고 해석해도 될 듯했다. 저주 쪽은 아티팩트라는 녀석이 작동한 걸까.

"……뭐, 아무래도 상관없나요."

물어보고 싶어도 그걸 물어볼 상대는 사라져 버렸다.

마지막으로 그런 대사를 남겼으니 또 만나줄 테니까 기억해뒀다가 그때 물어보면 될까. 떠돌이인 나를 어떻게 상대가 찾을지는 알 수 없지만.

해야 할 일은 했으니까 나는 편안히 있기로 했다.

그동안에 오즈왈드와 네구세오도 이쪽으로 오겠지. 걷는 것도 피곤하니까 낮잠이라도 자면서 기다리자.

그리 생각했다면 바로 행동으로. 근처의 풀을 침대로 삼아 눕고 나는 눈을 감았다. 자, 느긋하게 자도록 하자.

"후우——…… 쌔액……."

"아르젠토!"

"후엣."

꿈의 세계로 잠겨들고자 숨을 가다듬는 참에 이름을 불려서 벌떡 일어났다.

목소리의 주인은 검은 털의 말 씨. 네구세오 씨였다.

네구세오 씨는 명백하게 거친 콧김에 잔뜩 지친 모습으로, 그러면서도 내게 말을 날렸다.

"이리 와주게! 무언가, 본 적 없는 것이…… 위험한 것이 있어!"

내게 건넨 것은 무척 뜻 모를 말이었다.

무슨 소린지 모르겠다. 그래도 네구세오 씨의 모습에서는 범상치 않은 일임을 알 수 있었다.

……귀찮은데 말이죠.

조금 전에 피를 마시고 만족감을 얻은 참이었다. 나로서는 이대로 잠들어버리고 싶었다.

다만 네구세오 씨의 시선이 따가웠다. 마치 애원하는 것처럼 말 특유의 초롱초롱한 눈으로 나를 바라봤다.

분노와 놀란 눈빛이라면 모를까, 그런 눈빛으로 바라보면 아무리 그래도 잠을 편하게 잘 수 없다.

"하아…… 어쩔 수 없네요. 안내해줄래요?"

진심으로 귀찮다고 생각하면서도 나는 승낙하기로 했다.

정말로 그것이 위험한 것이라면 언젠가는 이쪽으로 올지도 모른다.

그렇다면 신속을 끝까지 찍은 이유 그대로, 빨리 정리하는 편이 좋겠지. 그런 생각에 나는 스스로를 반쯤 억지로 납득시켰다.

31 위험한 것

네구세오 씨의 안내에 따라 나는 숲속을 달려갔다.

솔직히 그렇게 서두르고 싶지 않지만 네구세오 씨가 달리니까 어쩔 수 없었다. 아무리 내가 빠르다고 해도 달려가는 말을 걸어서 따라가는 것은 무리였다.

그림자화 스킬로 따라가는 방법도 생각해 봤지만 그림자인 상태로 밖을 보는 것은 평소보다 시야가 좁아진다. '위험한 것'이라는 녀석을 놓치지 않기 위해서 일단은 평소 상태로 있자.

"저기다!!"

네구세오 씨가 코끝으로 가리킨 것은, 상공.

올려다보니 나무들 사이로 거대한 그림자가 엿보였다.

내 눈에 비친 것은 명백한 이형.

얼굴이나 다리는 대머리독수리 같아서 새라고 못 할 것도 아니었다.

하지만 그 녀석의 몸은 언뜻 튼튼해 보이는 갑각으로 덮여 있었다.

등 뒤, 갑각에서는 어류의 지느러미와 닮은 날개가 나 있고, 그 날개를 퍼덕여서 그 녀석은 공중을 날고 있었다.

오즈왈드를 가볍게 넘어서는 크기의 몸에는 꼬리랑 앞발, 팔 같은 것은 없었다.

부분 단위로 보면 각각이 무언가와 닮았는데, 전체를 보면 너무나도 언밸런스했다.

새라고 부를 수도 없고, 거북과도 다르고, 물고기도 아닌 것.

……어떻게 불러야 할지 망설여지네요.

확실히 저것은 '무언가 위험한 것'이라고 칭하더라도 어쩔 수 없었다. 어떻게 부르면 될지, 한눈에는 판단하기 어려운 것이었다.

키메라나 합성수(合成獸)라는 표현이 그럴싸하겠지만 조금 재미없는 것 같기도 했다. 기껏 재미있는 겉모습이니까 뭔가 괜찮은 호칭이 없을까.

"일단 대머리에 물고기니까, 반들반들 날치라고 부를까요."

"냉정하게 분석할 여유가 있다면 어떻게든 해다오! 봐라!! 녀석의 입이야!!"

대머리와 갑각이라는 이중의 의미로 반들반들이라는 말을 써서 만족했는데 네구세오 씨가 찬물을 끼얹었다.

떨떠름하게 그쪽 방향을 보니, 반들반들 날치는 주둥이를 쩌억 벌리고 있었다. 병아리가 모이를 원할 때처럼 커다랗게.

목구멍 안쪽까지 보일 정도로 벌린 주둥이. 그 목구멍 안쪽에서 보라색 연기 같은 것이 뿜어 나왔다.

그 연기는 가볍게 중력에 이끌리듯이 천천히 숲으로 떨어졌다. 그리고 그 즉시 변화가 찾아왔다.

연기가 휘감긴 나무들이 시들고, 꽃이 지고, 풀은 옆으로 쓰러졌다.

녹색이 가득한 숲이 점점 보라색으로 덧칠되고 시들어가는 것이었다.

어설픈 지옥도 같이 엉망진창인 광경. 동물들이나 몬스터들이 이리저리 도망치고, 미처 늦었다가는 그 자리에서 쓰러졌다. 새들이 살충제를 맞은 벌레처럼 차례차례 땅으로 떨어졌다.

"독, 인가요."

눈앞에서 벌어지는 참상의 원인은 어찌 생각해도 보라색 연기겠지.

보아하니 효과가 빠른 독이었다. 풀꽃이 곧바로 시들고 동물은 연기를 마시기는커녕 닿은 순간에 쓰러졌다.

아무래도 저 반들반들 날치는 상당히 위험한 존재인 듯했다. 어떤 의미로는 크롬 씨보다도 훨씬 위험했다.

독 숨결이 강력한데다가 범위도 상당히 넓었다. 저대로 내버려둔다면 숲은 한 시간도 못 버티고 말라버린다.

……저것도 밀렵꾼이 준비한 걸까요?

네구세오 씨를 보기에는, 저런 영문 모를 생물은 원래 이 숲에는 없었을 테지.

다시 말해서 외부에서 왔거나 누군가가 들여왔다는 이야기였다.

타이밍을 생각하면 우연으로 생각하기는 힘들었다. 우연히 이 숲에 왔다는 것보다도 밀렵꾼이 데려왔다는 게, 가능성이 높다.

하지만 혹시 그렇다고 쳐도 이해할 수 없는 부분이 하나 있었다.

그것은 밀렵꾼이 저런 식으로 독을 내뿜는 괴물을 과연 사용하겠느냐는 점이었다.

숲의 은혜를 송두리째 빼앗아간다면 그래도 이해가 간다. 하지만 이런 식으로 전부 썩어버리면 얻을 수 있는 게 사라져 버린다.

독을 뿌리다니, 상품을 손상시키는 것은 물론 완전히 엉망으로 만들어버리는 거나 마찬가지다. 그런 짓을 하는 의미가, 보이지 않았다.

마음에 걸리기는 하지만, 생각하고 있는 동안에도 숲은 시들어 간다. 느긋하게 고찰할 만큼의 여유는 없을 듯했다.

"네구세오 씨. 다른 동물들과 함께 여길 벗어나세요."

대답은 듣지 않았다. 앞으로 나와서 연기로 돌진했다.

내 몸에는 독에 대한 내성이 있다. 그렇기에 망설이지 않았다.

시야가 보라색으로 뒤덮였지만 문제는 없었다. 곧바로 날려버리면 그만이니까.

"바람 씨, 부탁해요."

내 바람 마법으로 할 수 있는 일은 단순. 바라는 방향으로 바람을 일으키는 것, 그뿐이었다.

이번에는 상공을 향해서, 지면에서 올라가듯이 바람을 일으켰다.

새들은 독 때문에 땅으로 떨어지고 있었다. 연기를 위로 날려도 그곳에 있는 것은 독의 주인인 반들반들 날치뿐이었다.

공격을 하려는 것은 아니었다. 물론 독 연기를 반대로 날려서 그것만으로 상대가 쓰러진다면 편하겠지만 아마도 안 통하겠지. 이 독을 흩뿌린 것은 다름 아닌 저 괴물이니까.

내가 지금 가장 먼저 해야 할 일은 죽어가는 숲을 어떻게든 하는 것이었다.

위를 향해 발생한 바람에 연기가 실려 날아가는 것을 지켜보며 나는 다음 마법을 준비했다.

……식물에게도 생명은 있는 거네요.

의식이 있는지는 제쳐두고, 식물도 동물과 마찬가지로 세포분열을 하고 신진대사를 진행한다.

호흡도 하는 것이다. 그렇다면 살아있다고 해도 틀림없다. 틀림없이 효과가 있다. 그리 생각하여 숨을 들이쉬고 말을 자아냈다.

"아픈 거 아픈 거, 날아가라."

구해야 하는 범위는 넓었다. 그래서 평소보다도 많은 마력을 실어서, 나는 회복 마법을 사용했다.

내가 회복 마법을 사용할 때에 기본적으로 상대에게 접촉하는 것은 그러는 편이 마력의 소비가 적어서 피곤하지 않기 때문이었다. 마력만 쓰면 접촉하지 않더라도 치유할 수 있고 범위도 넓어진다.

발동된 마법은 나를 중심으로, 호수에 돌을 던졌을 때에 발생하는 파문처럼 효과를 둥실 퍼뜨렸다.

마른 나무들은 천천히 녹음을 되찾고, 시든 꽃도 조금씩 활력을 얻기 시작하고, 풀은 다시 몸을 폈다.

동물이나 몬스터들은 휘청거리면서도 일어나서, 무거운 발걸음으로 그 자리를 떠나려고 움직이기 시작했다.

"여러분, 피난을 부탁해요. 움직일 수 있는 아이는 아직 못 움직이는 아이를 데리고, 가능한 한 빨리."

언어 번역의 범위를 확장하여 몬스터나 동물에게도 통하도록 하여 말을 건네며, 나는 달려 나갔다.

지나쳐가는 풍경 가운데는 색을 되찾지 못한 초목이나 움직이지 않는 동물, 몬스터들도 있었다. 그것은 '때가 늦은' 것이었다.

……빨리 막지 않으면 위험해요.

나 자신의 마력이 고갈되는 것 같은 감각은 아직 없었다. 하지만 지금 같은 규모의 회복 마법을 계속 사용하는 것은 아무래도 한도가 있다.

마력 강화 스킬은 어디까지나 마력의 양이나 질을 상승시키는 것이지 마력이 무한해지는 것은 아니었다.

무엇보다도 회복시키려고 해도 상대가 죽어 버렸다면 마법은 더 이상 통하지 않는다.

근원을 없애지 않는 한, 독은 또다시 쏟아질 것이다. 그쪽을 어떻게든 해결하지 않고서는 언젠가 내 마력은 고갈되어 마법을 더 이상 쓸 수 없을 것이다.

위를 올려다봤더니 예상대로 반들반들 날치는 태연한 표정으로 공중을 유유히 날고 있었다.

역시 독 연기를 그대로 되돌리는 것 정도로는 전혀 소용이 없는 듯했다. 귀에 거슬리는 째질 것 같은 울음을 터뜨리며 유유히 하늘에 떠 있었다.

날개를 퍼덕이자 발생한 바람에 내가 되돌린 연기는 말려들어 색이 점차 옅어졌다. 아마도 그대로 사라지겠지.

"──음머어어어어어어어어!!"

"윽…… 오즈왈드 군인가요."

나무들을 뒤흔들듯이 전해지는 커다란 음성에 그만 귀를 막으며 얼굴을 찌푸렸다.

상공을 보니 반들반들 날치를 향해서 무언가가 날아가는 것이 보였다. 시각 강화로 자세히 보니 그것은 시든 나무인 듯했다.

어른이 두 팔로 미처 못 안을 법한, 거목이라 불리어도 될 정도인 크기의 나무. 반들반들 날치는 그것을 다리로 받아쳤다.

찢기듯이 박살이 나며 나무는 그 자리에서 산산조각 났다. 비웃듯이 크에에 울고 반들반들 날치는 더욱 상공으로 날았다.

"불리한가요."

저 괴물은 크롬 씨와는 또 다른 의미로 오즈왈드로서는 싸우기 버거운 상대였다.

상대는 날고 있지만 오즈왈드는 날아오를 방법이 없다. 공격하고 싶어도 수단이 없다.

지금 던진 나무는 시들었으니까 괜찮지만 아직 무사한 나무를 뽑아서 던질 수도 없을 테지. 그는 숲의 수호자니까.

"……일단 오즈왈드 군과 합류하는 편이 나을 것 같네요."

저렇게 물건을 던질 수 있을 정도니까 아마도 무사하겠지. 어쩌면 나처럼 독에 내성이 있는 걸지도 모른다.

그렇다고 해도 내성에 따라서는 독이 천천히 온몸으로 돌게 될 테고, 또 부상을 입었을 가능성도 있다. 일단 상황을 확인해두는 편이 나으려나.

저렇게나 크게 소리를 질렀다. 목소리가 들린 방향은 기억하고 있었다. 나는 망설임 없이 그쪽으로 향했다.

32 하늘을 나는 은빛

오즈왈드를 찾는 것은 그리 어렵지 않았다.

이따금 그의 노성이 울리는 것과, 그 목소리와 동시에 숲속에서 커다란 나무나 바위가 날아가는 것이 보였으니까.

던진 것들은 모두 발톱이나 갑각에 맞아서 피해를 주지 못하거나 못 맞추기도 했지만 좋은 표식이 되기는 했다.

정기적으로 상공에서 쏟아지는 독 연기를 바람 마법으로 날려 보내면서, 나는 오즈왈드 곁에 다다랐다.

"오즈왈드 군, 여기 있었나요."

"아르제 누나! 저 녀석이 내뿜은 독을 막은 건 역시 누나였군요!"

"예. 오즈왈드 군, 독은 괜찮나요? 다친 곳은 없고요?"

"미노타우로스는 독에 강하거든요. 괜찮습다. 다친 곳도 없습다."

"그런가요. 그건 다행이네요."

보아하니 아주 팔팔한 모양이니까 걱정할 필요는 없을 듯했다.

아마도 무사하다는 사실을 어필하는 거겠지. 오즈왈드가 양팔로 알통을 만들어서 내게 과시했다.

억세고 후텁지근한 육체미였다. 그 대신에 미소가 묘하게 친근해서 조금 귀여운 것이 무어라 덧붙이기 어려웠다.

그렇지만 태평하게 있을 수만도 없었다. 숲을 위협하는 존재는 아직 상공에 있는 것이다.

나는 상공, 정확하게는 반들반들 날치라고 내가 멋대로 부르는 이상한 생물을 가리키고 오즈왈드에게 질문했다.

"오즈왈드 군, 저건 어디서 왔나요?"

"밀렵꾼 녀석들이……. 그 녀석들, 막다른 곳으로 몰았다고 생각했더니 저 몬스터를 풀어놨습니다."

"그런가요……. 밀렵꾼은?"

"내가 놀란 사이에 마차로 도망쳤습니다. 이상하게 커다란 마차에 타고 있다 싶었더니 저런 걸 이용하다니……."

저 생물이 나온 흐름은 내가 예상했던 그대로였다.

아마도 저 몬스터는 밀렵꾼들의 비장의 카드였을 테지.

숲을, 빼앗아야 할 은혜를 파괴해서라도 도망칠 때에 사용되는 최종 수단.

그 비장의 카드가 일으킨 일은 보시다시피. 독은 바람으로 막고 있지만, 살포가 멈출 리는 없었다.

이대로는 틀림없이 숲은 죽고 생물은 사라지겠지.

낮잠에 최적인 이 숲이 망가지는 것은 내가 바라는 바가 아니다.

게다가 나는 이미 크롬 씨를 물리쳤다. 기껏 귀찮다고 생각하면서도 고생해서 지킨 숲이, 이번에는 다른 녀석에게 엉망이 되는 건, 기분 좋은 일이 아니다.

"오즈왈드 군, 반들반들 날치를 어떻게든 하죠. 도울게요."

"반들반들 날치?!"

"예. 저것의 이름이에요."

"그런 이름임까, 저거……?"

"아뇨, 아마도 아니겠지만요. 뭔가 호칭이 없으면 대화가 어렵잖아요.”

오즈왈드가 무척 복잡한 표정을 띠었지만 이유는 알 수 없었다. 지금은 바쁜 시간이니까 세세히 추궁할 틈도 없으니 내버려두자.

하늘을 날아다니는 저걸 쓰러뜨릴 방법은 대략 생각이 났다. 그리고 그 방법은 오즈왈드가 있으면 더 편한 것이었다.

물론 귀찮은 것보다는 편한 게 낫고, 애당초 나는 어디까지나 보조다. 기본은 오즈왈드한테 맡기고 싶었다.

그리 생각하며 나는 다시금 오즈왈드에게 말을 걸었다.

“저걸 어떻게든 하죠. 도울게요.”

“……알겠슴다!!”

오즈왈드는 힘차게 고개를 끄덕였다.

그는 숲의 수호자니까 이 제안은 거절하지 않으리라 예상했기에 이것은 예정했던 그대로의 전개였다.

방법은 떠올랐으니까 이제 실행으로 옮기면 된다. 생각대로 안 된다면 또 다른 수단을 취하면 그만이다.

“하지만 아르제 누나, 어떻게 하는 검까? 저 녀석은 날고 있으니까 공격이 안 닿아서…… 일단 도끼를 던진 뒤에는 시든 나무나 바위 같은 걸 던지고 있었는데요…….”

“그렇군요. 그럼 오즈왈드 군. 나도 던져줄래요?”

“예에?!”

“아, 바람 씨, 부탁해요.”

오즈왈드가 당황한 듯 말했다. 그 순간에 또 반들반들 날치가

273

독 연기를 뿜어내서 얼른 바람 마법을 사용했다.

정말이지, 남이 이야기할 때에 공격하다니 분위기를 못 읽는 반들반들 날치구나.

그렇게 독을 막으며 나는 다시 말을 더했다.

"으음…… 저를 저 반들반들 날치를 향해서, 휘익— 하고 던져 달라고요."

"휘익—?! 그런 거 너무 막무가내 아닙까?!"

확실히 그렇게 들릴지도 모르겠지만, 나는 지극히 진지하게 하는 부탁이었다.

하늘을 나는 것뿐이라면 박쥐화 스킬로 충분히 가능하다. 박쥐 상태로 재빨리 움직여서 날아다닐 수도 있다.

하지만 나는 아직 박쥐화 스킬을 다루는 데 익숙하지 않았다.

여기까지 날아올 때도 박쥐화 스킬을 사용했고 알레샤에서도 사용했지만, 솔직히 불안한 부분이 많았다.

원래는 인간이고 지금도 사람에 가까운 실루엣의 육체. 그 몸을 다른 모습으로 바꾸어 사용하는 것은 굉장히 힘들었다.

체구 크기나 형태조차 바뀌고 사람의 몸에는 없었던 날개까지 얻는 것이었다. 그런 몸을 조종한다는 행위에는 그저 위화감밖에 없었다.

날면 도망칠 수 있던 오징어와 달리 이번에는 날아서 상대에게 다가가는 것이었다. 상황이 달랐다.

안개화 스킬도 있지만 그쪽도 사용하면 무척 힘들고 상대는 독 연기도 뿜었다.

저런 오염된 공기와 안개가 된 내가 뒤섞이면 어떻게 될까. 예상이 영 안 되니까 이것도 그만두고 싶다.

……귀찮으니까요.

가장 큰 이유는 그것이었다. 변화계 스킬로 저것에 다가가는 것은 귀찮았다.

지금 내 몸이 튼튼한 것은 이제까지의 일들로 실증을 마쳤고, 오즈왈드가 거목을 던질 수 있을 만큼 완력이 있는 것도 확인을 마쳤다. 컨트롤도 나쁘지 않았다.

그렇다면 던져달라고 그러는 편이 빠르고 편하겠지. 죽지는 않을 테고, 어딘가 다치면 회복 마법을 쓰면 그만이다.

"괜찮으니까 던져줘요."

"아니, 하지만……."

"그게 가장 빠른 길이에요. 서두르지 않으면 숲이 사라져버려요."

그리고 귀찮으니까 가능한 한 빨리 끝내고 싶었다. 그리고 이번에야말로 풀 침대에서 푹 잠들고 싶었다.

물론 다른 방법도 없지는 않겠지만 가능한 한 지름길로 끝내고 싶었다. 그리고 자고 싶었다.

지금은 괜찮지만 내 마력도 끝없지는 않다. 마법을 계속 쓰다가는 아무리 그래도 언젠가는 고갈된다. 그런 일로 피곤한 것은 싫다.

"……알겠슴다."

숲이 사라진다는 내 말이 통했을 테지. 오즈왈드는 긴장한 것 같은 모습으로, 그럼에도 받아들여 주었다.

승낙을 얻었으니 나는 그에게 다가갔다. 그가 건넨 커다란 손을 붙잡는 게 아니라 그 위에 발을 얹고, 탔다.

발바닥에 전해지는 감촉은 암반처럼 단단하지만 생물의 열기를 지녀서 따뜻하기도 했다.

신기하게도 차분한 감각이었다. 얇은 시트라도 깔아서 딱딱한 느낌을 완화하면 무척 좋은 침상이 될지도 모르겠다.

"아르제 누나, 왜 그럼까?"

"아뇨, 신경 쓰지 마요. 그보다 저는 언제든지 괜찮아요."

"······정말로 있는 힘껏 함다?"

"언제든지요."

할 일은 정해져 있으니까 당장 던져도 되는데. 예의 바른 소 씨였다.

내가 양해의 뜻을 전한 뒤로도 오즈왈드는 명백하게 허둥댔다. 하지만 최종적으로는 내 말대로 하고자 움직이기 시작했다.

나를 태운 손을 어깨 위로 든, 포환던지기에 가까운 스타일이었다. 발바닥에 전해지는 단단한 느낌이 강해지며 오즈왈드가 몸에 힘을 싣는 것을 알 수 있었다.

나는 던져질 때까지 할 일이 없었기에 하품을 하며 그가 던져주기를 기다렸다.

그리고 하품이 끝나는 것과 동시에, 풍경이 흘러가기 시작했다.

"음머어어어어어어어어!!!!"

기합이 들어간 오즈왈드의 외침. 위치가 가까우니까 무척 시끄러웠지만 사전에 귀를 막아서 대처했다.

흘러가는 풍경은 처음부터 고속으로, 오즈왈드의 손에서 내 발이 떨어진 뒤에 더욱 가속되었다.

은색 머리카락을 휘날리며 슈웅, 공중으로 몸을 날렸다. 정확하게는 날려졌다.

속도가 얼마나 나오는지는 모르겠지만 밑을 보니 순식간에 오즈왈드가 검은 콩알처럼 변했으니까 상당한 속도가 나오고 있겠지.

"크캬아아아아!!"

"어라, 벌써 눈앞인가요."

오즈왈드와는 다른, 조류 특유의 날카롭고 커다란 음성에 반응하여 시선을 위로 움직이자 그곳에는 커다란 발톱이 있었다.

시들었다고는 해도 거목을 찢어발기고 바위를 부술 정도의 커다란 발톱. 둔탁하게 빛나는 흉포한 섬광이 떨어지는 그 모습은 낫을 휘두르는 것처럼도 보였다.

아무리 흡혈귀의 육체가 튼튼하다고는 해도 저걸 맞으면 역시나 아픈 정도로 그치지는 않겠지. 틀림없이 이제까지 던진 시든 나무나 바위처럼 엉망진창이 되어버린다.

흡혈귀의 생명력 그 자체는 높을 테니까 팔 하나 정도는 사라져도 금세 회복하면 문제없겠지만, 그래도 아프다든지 괴로운 것은 가능한 한 사양이다. 다음에 해야만 하는 일이 기다리고 있는데.

"바람 씨, 부탁해요."

자아낸 것은 말. 일어난 것은 바람.

어른조차 날려 보내기에 충분한 위력의 돌풍을 뒷받침으로 삼아, 나는 내 몸을 더욱 가속시켰다.

나뭇잎처럼 몸이 나부끼고 시야가 돌아갔다. 집중해서 보고 있었기에 멀미가 나지는 않았다. 크롬 씨와 싸우던 때랑 마찬가지로, 흘러가는 풍경은 느리게 보였다.

조금 전까지 내가 있던 장소를 상대의 발톱이 쓸고 지나가는 것을 제쳐놓고 더욱 상공으로 나아갔다.

첫 목적지는 상대의 안면. 정확하게는 주둥이였다.

"아까부터 독이랑 큰소리뿐이라니, 불쾌해요."

망설임 없이 내 엄지에 송곳니를 세워, 꿰뚫었다. 살점에 구멍이 뚫리고 둔한 통증과 함께 붉은 피가 흘렀다.

그렇게 흘린 피에 아주 살짝 비는 것만으로 스킬은 발동되었다.

블러드 암즈. 정해진 형태가 없이 흐르는 혈액에 명확한 형태와 다른 의미를 부여하는 힘.

"『사슬』."

만들어진 것은 말 그대로 사슬. 오즈왈드에게 사용한 것보다도 더욱 튼튼하도록 한층 두껍게 만들어냈다.

블러드 암즈는 만든 무기를 손을 대지 않고도 조작할 수 있는 편리한 스킬이다. 정확성도 나쁘지 않고, 내 생각에 따라 자유자재로 움직일 수 있다.

하지만 움직이는 속도가 결코 빠르지는 않았다. 반들반들 날치의 비행 속도라면 쉽게 피할 정도로, 움직임이 느렸다.

이것을 휘감기 위해서는 회피가 불가능한 위치까지 서로의 거리를 좁힐 필요가 있었다.

지금 그 조건은 채워졌다. 상대의 얼굴은 눈앞에 있으니까.

남은 것은 바라는 그대로 움직일 뿐이었다.

"가세요."

뻗은 오른손에서 사냥감을 덮치는 뱀처럼 사슬이 뛰어들었다.

33 하늘을 떨어뜨리다

"——?!"

고통스러워하는 상대의 목소리는, 하늘에는 울리지 못했다.

그 이유는 단순한 것. 반들반들 날치의 주둥이에 블러드 암즈 사슬이 휘감겼기 때문이었다.

이 적은 하늘에서 떨어뜨리기 전에 우선 해야만 하는 일이 있었다. 그것은 이렇게 상대의 입을 막아버리는 것.

지상에서 독을 토해내면 곧바로 날려버리더라도 확실하게 피해가 발생한다. 하늘에 있는 사이에 제대로 대처해 두지 않으면 위험했다.

상대의 주둥이 끝에서 가장 안쪽까지 단단히 사슬을 감아서 조였다.

사실은 좀 더 전체, 특히 날개까지 묶을 수 있다면 상대의 비행을 막을 수 있을지도 모르지만, 거기까지 하려면 혈액의 소비량이 너무 많았다.

내 블러드 암즈의 스킬 레벨은 최대니까 어떤 것을 만들어도 혈액의 소비는 적지만, 이번에는 묶을 상대가 컸다. 만든 사슬은 길이도 두께도 있으니까 혈액 소비도 꽤 컸다.

회복 마법을 사용하면 피가 늘어나기는 하지만, 혈액이 늘어날 때까지 조금 시간이 걸린다. 단숨에 써버리면 회복이 따라가지 못할 위험이 있으니까 최저한의 사용으로 그쳤다.

"그래도 부족한가요."

엄지에 상처를 낸 정도로 나오는 피로는 양이 부족했다. 사슬은 아직 더 필요했다.

부족하다면 늘릴 수밖에 없으니까 주저하지 않았다.

손가락이 아니라 오른쪽 손목에 이빨을 박고 푸욱 구멍을 넓혔다. 흡혈귀의 몸은 튼튼하지만 신기하게도 피부는 부드러워서 이빨이 간단히 박혔다.

오즈왈드의 캐터펄트와 바람의 마법에 따른 고도 상승은 이미한계를 맞이하여, 내 몸은 천천히 낙하하기 시작했다.

중력에 거스르지 않고 몸을 맡기며 자신의 피를 하늘에 흩뿌리고 말을 자아냈다.

"추가 발생, 부탁해요."

말은 힘. 힘은 피에 깃들어 바라는 그대로 모습을 바꾸었다.

이미 만든 사슬에 연결하여 피의 사슬을 더욱 만들어냈다.

붉은 사슬을 고양이 꼬리처럼 나부끼며 내 몸은 곤두박질. 이미상대의 발톱은 닿지 않는 장소이기에 시선조차도 보내지 않았다.

내 시선은 이미 다가오는 지면과 그곳에서 기다리는 오즈왈드를 향하고 있었다.

"아르제 누나……!!"

오즈왈드가 명백하게 나를 구하고자 손을 뻗었지만, 지금 내가그에게 기대하는 것은 그런 부분이 아니었다.

나를 받아내는 것이 아니라 이쪽을 잡았으면 한다. 그런 마음을 실어서 나는 그에게 손을 뻗었다.

뻗은 손. 그곳에서는 아직 새빨간 피가 넘치고 부풀어 올라서 응고되었다.

생겨난 붉은 선은 내 손을 벗어나서, 잘그락잘그락 소리의 선과 함께 그에게 일직선.

이것으로 그의 손이 하늘에 닿았다.

"바람 씨, 부탁해요."

오즈왈드의 손에 사슬이 넘어간 것을 확인하고, 나는 바람의 마법을 구사했다. 밑에서 둥실 바람을 일으켜서 낙하 속도를 늦추었다.

오즈왈드는 내 모습과 건네받은 사슬을 교대로 보고, 그리고는 상공을 올려다봤다.

여기까지 준비가 갖추어졌다면 아무 말 안 하더라도 틀림없이 알아준다. 그리 생각하고 건넨 사슬을, 그는 기대 그대로 움직였다.

"음머어어어어어어어!!!"

숲과 하늘에 울려 퍼지는 기합 소리.

땅에 다리가 박힐 정도로 내딛고, 오즈왈드가 사슬을 잡아당겼다.

그에게 감겨서 풀리지 않았던 사슬보다도 더욱 강한 강도로 만들어낸 것이었다. 끊어지거나 부서질 걱정은 없었다.

반들반들 날치는 명백하게 잡아당기는 것을 싫어했다. 다리나 날개를 바둥거리고 몸을 흔들어 구속을 풀려고 필사적으로 날뛰었다.

하지만 블러드 암즈로 만들어낸 사슬은 잡아당기든 비틀든, 하물며 발톱이 닿아도 부서지지 않았다.

오즈왈드는 상대가 날뛸 때마다 사슬을 강하게 당겨서 저항을 무효화하고 계속 끌어당겼다.

그의 움직임은 그리 빠르지 않았지만 힘은 상당히 강했다. 그만큼 큰 도끼를 다루니까 크롬 씨든 나든 맞으면 무사히 그치진 않았음은 틀림없었다.

제대로 채비한 갖추어준다면 그 힘은 충분히 맹위를 떨칠 것이다. 숲을 수호하기 위한 힘을 지금, 그를 위해 올바르게 휘두르고 있었다.

내 쪽에서도 사슬을 조작하여 반들반들 날치를 잡아당기고 있으니까 떨어지는 것은 시간문제겠지.

"으, 그으으으으!!"

사슬을 잡아당겨서 상대의 고도를 확실하게 끌어내리는 오즈왈드를 바라보며, 그곳에서 조금 떨어진 곳에 나는 착지했다.

바람 마법을 사용하여 몸의 균형을 조절했지만 썩 제대로 되지는 않아서 엉덩이부터 떨어지고 말았다.

그래도 기세는 제대로 죽였으니까 아픔은 없었다. 곧바로 일어났다.

……피를 좀 지나치게 흘렸네요.

일어서는 것과 동시에 시야가 살짝 어두워지는 것 같은 감각이 있었다. 발밑이 불안해지는 것 같은 위화감을, 몸에 살짝 힘을 실어서 견뎠다.

피가 부족한 거겠지. 아무리 그래도 조금, 한 번에 과하게 사용한 모양이었다.

"윽…… 아픈 거 아픈 거 날아가라."

어지러운 것을 떨쳐내기 위해 망설임 없이 회복 마법을 사용하여, 내 이빨로 난 상처를 막았다. 조금 기다리면 빈혈도 해소되겠지. 마력도 이제까지 꽤나 사용했으니까 슬슬 낭비는 그만두지 않으면 위험하려나.

다만 그럴 걱정은 필요 없을 듯했다. 시야 가운데, 반들반들 날치는 상당히 고도가 떨어져 있었다.

새와 닮은 다리는 이미 숲의 나무에 닿을 정도였다. 으득으득 가지를 부러뜨리며 거구가 지면으로 가까워졌다.

위화감을 느낀 것은 그때였다.

"──!!"

입을 막고 있으니까 반들반들 날치의 목소리는 울리지 않았다. 아주 살짝, 공기가 떨리는 것 같이 의미 없는 소리가 날 뿐이었다.

버둥버둥 날뛰고 날개를 떠는 반들반들 날치.

새 지느러미 같은 날개는 조금 전까지는 새 날개처럼 크게 움직이고 있었는데 지금은 가늘게 떨리고 있었다. 새라기보다는 귀뚜라미나 잠자리 같은 날개 움직임이었다. 공기까지 통째로 흔드는 것 같은 움직임.

격렬하게 떨리는 날개 표면은 얕게 파도치는 것처럼 보이고── 그 사실을 자각한 순간에, 단숨에 변화가 벌어졌다.

"윽…… 오즈왈드 군!"

외친 순간에는, 이미 늦었다.

반들반들 날치가 가진, 물고기 지느러미와 닮은 날개. 그 표면

285

에서 무언가가 벗겨졌다.

박리된 것은 대량으로, 크기는 지금의 내 주먹 정도. 하나하나가 화살촉처럼도, 물고기 비늘처럼도 보이는 것이었다.

중력에 따라 자유낙하 같은 미적지근한 것이 아니라 심상치 않은 속도로 파란 무리를 발사했다.

무리는 나무들을 꿰뚫고, 지면을 도려내고, 그리고—— 숲의 수호자에게 쏟아졌다.

"그, 오오오오오?!"

오즈왈드의 몸에 비늘이 몇 개나 박혔다.

비늘은 어느 것이든 관통하지는 않았지만 그의 온몸은 상처투성이가 되고, 몇몇 비늘이 계속 박혀 있어서 애처로웠다. 새빨간 피가 흩뿌려지고 피의 사슬과 지면을 더럽혔다.

아픔으로 오즈왈드는 목구멍 깊은 곳에서 울부짖는 소리를 짜내고, 사슬을 당기는 힘이 명백하게 느슨해졌다. 그 틈을 찔러서 반들반들 날치는 상승을 시도했다. 거구가 다시 하늘 높이 날아오르고자 움직이기 시작했다.

내 쪽에서 사슬을 조작하기는 했지만 역시나 저만한 크기의 상대를 끌어당길 수 있을 만큼의 마력은 나오지 않았다. 이대로는 놓치고 만다. 무언가 방법을 생각하지 않으면 위험하겠는데.

"윽…… 그리 둘까 보냐!!!"

그런 예감을 기우로 바꾸는 목소리가, 숲에 울렸다.

오즈왈드는 무릎을 꿇을 정도의 대미지를 받았지만, 버텨냈다. 피의 사슬을 자신의 피로 적시면서도, 느슨해진 사슬을 힘껏 당졌다.

떠오르려던 괴물이 다시 지면으로 다가오는 것을 보며 나는 오즈왈드 쪽으로 달려갔다.

"오즈왈드 군, 회복을……!"

"나는 괜찮습니다! 그보다도 또 올 것 같습니다……!"

그 말에 올려다봤더니 날개가 또다시 가늘게 떨리고 있었다.

날개에는 비늘이 아직 대량으로 남아 있었다. 저걸 계속 쏟아 내면 위험했다.

오즈왈드도 그것을 알고서, 내 회복 마법 사용을 말린 거겠지. 마력을 회복이 아니라 방어로 돌려 달라, 그런 이야기였다.

"무리하면 안 되요, 오즈왈드 군."

말을 건네며 그의 앞으로 나서서, 나는 다시 내 손목을 깨물었다.

증혈은 아직 완전하지 않았다. 아직 조금 피가 부족한 감각이 있었다. 그럼에도 지금은 써야 할 때였다.

넘쳐나는 피를 바라보고 나는 자신의 힘을 불렀다.

"블러드 암즈. 『족』."

자신의 혈액을 사용하여 화살 끝, 혹은 물고기 비늘 같은 것을 대량으로 만들어냈다.

상대의 공격 방법을 모방한 것은 일단 단순히 눈에 띄었고, 창이나 검을 만드는 것보다도 뾰족한 끝부분만 만들어내는 편이 혈액 소비가 적다는 이유였다.

상대의 날개 떨림이 커졌다. 표면이 파도치듯이 보이는 것은, 표면의 비늘이 곤두서 있기 때문이었다.

그리고 또다시, 푸른 비가 내렸다.

"바람 씨, 부탁해요······!"

강한 마력을 실어서 말을 자아냈다.

일어난 바람은 횡 방향. 사람을 날려 버리기에 충분한 돌풍.

발생한 바람에 휩쓸려서 비늘의 탄도는 빗나가고 위력도 떨어졌다.

"가세요."

그럼에도 이쪽으로 닿는 궤도의 비늘을 블러드 암즈로 요격했다.

스킬 레벨이 높은 블러드 암즈 한정인, 손을 대지 않고 만들어 낸 무기를 조작하는 능력. 속도는 결코 빠르지 않지만 노리고 맞추면 방패로 삼기에는 충분했다.

바람과 혈액, 두 가지를 교대로 사용하여 오즈왈드의 피탄을 막았다. 이따금 의식이 어두워지는 것은 그저 빈혈이었다. 신경 쓸 정도의 일이 아니었다. 지금은 눈앞의 일에 집중했다.

반들반들 날치는 내가 공격을 막아내자 몸이 달았다. 날개가 더욱 크게 떨리고, 당연하다는 듯이 쏟아지는 비늘의 양이 늘어났다. 푸르고 날카로운 빗방울이 후드득 쏟아졌다.

"······바람 씨. 그리고 추가 발주, 부탁해요."

격렬해지는 공격에 대응하기 위해서 마력을 깎아내고 피를 흘렸다.

몸이 차가워지는데도 땀이 흐르는 것은 전형적인 실혈 증상이었다. 흡혈귀의 육체도 피를 잃으면 인간과 비슷한 반응을 하는 모양이었다.

……오래 버티지는 못하겠네요.

마력도 혈액도, 단시간에 너무 소비되고 있었다. 그래도 지금 멈출 수는 없었다.

오즈왈드는 피를 흘리고, 치료를 뒤로 돌리면서까지 상대를 계속 잡아당기고 있었다. 그리고 머지않아 그 노력은 결실을 맺는다.

그러니까 나도 조금만 더 돕는다. 흘러나오는 것을 막지 않고 그저 계속 사용했다.

"그오오오오오!!"

이제는 비명 같은 소리를 지르며, 오즈왈드가 마지막 일격을 가했다.

하늘을 계속 날던 거구가 땅으로 떨어졌다. 쿠우웅, 땅을 흔들고 억지로 지면에 처박혔다.

그것을 지켜보며 최후의 마무리를 위해 나는 움직였다.

"블러드 암즈, 『도끼』."

아낌없이 피를 사용했다. 내 키보다도 훨씬 큰, 어른이라도 다룰 수 없을 만큼 거대한 무기를 블러드 암즈로 만들었다.

당연하지만 이 커다란 도끼를 다루는 것은 내가 아니었다. 좀더 어울리는 사용자가 등 뒤에 있었다.

이 숲을 지키는 것은 수호자인 미노타우로스의 역할이니까. 나는 아주 살짝, 그것을 도울 뿐이었다.

"오즈왈드 군, 이걸."

만들어낸 도끼를 오즈왈드 군에게 던졌다.

돌아보면서 실은 힘만이 아니라 블러드 암즈의 효과에 따른 조작을 더한 패스였다. 그에게 정확하게 닿도록 조정하여 투척했다.

이미 상대의 몸은 완전히 대지를 딛고 있었다. 지금부터 하늘을 날아도 도망칠 수는 없겠지.

만약에 대비해서 사슬을 조작하여 가까운 나무에 감아뒀다. 반들반들 날치는 나무를 뽑아내고서 억지로 날아오르려고 했지만 그것을 막기에는 충분했다.

"미안하다, 아르제 누나!"

내 의도는 전해졌다. 오즈왈드는 사슬을 놓고 날아오는 도끼를 망설임 없이 붙잡았다.

조금 떨어진 위치에서 봐도 알 수 있을 만큼 오즈왈드의 온몸에 힘이 실렸다. 온몸의 근육이 부풀어 오르고 한층 더 커지는 것처럼 보이기까지 했다.

흙먼지가 피어오를 정도로 대지를 박차며 오즈왈드가 움직였다. 힘차게 발굽을 울리며 숲을 달려갔다.

나와 엇갈리고, 계속 흐르는 자신의 혈액조차 제쳐 놓고, 수호자는 자신의 역할을 다하고자 질주했다.

반들반들 날치는 어떻게든 도망치려고 날개를 퍼덕퍼덕 움직였지만 오즈왈드 쪽이 빨랐다. 이미 도끼는 사정 범위 안이었다.

"으으으음머어어어어어어어어!!!!"

진홍의 도끼를 휘두르기 직전에, 나는 블러드 암즈로 만든 사슬을 흐트러뜨렸다.

새빨간 안개를 가르듯이 거대한 날이 떨어졌다. 반들반들 날치의 대머리독수리 같은 얼굴까지, 일직선으로.

주둥이도, 살점도, 뼈도. 잘린다기보다는 분쇄되었다. 비명조차 내지르지 못하고 그저 지면에 붉은 꽃이 피었다.

"으랴아아아아아!!"

우렁찬 함성이 숲에 울려 퍼졌다.

그것은 숲을 지키는 수호자로서 내지른 것만이 아닌, 자신의 역할을 다할 수 있었던 소년의 기쁨이 뒤섞인 목소리.

나무들 사이를 빠져나가 하늘까지 닿는 드높은 환희.

그 목소리를 들으며 나는 천천히 눈을 감았다.

이것 참, 간신히 느긋하게 잘 수 있겠네.

"아픈 거 아픈 거, 날아가라."

아주 조금 남은 마력을 나와 오즈왈드의 회복을 위해 사용하고, 나는 의식을 놓았다.

깨어났을 무렵에는 빈혈도 낫겠지, 그리 생각하면서.

34 다하더라도

"아, 예. 감사합니다."

가볍게 머리를 숙이고 인사를 한 다음, 상대가 건넨 것을 받아 들었다.

상대라고 해도 인간이 아니었다. 내 눈앞에 있는 것은 물총새처럼 비취와 비슷한 색의 날개를 지닌 작은 새였다.

작은 새는 입에 문 나뭇가지를 내게 건넸다. 가지 끝에는 도토리와 비슷한 모양의 나무열매가 몇 개나 붙어 있었다.

만족스럽게 짹, 울고 작은 새는 하늘로 날아갔다.

언어 번역의 스킬 효과를 확장하면 무슨 말을 하는지 알 수 있을 테지만, 그러기 힘든 이유가 있었다.

"몇 마리나 있나요, 이거."

건네받은 것을 블러드 박스에 수납하며 나는 중얼거렸다.

지면에 노출된 나무뿌리에 앉은 채로 살짝 어이없다는 심정을 담아서 보는 것은, 눈앞에 있는 행렬이었다.

반들반들 날치를 정리한 직후, 회복 마법을 사용하고는 쓰러지듯이 잠들고, 다음에 깨어났을 때에는 마력도 혈액도 완전히 회복되어 있었다.

다소 상쾌해진 기분으로 눈을 떴을 때에는 이미, 이 광경은 완성되어 버린 상태였다.

새를 포함한 동물과 몬스터들. 많은 생물이 한 줄로 서서, 한 마리씩 내게 와서는 풀이니 꽃이니 과일이니 건넸다. 뭔지는 잘 모르겠지만 무언가에 쓸 수 있겠지.

처음에는 나도 예의 바르게 이야기를 들었지만, 거의 대부분 '숲을 지켜주셔서 고맙습니다!' 같은 내용을 이야기했기에 귀찮아져서 번역 스킬 효과를 꺼버렸다.

오즈왈드는 열심히 애니멀 대행렬을 정리하고 있었다. 커다란 몸을 바삐 움직이고 있는데, 그 움직임은 답답한 느낌은 아니었다. 의외로 이런 세세한 작업을 좋아하는 걸지도 모르겠다.

네구세오 씨 쪽은 내 옆에서 누워 있었다. 이따금 이쪽으로 시선을 보내며 무언가 말하고 싶은 모양이지만, 무슨 일일까.

그저 물건을 계속 받기만 하는 것도 정신적으로는 피곤하니까, 한 번 다른 일을 해서 기분을 전환하자. 그리 생각해서 나는 네구세오 씨한테 말을 걸기로 했다. 물론 서로의 말이 전해지도록 언어 번역 스킬을 제대로 사용해서.

"무슨 일 있나요, 네구세오 씨?"

"있잖나……."

이름을 불린 순간, 굉장히 복잡해 보이는 표정을 띠었다.

네구세오 씨는 말이니까 인간과는 표정이라고 할까 얼굴이 근본적으로 다르지만, 그럼에도 '복잡해 보인다'라고 느낄 만큼 그의 얼굴이 비뚤어진 것을 알 수 있었다.

검고 윤기가 나는 눈동자로 나를 똑바로 바라보고, 네구세오 씨는 말을 던졌다.

"아르젠토, 하나 괜찮겠나?"

293

"예, 그러세요."

"내 이름 말인데…… 그게…….."

"네구세오 씨, 좋은 이름이죠."

"응?"

"그게, 삐친 것 같은 갈기가 굉장히 인상적이니까요. 트레이드마크라고 할까, 멋있어요."

"그, 그런가……?"

"게다가 이 숲에서 가장 다리가 빠른 네구세오 씨한테는, 임금님이라는 단어가 어울려요. 그러니까 네구세오 씨는 네구세오 씨라는 이름이 어울린다고 생각해요. 자신 있게 지은 이름이에요."

"그런가…… 훗. 그렇다면 괜찮겠지."

시원스럽게 납득한 모양이었다. 생각했던 것보다 간단히 설득되었다. 미소로 칭찬하는 것만으로 한 방이었다.

얼마 있으면 또 정신을 차리고 항의할지도 모르겠지만, 그때는 또 적당한 소리를 해서 넘기자. 오히려 그러는 편이 재미있다.

가볍게 네구세오 씨랑 대화를 나누어 마음이 풀렸기에 숲의 주민들을 다시 상대하기 시작했다. 모두가 공손하게 나를 대하고, 무언가를 헌상하고는 돌아갔다.

막 재개했을 무렵에는 동물과 몬스터의 이야기를 제대로 들었지만, 역시 다들 같은 소리밖에 안 하니까 또다시 언어 번역 효과를 껐다.

……큰일이네요.

나로서는 그렇게 대단한 일을 했다는 생각은 없으니까 그렇게

추어올려도 곤란했다.

오늘 나는 확실히 숲을 지키는 것을 도왔지만, 그 이유는 단순히 '낮잠에 최적인 이 장소가 부서지는 것이 싫었다'라는 것뿐이었다.

완전히 내 형편으로 한 일이지, 딱히 그들을 생각한 것은 아니었다.

그래도 눈앞에서 몇몇이 목숨을 잃은 것에는 조금은 생각하는 바는 있었지만, 그것도 슬프다고 할 정도는 아니었다.

그런데도 이렇게 감사를 받으니 조금, 아니 무척 낯간지러웠다. 나는 그저 내 욕심에 따랐을 뿐인데, 이상한 기분이었다.

다만 숲에 사는 자들은 어떻게든 내게 무언가 한마디를 건네지 않고서는 마음이 풀리지 않는 모양이었다. 해가 거의 저물고도 아직 행렬은 끝이 없었다.

정기적으로 크게 한숨을 내쉬고 잠기운을 견디며, 나는 다가오는 생물들의 말과 답례품을 계속 받아들였다.

마지막 한 마리가 내게 선물을 건넬 무렵에는, 숲은 완전히 밤의 어둠에 잠기고 말았다.

"후와…… 응, 간신히 끝났나요."

크게 하품을 하고 기지개를 켜고, 나는 굳은 몸을 풀었다.

몬스터도 동물도 나를 몹시 공손히 대했기에, 나까지 어깨에 힘이 들어가고 말았다. 아— 정말이지, 귀찮았다.

물건을 주는 것은 고맙고 이유야 어쨌든 숲을 지킨 대가라고 하니까 받았지만, 저런 취급은 익숙하지 않았다.

예를 다하는 것보다도 편안하게 대우받는 편이 나답다. 그러는 편이 나도 편한 태도를 취할 수 있으니까, 그것이 가장 편하니까.

"아르제 누나 수고했슴다!"

가장 바삐 움직이며 줄 정리를 하던 소 씨가 그런 소리를 하며 돌아왔다.

숲의 주민들을 상대하다가 알아차렸는데, 다른 미노타우로스는 무척 서투른 말투로 이야기를 했다.

언어 번역의 스킬 효과를 거의 끊었으니까, 지금 들리는 말은 이세계의 인간이 사용하는 말을 내가 알아들을 수 있도록 번역한 것이었다. 다시 말해서 인간이 사용하는 언어가 아니라면 제대로 번역되지 않는다.

지금처럼 오즈왈드의 목소리가 지극히 평범하게 들린다는 것은, 그가 이 세계의 어떠한 나라에서 인간이 쓰는 말을 사용하고 있다는 의미였다.

겉모습은 근육 우락부락인 이족보행 소 씨지만 외모보다도 훨씬 똑똑한 모양이었다.

"오즈왈드 군이야말로 수고했어요."

"이것 참―, 이 정도는 아무것도 아님다. 가장 열심히 해준 건 아르제 누나니까요!"

"아뇨, 그렇지 않아요. 가장 열심히 한 건 오즈왈드 군이에요."

대답으로 나오는 말은 겸손이나 빈말이 아니라 본심에서 나온 것이었다.

내가 한 일은 어디까지나 도움. 숲을 지키기 위해서 가장 피를 흘리고, 힘을 쓰고, 몸을 바친 것은 오즈왈드였다.

그는 숲의 수호자로서 자신의 역할을 올바르게 다했다. 자신이 있는 곳에서 아무것도 해내지 못하고 아무것도 이루지 못했던 나와는 달랐다. 애당초 나는 아무것도 할 생각이 없는데.

"한바탕 모두의 용건이 끝난 모양이니까, 저는 잘게요."

"저, 저기, 아르제 누나."

"뭔가요?"

오즈왈드가 무언가 말하고 싶다는 듯 이야기를 건네었기에, 감 으려던 눈을 뜨고 대답했다.

솔직히 빨리 자고 싶은데, 용건이 있다면 어쩔 수 없었다. 끝난 다음에 자기로 하자.

오즈왈드는 내 분위기를 살피듯 불안스럽게 바라봤다.

근육이 탄탄한 큰 몸을 우물쭈물하는 모습은 전혀 어울리지 않는데도 조금 귀여우니까 신기했다. 뭘까, 이 미묘한 감정.

자연의 의자에 앉은 채로 오즈왈드의 말을 잠시 기다렸다. 이 윽고 그가 입을 열었다.

"아르제 누나는, 숲을 나가는 거죠……?"

"그래요. 이 나라를 떠나야 하니까요."

알레샤에서 그런 일이 있었으니까 나는 왕국에서 나가야만 한다.

회복 마법 건으로 조금 지나치게 눈에 띈 모양이고, 알레샤를 떠나기 직전에도 오징어를 상대로 화려하게 움직이고 말았다.

사마카 씨는 그런 성격이니까 국왕에게 보고하는 것은 늦추어줄 테지만, 역시 한계는 있겠지. 그렇지 않더라도 소문이 돌 테니까.

나라의 눈에 띄어서 제멋대로 소비되는 것도, 위험인물처럼 취급당하는 것도 바라는 바가 아니다.

이곳 이세계에는 다양한 나라가 있는 모양이니까 여기저기 돌아다니다 보면 한 사람 정도는 나를 보살펴 줄 다정한 사람이 있을지도 모른다. 한 나라에 구애되지 말고 이곳저곳 돌아보자.

"그렇습까……. 그, 여기에 며칠만 있어주지 않겠습까……?"

"……아뇨, 가능한 한 빨리 나갈게요."

그가 건넨 말이 무슨 뜻인지는 알고 있었다.

숲을 지키기 위한 전력이 되어달라는 것과, 그 자신이 나를 친근히 여기게 된 거겠지.

이 숲에 사는, 혹은 머무르는 것은 그럭저럭 매력적인 이야기였다. 공기는 상쾌하고, 햇빛은 좋고, 깨끗한 물이나 과일 같은 은혜도 풍부하다.

혈액의 경우에도 동물이나 몬스터들에게 조금씩 제공 받으면 문제없다. 오즈왈드 등등, 기꺼이 나눠줄 것 같다.

그래도 이곳은 왕국의 영역 안이고, 무엇보다 밀렵꾼이 오는 곳이다. 정기적으로 전투에 나서거나 낮잠에 방해 받는 것은 솔직히 바라는 바가 아니다.

풀 침대는 확실히 기분이 좋지만 매일 사용하는 것은 조금 사양하고 싶다. 가능하다면 기본은 푹신푹신한 침대나 이불에서, 그런 건 가끔이면 충분하다.

그럴 생각도 없는데 오래 머물러봐야 어쩔 수 없으니까 내일 아침에라도 나갈 생각이다. 네구세오 씨라는 이동수단도 손에 넣었으니까 오래 머물러도 의미는 없다.

"그렇습까……. 알겠다. 저기, 용천수 같은 건 얼마든지 가져가도 괜찮습다!"

"그런가요. 고마워요."

"나, 잠깐 밀렵꾼 짐을 뒤지러 다녀올게요. 누나의 여행에 도움이 되는 게 꽤 있을 거라 생각하니까 찾아보겠습다."

"괜찮나요?"

"물론임다! 어차피 퇴치한 밀렵꾼이 두고 간 물건이고, 우리는 못 쓰니까요! 그럼!"

친근한, 하지만 이제까지와 비교하면 어쩐지 어색한 미소를 내게 드러내고, 오즈왈드는 숲 안쪽으로 사라졌다.

오즈왈드나 이곳이 싫은 것은 아니었다. 제안이라고 할까, 희망을 거절해버린 사실은 조금 미안하게 생각하지만, 내게는 나의 사정과 목적이 있다.

숲의 생물들한테서 받은 선물이나 오즈왈드가 준비해주는 여행 도구는, 숲을 지키는 데 도움을 준 대가. 그리 생각하면 빚은 없는 것으로 생각하고, 이번에는 페르노트 씨 때와는 다르게 제대로 작별의 인사도 나누었으니까 그걸로 충분하겠지.

물을 가져가도록 허가는 얻었으니까, 나는 하품을 하며 일어섰다.

여행에는 물이 필요하다. 네구세오 씨도 틀림없이 잔뜩 마실 테니까.

"조금 더, 무언가 할 수 있다면 좋겠는데요."

숲의 수호자의 커다란 뒷모습을 떠올리며, 나는 호수로 향했다.

35 숲을 빠져나가서

"아르제 누나, 정말로 벌써 가는 겁까?"

"예. 오래 머무를 수는 없으니까요."

사실은 오래 머무르기는커녕 계속 살 곳을 찾고 있는데 이 숲은 조금 아니었다.

아직 왕국의 영역 안일 테고, 오즈왈드는 기생 대상으로서는 제외였다. 놀러 온다면 좋은 곳이지만 계속 살 장소로 선택하고 싶지는 않았다.

그런 이유로 크롬 씨를 쫓아낸 다음 날 아침, 나는 미리 말했다시피 떠나기로 했다. 나를 평생 보살펴 줄 사람을 찾으러 가기 위해서.

어엿한 안장과 고삐를 찬 네구세오 씨의 배를 쓰다듬고 말을 건넸다.

"어울려요, 네구세오 씨."

"훗, 그런가. 아르젠토도 아름답다고."

"…………"

"왜 그러지?"

"아뇨, 감사합니다."

네구세오 씨라고 불러도 반응하지 않게 되어버렸다. 하룻밤 만에 익숙해져 버린 모양이었다. 아쉬워라.

그가 장착한 안장과 고삐는 오즈왈드한테 받은 것이었다. 어제 말했던, 전에 온 밀렵꾼의 소지품인 듯했다.

그밖에도 마력을 흘려 넣으면 불이 붙는 화로랑 랜턴, 지도랑 모포 등등 많은 것을 받았다.

받은 것은 전부 밀렵군의 소지품……. 솔직히 말하면 유품이지만, 앞으로의 여행에는 쓸 수 있을 것 같으니까 감사히 받기로 했다.

애당초 밀렵하는 쪽이 잘못이니까 살해당해도 불평할 수는 없다. 내가 가슴 아파할 일도 아니겠지. 도구는 쓰라고 있는 것이다.

"죄다 중고라서 죄송하다, 아르제 누나! 일단 챙겨만 둔 거라서!"

"미안해할 것 없어요. 도움이 됐어요."

"감사함다!!"

머리를 숙이는 오즈왈드 뒤에는, 그와 마찬가지로 머리를 숙이는 숲의 동물과 몬스터들이 있었다.

……꽤나 거창한 배웅이 되었네요.

그들의 입장에서는 숲을 구한 거니까 당연하다면 당연한 일일지도 모르겠지만, 조금 지나치게 거창했다.

어제는 어제대로 숲 여기저기서 동물이나 몬스터들이 와서, 내게 절을 하거나 공물 같기도 선물 같기도 한 것을 건네기도 했다. 그렇게까지 추켜올릴 법한 일은 안 했는데.

오즈왈드가 말하기로는, 가져다준 것은 과일이나 먹을 수 있는 나무열매, 약초 등이라나.

그렇게 받은 것은 전부 블러드 박스에 수납해 두었다.

남들이 보면 빈손으로 보일 테지만, 지금 나는 여행 준비를 제대로 갖춘 상태였다.

먹을 물도 상당한 양의 용천수를 받았다. 덕분에 이 나라를 나갈 때까지는 다른 도시나 마을에 들를 필요는 없을 듯했다.

"국경은 저쪽이면 되겠죠?"

"그렇습다! 사실은 다른 방향으로 가서 가도를 따라가면 나라를 나갈 수는 있지만…… 출입국에 수속이 있습다. 아르제 누나는 몰래 나가고 싶은 거죠?"

"예. 눈에 띄지 않고."

"그러면 역시 저쪽의 산을 넘으면 됩다. 그러면 요츠바라는 이름의 공화국이니까요! 국경 경비대를 주의해주십쇼!"

오즈왈드가 두꺼운 손가락으로 가리킨 곳에는 확실히 산이 있었다.

바위산이 아니라 나무들이 많이 자라는 산이었다. 아직 멀어서 작은 언덕처럼 보이지만, 여기서도 깊은 녹색이 보였다.

그의 말로는, 수해를 빠져나가면 왕국 밖이었다. 목적지는 보이니까 느긋하게 가기로 하자.

"그리고, 이걸 드리겠습다!"

"……도(刀)?"

"그렇습다! 아르제 누나, 역시 무기는 가지고 있는 게 좋지 않을까 생각해서, 밀렵꾼의 소지품에서 괜찮아 보이는 걸 골라뒀습다!"

"흠……."

받아들고 도를 뽑아봤다.

나무 사이로 비쳐드는 햇빛을 반사하여 둔탁하게 빛나는, 확실한 날붙이 특유의 빛.

날은 명백히 날카로웠다. 떨어져 있던 이파리 하나를 향해서 가볍게 휘둘러보니 스르륵 잘렸다.

"우오."

"? 왜 그래요?"

"아뇨, 보이질 않으니까…… 깜짝 놀라서."

일단 힘 조절은 해서 베었는데도 빨랐나 보다.

오즈왈드의 등 뒤에 있는 동물들 몇 마리도 경계하게 해버렸다. 아무리 가볍게 했어도 지금의 나는 속도를 극한까지 찍은 몸이니까 상당한 속도가 나왔을 테지. 미안한 짓을 해버렸을까.

……이세계에도 있군요, 도.

일본 특유의 무기라는 이미지지만 이세계에도 있는 모양이었다. 아니, 나 말고 전생한 사람이 제작 방법을 가져왔을 가능성도 있나.

일단 살펴보고 베는 느낌도 확인했으니까 칼을 넣었다. 좋은 도였다. 호신용으로는 지나치게 잘 들 정도로.

"아티팩트인 모양임다, 그거!"

"아티팩트, 인가요?"

어제도 들어본, 리딩으로 크롬 씨의 스테이터스를 해석했을 때에 나온 단어였다.

오즈왈드는 내 태도를 보고 모른다는 걸 깨달았는지 설명해주었다.

"특별한 힘이 있는 도구 말임다. 자신의 마력을 부여하면 계약할 수 있슴다. 한 번 계약하면 계약자가 죽을 때까지 계약자밖에 못 쓴다."

"흠…… 그런가요. 그럼 이 칼의 특별한 힘은?"

"그건 모르겠네요……. 아무래도 그거, 파는 물건이었나 보더라고요. 계약만 안 하면 그냥 칼이라서, 못 쓰는 건 아니니까 안심하십쇼."

자세한 내용은 불명, 인가. 함부로 다루지 않는 편이 나으려나. 이상한 능력이었다면 곤란하니까.

도에 대해서는 모르겠지만 아티팩트가 어떤 것인지는 알았으니 블러드 박스 안에 칼을 넣었다.

이 칼을 사용할지는 일단 보류하자. 사용하더라도 평범한 칼로 사용하기로 했다.

페르노트 씨는 도구 감정이라는 스킬을 가졌으니 그녀한테 보여주면 무언가 알 수 있을지도 모르겠지만, 없는 사람을 의지할 수는 없다. 혹시 만날 수 있다면 물어보자.

"그럼, 저는 이만."

"아르제 누나! 감사했슴다! 나, 더욱 강해지겠슴다! 다음에는 나 혼자서, 이 숲을 지킬 수 있도록!"

"그런가요……. 그럼 여행 준비의 답례로 조금만 도움을."

"예?"

"응…… 피의 계약."

손가락에 송곳니를 세우고 피를 냈다. 흐른 피를 오즈왈드의 체모에 바르듯이 얹고 말을 자아냈다.

땅에 물이 번지듯이, 피가 그의 몸 안으로 스르륵 스며들었다.

"오, 오오오?!"

겉모습에 변화는 없었다. 하지만 오즈왈드 본인은 자신의 몸이 어찌 변화한지 아는 모양이었다.

내 쪽에서도 그가 명백하게 조금 전과 비교가 안 될 만큼 강해졌다는 사실을 느꼈다. 이제 우리는 서로 이어져 있으니까.

피의 계약. 피를 준 상대를 하인으로 삼아 능력을 향상시키는 스킬.

피를 받은 자는 흡혈귀처럼 되는 것이 아니라 단순히 능력이 강해진다. 그리고 주인은 하인에게 강제력이 있는 명령을 내릴 수 있다.

물론 뒤쪽의 강제력을 사용할 생각은 없었다. 내가 한 것은 단순한 답례였다.

어제 하룻밤, 무언가 그에게 해줄 수 있는 건 없을지 생각한 끝에 다다른 작은 해답.

……이 숲도 낮잠에는 좋은 곳이니까요.

계속 사는 건 몰라도 낮잠을 자러 오는 것뿐이라면 좋은 장소라고 생각한다.

낮잠에 최적인 이 숲을 부디 지켜줬으면 좋겠다. 그런 기분을 담은, 아주 조금의 조력이었다.

"……아르제 누님. 정말로 감사한다!!"

짧은 답례의 말. 쓸데없이 말을 더하지 않더라고 통할 정도의 인연이 생겼다, 그런 것이었다.

땅바닥에 머리가 닿지는 않을까, 그럴 만큼 머리를 숙인 오즈월드의 머리를 가볍게 쓰다듬었다. 짧은 털의 감촉은 사각사각해서 기분 좋았다.

피의 계약을 준 상대는 데리고 다닐 필요는 없었다. 내가 명령을 내리지 않는 한, 의사는 존중된다.

사실 고레벨의 피의 계약은 상대의 의사를 완전히 박탈할 수도 있지만 그런 짓을 할 생각은 없다.

이것은 그저 답례이고, 그냥 '괜찮네'라고 생각했을 뿐이었다.

자신의 장소가 있고 그것을 지키기 위해서 분투하고 싶다, 그렇게 말할 수 있는 그를 응원하고 싶어졌을 뿐이었다.

한바탕 그의 머리를 쓰다듬고, 나는 오즈왈드한테서 떨어졌다. 그것이 작별의 신호임을 알았는지 오즈왈드는 고개를 들었다.

그의 얼굴은 역시나 정육점의 마스코트 같이 친근한 미소였다.

"영차."

말에 타는 것은 오랜만이었는데 의외로 쉽게 탈 수 있었다. 몸, 아니, 영혼이 기억하는 모양이었다.

안장에 엉덩이를 붙이고 고삐를 가볍게 붙잡았다. 고삐를 당기지 않더라도 말만 하면 걸어가 주니까 그렇게 했다.

"부탁드릴게요, 네구세오 씨."

"씨는 필요 없다. 네구세오로 충분하다."

"괜찮나요?"

"그래. 생각을 바꾸기로 했다."

"그럼…… 부탁할게요, 네구세오."

"훗. 맡겨둬라."

네구세오가 천천히 다리를 움직이기 시작했다. 뒤에서는 많은 몬스터, 동물, 그리고 새 소리.

이렇게나 말을 건넨다면 역시 아주 조금은 아쉬웠지만, 돌아보지는 않았다.

목소리가 멀어지는 것을 느끼며 눈을 감았다.

"자는 건가, 아르젠토?"

"그래요. 피곤하면 이야기해요, 네구세오. 쉬도록 할 테니까."

"그래. 그렇게 하지. 떨어지지 말라고."

"괜찮아요. 앉은 채로 자는 거, 특기니까."

네구세오의 발소리와 그에 맞추어 느껴지는 진동이 기분 좋았다.

바람 냄새와 멀어지는 목소리를 느끼며 나는 조금씩 의식을 떨어뜨렸다.

이동 수단을 손에 넣을 수 있어서 정말 잘 됐다. 굉장히 편했다.

얻은 것에 만족하며, 내 의식은 꿈속으로 잠겨 들었다.

국경까지는 아직 멀다.

잘 시간은, 많다.

36 전직 기사는 분개한다

"……괴로움을 떨쳐내라. 리플레시."

마차 짐칸에서 흔들리며 말을 자아냈다.

자아낸 말은 내 마력을 변환하여 생각한 그대로의 현상을 일으켰다. 마법의 파도가 좋지 않은 내 상태를 조율했다.

이미 몇 번이나 한 일이었다. 빛을 되찾은 뒤로는 오랜만이지만 기사 시절에는 자주 이렇게 했다.

……힘드네.

나는 옛날부터 탈것에 약해서 금세 기분이 나빠지고 마는 것이었다.

그 탓에 원정지로 갈 때마다 휘청휘청하다가 도움이 못 된 적도 많이 있었다.

덕분에 내가 기사가 되어서 처음 마주하게 된 과제는, '멀미 체질과 어찌 맞서느냐'였다.

결국에 회복 마법을 공부해서 극복은 했다. 한 번 멀미가 날 때마다 마법을 사용하면 한동안은 괜찮고, 그동안에 얌전히 있으면 마력은 회복된다.

조금 귀찮지만 아무리 노력해도 체질을 바꿀 수 없으니까 어쩔 수 없다. 바꿀 수 없다면 대처법을 익힐 수밖에 없었으니까.

"괜찮으세요? 페르노트 씨."

"괜찮아. 제노."

말을 몰고 있는 행상인이 걱정스럽게 나를 돌아봤다.

그의 이름은 제노 코토부키. 현재 내 고용주. 정확하게는 이해관계라는 게 옳겠지만, 이쪽은 임금을 주는 쪽이니까 고용주라는 표현도 틀리지는 않았다.

한눈을 팔면 위험하다는 생각도 들지만, 이 부근은 비교적 안전하고 가도도 똑바르게 뻗어 있으니까 지적하지는 않고 계속 말했다.

"몸 상태를 조정하는 정도의 마법이라면 부담이 크지 않아. 몬스터든 도적이든, 베어주겠어."

"그건 든든하네요. 덕분에 살았어요."

"괜찮아. 공화국까지, 부탁할게."

"예, 마차는 맡겨주세요."

우리의 이해가 합치하는 부분. 그것은 서로가 공화국으로 가려고 한다는 점이었다.

나는 동거인 흡혈귀, 아르젠토 밤피르를 쫓아서.

그녀가 국경으로 향했다는 사실은 알았다.

그렇다면 제국과 공화국, 둘 중에 어느 쪽으로 가느냐는 것인데 나는 공화국 쪽에 걸었다.

제국은 왕국과의 전쟁으로 무척 황폐해진 느낌이었다. 무거운 세금이나 거듭되는 징병으로 나라 안은 무척 찌릿찌릿한 분위기를 띠고 있었다. 이건 내가 기사 시절부터 계속 그랬으니까 오래 이어지는 압정에 국민은 상당히 괴로워하고 있겠지.

반면에 공화국은 왕국과 제국의 전쟁에는 관여하지 않는다. 조용히 지켜보는 입장을 취하며 어느 쪽과도 교류가 있었다.

제국과 공화국이라면 어찌 생각해도 공화국 쪽이 평화롭다. 군대는 지원제이고 세금은 가볍지는 않아도 제국만큼 터무니없지는 않았다.

시골 쪽은 생활이 힘겨운 모양이지만 그래도 제국만큼 황폐하지는 않다고 들었다.

그 게으른 아이가 갈 곳이라면 더욱 안정된 곳이라고 나는 예상했다.

제노 쪽은 상업 길드에 보고할 것이 있다고 한다.

상업 길드라는 것은 많은 행상인들이 소속된 조합이다.

소속되어 있는 사람은 일 년에 한 번 본부에 들러서, 일 년의 손익을 보고하고 수입에 맞추어 조합비를 지불하도록 정해져 있다나.

그 상업 길드의 본부가 있는 곳이 공화국의 수도인 사쿠라노미야. 사쿠라라는 이름의 나무들이 많이 있는, 아름다운 도시라고 들었다.

관광지로 인기가 있어서 기사 시절에 '허니문은 사쿠라노미야'라고 하는 동료가 다수 있었다.

……풍경도 좋고 음식도 유명하다는 거지.

쌀이나 튀김이라는 독자적인 식문화가 뿌리내려 '요츠바의 요리를 먹지 않았다면 미식가가 아니다'라는 말도 있을 정도였다.

그 밖에도 요츠바 공화국은 동성결혼에도 관용적이라는 특징이 있어서, 내가 소속되어 있던 여자뿐인 삼번대 안에는 은퇴한 뒤에 공화국에 정착하기로 한 동성 커플도 있었다.

……동성 결혼.

무심코 은색 머리카락의 소녀를 떠올리고, 나는 허둥지둥 상상을 지워버렸다. 뭘, 뭘 생각하는 걸까. 정말이지.

이것도 그것도, 아르제 잘못이다. 틀림없이 그 아이 잘못이다.

그날 식사는 그녀가 먹어보고 싶다던, 조금 진귀한 생선 스프였는데.

원래부터 희소하고 시기도 조금 벗어나 있었으니까 찾느라 고생했다. 그런데도, 그녀는 돌아오지 않고. 기다리다가 지친 나는 테이블에 엎드려서 잠들어 버렸다.

그리고 소란스러운 경종 소리에 벌떡 일어나서 어비스콜이 나타났다는 사실을 알고, 이리저리 도망치는 사람들의 피난 유도 등으로 하룻밤을 보냈다. 그런데도 아르제는 돌아오지 않은 것이었다.

돌아오지 않는 것은 물론, 사마카의 저택으로 뛰어들…… 가봤더니 넌지시 '마을을 나갔다'라고. 그때, 마음속으로 웃기지 말라는 생각을 했다. 그 물고기를 찾느라 얼마나 고생했던가.

……아니, 그게 아니야.

식사 이야기를 하고 싶은 게 아니다. 그런 건 그저 핑곗거리.

나는 그저, 분했을 뿐.

아무 말도 없이 사라졌다. 그 사실에 내가 내팽개쳐진 것 같은 기분이 들었다는, 그것뿐이었다.

그 정도 일로 분개하여, 만날 수 없을지도 모르는 사람을 찾아서, 나는 태어나고 자란 나라를 떠나려고 한다.

스스로도 이상해졌다고 생각하지만, 어떻게든 만나고 싶다. 만나서 한마디 해주지 않고서는 마음이 안 풀린다.

그다음의 일은 그때 생각하자. 구체적으로는 식장을…… 아니, 그게 아니지. 만난 다음에. 생각하는 건 만난 다음에.

제노와 알게 된 것은 시장에서 여행 준비를 하고 있을 때에 그가 호위를 모집하는 것을 발견했기 때문이었다.

제노 코토부키. 코토부키라는 것은 옛날에 들은 적이 있는 요츠바의 말이었다. 경사스러운 일이나 축하할 일이라는 의미였다고 기억한다.

그래서 그가 공화국 출신이라는 사실은 바로 알았고, 어쩌면 공화국으로 가는 게 아니냐고 생각해서 말을 걸었더니 적중한 것이었다. 우연치고는 너무나도 적절할 정도의 행운이었다.

"저쪽으로 갈 때까지, 일상 회화 정도는 가능하게 되어야겠지."

"그러면 가면서 제가 가르쳐줄게요."

"고마워, 제노."

"저렴하게 왕국 기사님의 호위를 받을 수 있는 거니까 이 정도는."

"전직, 이야. 너무 과대평가하지 마. 공백기도 있고."

"『오드아이의 성기사』라면 국외에도 아는 사람이 있을 정도의 실력자예요. 금세 감을 되찾겠죠."

"옛날이야기야, 너무 그런 소리 말고."

그리운 이름이지만 지금 생각하면 조금 안일하다고 할까 부끄러운 별명이었다. 스무 살을 넘어서 그럭저럭 나이도 먹은 몸으로서는 조금 얼굴이 붉어지네.

에두른 거부가 통했는지 제노는 '죄송해요' 하고 한마디 사과하고는 멈춰 주었다.

정말이지. 이런 식으로, 그것도 연하를 상대로 배려를 받다니. 모든 게 그 게으른 아이 탓이다.

살짝 머릿속에 그려보면 금세 그 멍하니 잠든 얼굴이 떠올랐다.

매일 같이 기분 좋게, 코에 방울을 만들고 침을 흘리면서까지 푹 잠들던, 은색 흡혈귀.

칠칠치 못한 로브를 절반 정도 벗고 시트에 기분 좋게 몸을 비비며 쌔액쌔액 자고 있었다.

이따금 숨소리와 말의 중간같이 작게 말을 흘리는 것이 엄청 귀여워서.

그러면서도 다정하게 깨우면 녹아내릴 듯한 눈빛으로 '푸에르노트 씨이'라며 응석 부리는 목소리를 냈기에, 나는 그만 난폭하게 깨워 버렸다.

너무나도 무방비해서 참을 수가 없을 것만 같았으니까. 무엇이 참을 수 없었는지는 스스로도 잘 모르겠지만.

"정말이지, 정말, 정말…… 아르제도 참."

"응? 지금 아르제라고 그랬나요?"

"응, 그랬는데. 그게 어쨌는데?"

"아뇨, 아는 사람이 같은 이름이라고 할까, 애칭이라고 할까……."

"……아르젠토?"

"뱀피르."

우리는 서로 눈을 끔뻑이고 잠시 마주보게 되었다.

세계는 좁다──. 아마도 서로가 그리 자각한 순간에, 마차 바퀴가 패인 곳을 밟고 크게 흔들려서 나는 거칠게 엉덩이를 찧었다.

"아얏?!"

"으와와왁?!"

지금 그것도 그 게으른 흡혈귀 탓. 그게 틀림없다.

반드시 붙잡아서, 불평 한마디는 해줄 테니까.

37 흡혈 공주는 폭주한다

"으, 극……!"

그림자. 그녀에게 미끈미끈한 그림자가 들러붙어 있었다.

내 손가락의 움직임 하나로 그녀의 목을 부러트려 버릴, 귀여운 내게서 뻗은 귀여운 그림자였다.

사실 그녀의 동료는 모두 그렇게 되어 발밑에 무참하게 쓰러져 있었다. 남은 것은 그녀뿐.

눈에 눈물을 글썽이며 그녀는 내게 호소했다. 죽고 싶지 않다는 심정을 담아서, 귀엽게 필사적으로 아양을 떨었다.

"부, 부탁…… 부탁이에요, 다음, 다음에는…… 반드시……!"

"어~? 그런 건 됐어. 난 이미 마음이 바뀌어 버렸으니까."

미노타우로스의 고기가 먹고 싶다.

그들에게 한 부탁은 이렇게나 간단한 것이었는데 그것조차 이루어주지 않았다. 참으로 실망이야.

애타게 기다리던 내 배는 완전히 기분이 바뀌었다. 지금은 미노타우로스의 고기 따위, 조금의 흥미도 없었다.

게다가 기껏 빌려준 키마이라도 제대로 가지고 돌아오지 않다니, 정말로 실망했다.

그건 도망치기 위한 게 아니라 방해하는 것을 숲과 함께 모조리 멸절하고 미노타우로스만 사냥하면 되도록 그들에게 빌려줬는데. 미노타우로스는 독에 대한 내성이 높으니까 그 아이가 내

뿜은 독 숨결은 틀림없이 편리할 거라는 내 자비였는데, 그것을 허사로 만들다니.

부들부들 떠는 그녀의 뺨을 쓰다듬자 젖어드는 감촉. 뚝뚝 넘치는 눈물은 무척 예쁘고 귀여웠다.

눈을 들여다보니 거울처럼 내가 비쳤다. 후후후, 오늘도 멋지네. 역시 나야.

자랑거리인 금발은 내가 생각해도 양 갈래가 딱 맞았다. 귀여운 내게 딱 맞는 트윈 테일이었다. 마음에 드는 박쥐 머리장식도 무척 잘 어울렸다.

눈동자의 색깔은 피를 빨아들인 것, 어둠의 지배자라는 증거. 영원을 가둔 붉은색이었다.

복장은 현재 가벼운 차림이지만 무엇을 입어도 귀여우니까 문제없다. 밖에 나갈 때에는 제대로 멋을 내야지.

눈동자에 비친 미소 지은 나 자신을 들여다보며 손가락을 그녀의 목에 가져다 대고 얕게, 얕게 손톱을 세웠다. '히익'이라니. 후후후, 재밌어라ㅡ. 개구리 같네.

"어머……?"

뚝뚝 물이 떨어지는 소리가 났다. 어설프게 홍차를 따르는 것 같은, 천박한 소리가.

소리에 이끌려 시선을 아래로 향하자 커다란 물웅덩이가 만들어져 있었다. 아하……♪

"지렸어? 후후후, 그렇게 무서워하지 말라고? 지금부터 무척 좋은 걸 해줄 테니까."

"시, 싫어! 싫어, 싫어싫어싫어싫어! 용서해줘……!"

"어머, 저기 굴러다니는 천박한 남자들처럼 목이 뚝 부러졌으면 좋겠어?"

"히익…….."

"그래그래, 얌전히 있으라고? ……이미 어차피 너는 살아날 수 없는걸."

처음부터 그들은 처리해 버릴 생각이었다. 지금 상황은 아주 살짝 순서가 어긋난 것에 불과했다.

미노타우로스의 고기를 받은 다음에 죽이느냐, 받지 않고 죽이느냐. 내게는 그것뿐이었다.

내 말을 들은 순간, 작은 녹색 눈동자를 부릅떴다. 떨리는 입술이 말을 자아내려고 했다.

"매료."

목숨 구걸이든 욕지거리든, 즐기기 전에 더러운 말은 듣고 싶지 않았다. 나는 마법을 사용해서 그녀가 입을 다물게 만들었다. 상대를 내게 매료시켜서 의식을 박탈하는 어둠의 마법이었다.

이름도 모르는 암상인이지만 그녀는 무척 귀여웠다. 여자가 암상인 일을 한다니, 틀림없이 힘들었을 텐데.

녹색의 동그란 눈은 무척 예뻤다. 붉은 머리카락은 조금 상해서 아깝지만, 불법적인 장사를 하는 사람치고는 그래도 신경을 쓰는 편이네.

무엇보다도 내가 무서워서 실금까지 해버린 모습이 정말로 귀여웠다.

매료의 마법으로 표정에서 감정이 사라져버린 것은 아쉽지만, 지금부터 무척 기분 좋게 해줄 테니까 괜찮다.

"빠져들렴."

목덜미에 송곳니를 대고, 깨물었다.

여자의 부드러운 피부를 꿰뚫는 것은 언제나 기분 좋았다. 남자의 천박한 몸은 뚫는 기분이 나빴다.

울컥 넘쳐나는 따듯한 액체를, 빨았다. 무척 달콤해서 뇌까지 저릿한 맛. 아아, 멋져.

"아그, 아아아아아?!"

매료의 효과는 깨문 순간에 끝냈다. 그러지 않으면 이런 반응을 즐길 수 없으니까.

날뛰는 그녀를 그림자 마법으로 억누르고 계속 흡혈했다.

저항이 있던 것은 고작 몇 초. 그 고작 몇 초에 그녀는 자신의 사고를 놓아버렸다.

"아, 히…… 우후, 후후후…… 히아, 히익."

작은 입술에서 의미 없는 말을 흘리게 된 그녀의 피를 내 것으로 삼았다.

목을 통해 위 안으로 떨어지는 피가 퍼져드는 감각은 몇 번을 맛봐도 중독됐다. 오싹오싹한 것이 온몸으로 흘러들어 심지까지 저리는 것처럼.

흡혈귀인 내게 흡혈은 최고의 쾌락. 식량 조달 같은 간단한 심부름도 못 하는 그녀라도 할 수 있는, 무척 간단한 역할. 남자들은 그러기에도 가치가 없는 쓰레기지만.

"아, 아아, 응…… 아하, 아햐…….”

"으흥. 괜찮아, 제대로 전부 빨아내줄 테니까…… 쪼옥, 응.”

"히히히…… 아하하하…… 으응, 앙…… 크흐, 히힛.”

……이 아이는 웃는구나.

내가 준 쾌락으로 마음이 망가진 아이가 보여주는 표정은 크게 나누어서 세 가지.

웃는 아이, 울어버리는 아이, 계속 황홀해하는 아이. 이 아이는 아무래도 웃는 아이인 모양이네.

어느 아이든 무척 귀여워서 찬찬히 빨아들여 주고 싶어진다.

최고의 쾌락을 최후의 순간까지 계속 주고, 끝까지 사랑하여 망가뜨리는 것이 내가 사랑하는 방법이다.

"아하, 아하하하…… 기분, 조…… 후아…….”

"응…… 기분 좋아? 좀 더?”

"좀 더! 좀 더 원해! 이 기분 좋은 거, 좀 더!”

"어머어머…… 이대로는 죽어 버린다고? 괜찮아?”

"괜찮아! 괜찮으니까! 이제 아무것도 안 무서워! 세계, 예뻐! 반짝반짝! 좀 더! 죽어도 좋아! 사라져도 좋아!!”

"우후후…… 정말로 귀엽네. 착한 아이구나. 그럼 나를 사랑한다고 해주겠니?”

"사랑해요…… 엘시 님!”

"고마워. 나도 좋아해.”

매달리는 가냘픈 몸을 받아내며 그녀가 바라는 그대로 해주었다.

자신의 목숨을 던져서 모두 내게 주는 거니까 최후의 순간까지

319

귀여워해 줘야지.

벌린 손으로 몸을 만져주자 그럴 때마다 달콤한 반응이 돌아와서 무척 귀여웠다. 질척질척하는 소리와 그녀의 웃음소리, 그리고 내 숨소리만이 실내를 채웠다.

"아, 하으으으……."

"쿡쿡…… 괜찮아, 몇 번을 다다라도. 이대로 끈적끈적하게 녹아서, 사라져 버리자고?"

"하, 으응…… 예, 에……."

"항…… 응, 쪼옥……."

연인 사이처럼 몸을 맞대고, 우리는 행위에 몰두했다. 그녀는 내게 모든 것을 바치고, 나는 그녀의 모든 것을 끝까지 사랑해주는, 아주 잠깐의 달콤한 행위.

조금씩 그녀의 몸에서 힘이 빠지고 몸이 점차 차가워졌다. 느껴지는 고동은 시시각각 약해지고 농후한 시간의 끝을 예감하게 만들었다.

그녀는 줄어드는 남은 생명을 아낌없이 내게 주었다. 마지막까지 내 이름을 부르고, 사랑한다 속삭이고.

나는 그런 그녀가 참을 수 없이 사랑스러워서 한 방울도 남김없이 빨아들였다. 가냘파지는 고동 전부를 영원히 내 것으로 만들었다.

최후의 체온을 모조리 마시고 나는 그녀의 목덜미에서 송곳니를 뺐다. 혈액이 섞인 침이 실을 만들고 마치 운명처럼 툭 끊어졌다.

"푸하…… 완전히 비워 버렸네……. 괜찮아, 무척 예뻐……."

말을 멈춘 그녀의 뺨에 키스를 하고, 나는 그녀를 놓았다. 친구들과 마찬가지로 온기를 잃은 몸이 바닥을 굴렀다.

그것을 지켜보지 않고 눈을 감으며 나는 힘을 사용했다. 흡혈귀가 지닌 특별한 힘. 블러드 리딩.

내 블러드 리딩은 그리 강력하지는 않았다. 고작해야 며칠 치 기억을 파헤치는 정도. 지금은 그것으로 충분했다.

……어째서 실패했는가, 흥미가 있는걸.

어떤 이유로 미노타우로스 고기를 입수하지 못했는가, 확인해 둬야지.

혹시 천박한 남자가 방해했다면 그 녀석은 확실하게 갈가리 찢어버려야 한다. 남자가 나를 방해한다니, 절대로 용서할 수 없으니까.

"어머…… 어머어머어머! 뭐야, 이 아이……?!"

기억 안에서 그녀는 먼 곳을 보는 마법을 써서 그 아이를 보고 있었다.

나무 사이로 비쳐드는 석양을 받은 은색 머리카락. 새하얀 피부. 졸려 보이는 눈.

살짝 뾰족한 귀와 송곳니, 붉은 눈동자는 틀림없이 나와 동류인 증거.

은발의 흡혈귀──. 그것도 데이 워커 뱀파이어.

"아, 아아아……."

한눈에, 마음에 들었다.

그녀의 흐리멍덩하고 새빨간 눈동자. 엄청 귀엽다. 귀여워, 귀

여워, 귀여워.

저 자그마한 송곳니를 마구 핥고 싶다. 은색 머리카락에 파묻고 심호흡을 하면 얼마나 기분이 좋을까.

작은 목에 이빨을 박아 넣고 쪽쪽 빨면 졸려 보이는 저 얼굴은 어떻게 일그러질까? 웃을까? 울까? 멍해져 버릴까?

"신경 쓰여. 엄청, 신경 쓰여."

화아아악, 가슴 안쪽이 뜨거워진다. 몸속이 욱신욱신 저리고 뜨거운 숨결이 새어 나온다.

……귀여워, 귀여워, 귀여워!

저 아이, 뭐야! 전설급의 데이 워커! 귀여운 것도 전설급이라니, 들어본 적도 없어!

내 것으로 삼고 싶다. 어떻게든. 아니, 반드시.

계속, 계속 찾고 있던 것을, 간신히 발견했다.

머나먼 옛날에 사라진 것을 파묻힌 것을, 발견했다.

그녀의 은색 머리카락은 틀림없이 내 금발에 어울린다. 둘이서 침대에 누우면 어떤 그림이 될까……. 아아, 아아!

"결정했어!"

이 아이는, 내 신부로 삼는다.

반드시 반드시 반드시.

발밑에 굴러다니는 아이 같은 한때의 관계 따윈 아깝다. 영원히 내 것으로 삼는다. 나만의, 귀여운 신부다.

"그러기로 결정했으면 모든 하인에게 알려야지!"

피의 계약으로 이어진 나의 귀여운 하인들에게 내 마음을 날렸다.

미래의 내 신부에 대해서.

기억을 공유하여 그녀의 모습을 내 하인들의 마음에 새겼다.

"들리겠지, 보이겠지? 그 아이를 내 아내로 삼을 거야. 찾아, 발견해, 붙잡아. 후훗…… 맛을 보기라도 한다면 갈가리 찢어버릴 테니까 말이지?"

저 아이한테 어떤 드레스를 입혀줄까. 저런 촌스러운 로브 따위보다 훨씬, 훨씬 더 어울리는 것을 골라줘야지. 벌써부터 엄청 고민에 빠지고 말았다.

결혼기념 파티는 성대하게 치르고 싶다. 수많은 손님을 불러서, 손님을 모두에게 우리의 정사를 보여주는 것이다.

물론 보여줄 뿐. 접촉 금지.

"후, 후후…… 우후후……. 기대되네. 정말로, 어어엄청, 기대돼. ……밴더스내치! 준비해!!"

애견에게 말을 건네고 나는 맞이할 준비를 갖추고자 걸어갔다. 기분 좋게 트윈 테일을 흔들며.

자, 이제부터 엄청 즐겁고, 그리고 바빠질 것 같네. 정말, 정말, 기대 돼.

"아하하하, 우후후후후후…… ♪"

밴더스내치가 먹이를 먹는 소리를 음악으로 삼아, 나는 춤췄다. 으득으득 뼈를 부수는 소리에 맞추어 스텝을 밟았다.

쇠고기 따위보다 훨씬 훨씬 좋은 걸 발견하고 말았다.

도움이 안 되는 기대 밖의 삼류 암상인이라고 생각했던 건 철회해주자.

……이미 늦은 모양이지만, 말이지.

등 뒤로 흘끗 시선을 보냈더니 그들의 모습은 이미 없었다. 만족스러워하는 밴더스내치의 눈동자가 내 등과 어깨의 문장을 비추었다. 흡혈귀의 표식인, 마력이 담긴 문장을.

내 신부는 이것이 어디에 달려 있을까. 입 맞춰 주는 게 벌써부터 기대되네.

후기

처음에는 사기인가 싶었지만 아니었습니다.

처음 뵙겠습니다, 초킨교。라고 합니다. 안심하시길, 제대로 허가를 받은 이름입니다.

'。'는 '마루'라고 읽습니다. 다시 말해서 '초킨교마루'입니다. 허가도 있으니까 세이프.

오늘은 이 책을 손에 들어주시어 감사합니다.

자, 그럼 후기입니다. 무엇을 적으면 좋을까요.

저 스스로가 책을 자주 읽으니까 후기부터 읽는 사람도 있다는 건 알고 있습니다. 그러니까 내용을 너무 자세히 언급하는 것도 조금 꺼려지네요.

거칠게 설명하면 이 이야기는 은발 로리 흡혈귀로 전생한 주인공이 '일하기 싫다, 삼시세끼 낮잠 간식 포함으로 보살핌을 받고 싶다'라는 기분을 마음에 품고 많은 것들을 엉망진창으로 만드는 이야기입니다. 하지만 어찌 된 영문인지 그를 통해 누군가를 돕거나 구하거나 합니다. 판타지 코미디입니다.

보살펴 줄 사람을 찾아서 이세계를 여행합니다. 그러는 가운데 만나는 사람들과 접하고, 주인공이 어찌 생각하고 어찌 행동하며 어떤 것을 얻어서 변해가는 것인가.

한마디로 말하면 로리 은발 존댓말 계열 졸음 많고 게으른 흡혈귀가 '무언가를 찾는' 이야기입니다. 속성이 너무 과해서 간단히 말할 수가 없네요. 뭐야, 로리 은발 존댓말 계열 졸음 많고 게으른 흡혈귀라니. 라멘집에서 단골이 주문하는 토핑이냐.

자, 찾는다고 하면 저도 서적화에 당면하여 잔뜩 찾았습니다. 사기에 대한 정보를.

그게 말이죠, 평소처럼 머—엉하니 집필하고 있었더니 갑자기 메일이 와서는, '서적화 상담' 같은 말이 적혀 있었는걸요.

아니, 이렇게 사실이었지만요. 그래도 보통은 의심하잖아요?! '소설가가 되자'에서 어느 정도 평가는 받았지만, 이 작품 주인공이 기본적으로 잔다고요?!

예, 죄송합니다. 제가 잘못했습니다. 의심한 것에 대해서는 면목이 없습니다…….

그 후로 이래저래 각 방면으로 폐를 끼치기도 했습니다만, 무사히 이렇게 후기를 적을 수 있게 되었습니다. 감사한 일입니다.

저는 이래 봬도 일단 십 년 정도 소설을 취미로 계속 썼습니다. 인터넷의 바다에서 이름을 바꾸거나 익명을 사용하거나, 인간이 아닌 소재만 십 년을 계속 썼습니다.

그런 제가 가장 처음으로 완결 낸 작품은 흡혈귀 이야기였습니다.

소설을 적은 지 십 주년이 되었을 때에, 애착이 있는 흡혈귀라는 소재로 서적화를 하다니 굉장히 운명적인 무언가를 느낍니다.

학력도 없고(중졸입니다), 그저 혼자서 곰곰이 공부하여 쌓아 올린 소설의 시간. 그것을 하나의 형태로 만들 수 있었던 것이, 애착이 있는 소재의 작품이라는 것은 제게 긍지입니다. 이 작품으로 서적화를 이룰 수 있어서 다행입니다.

태어난 가정이 엉망이라 학교도 제대로 못 가고 세상의 일반적인 모습에서는 뒤떨어졌어도, 계속 걸어가면 이렇게 보답을 받을 때가 오는구나 생각했습니다.

자신이 살아 있다는 증거가 책으로서 세계에 퍼진다는 것은 무척 기쁜 일입니다.

'지금, 과거의 저처럼 괴로운 심정으로 살아가는 사람이 있다면, 아주 잠깐의 시간만이라도 오락에 잠기어, 끝까지 읽은 뒤에 『조금만 더 걸어볼까』라고 생각했으면 좋겠다.'

그런 심정으로 항상 작품을 쓰고 있으니, 보다 많은 사람이 읽어주실 기회를 이렇게 얻을 수 있었다는 사실을 소중히 하고 싶습니다.

부디 이 이야기를 읽고 조금이라도 즐거우시다면 행복하겠습니다.

무언가 장황한 이야기가 되었네요. 장황한 이야기는 이만 끝내고, 귀여운 여자아이와 멋진 일러스트레이터 분의 이야기를 하자고!

서적화되면서 일러스트는 47AgDragon 선생님께서 담당하시게 되었습니다.

감사하게도 저는 인터넷의 아마추어 작가치고는 조금 이례적

일 만큼 팬 아트라는 것을 받고 있는데, 47AgDragon 선생님은 그런 팬 아트를 제대로 봐주시고 '이 작품은 팬 아트가 있고서 팬들이 읽어주시니까, 그것을 무너뜨리지 않으면서 좋은 느낌으로'라며 굉장히 신경을 써주시고 엄청 멋지게 완성해주셨습니다.

팬과 작품 양쪽을 소중히 대해주시는, 무척 멋진 일러스트레이터 분입니다. 신이냐. 아니, 신급 일러스트레이터야.

게다가 무섭게도 이야기가 제대로 정해지기 전에 대부분의 러프 스케치를 완성해주시는 능력에, 어느 그림이든 멋진 완성도. 일러스트를 받을 때마다 아르제나 엘시 님의 귀여움, 버섯이나 말의 미남 모습에 데굴데굴 굴러다녔습니다.

덤으로 Twitter 상에서도 사이좋게 지내고 있습니다. 그보다도 인간이 아닌 존재를 좋아하는 성향을 시작으로, 이 세상에서 대개 이상한 음료라고 여겨지는 것을 적극적으로 마시고 연신 맛있다고 하거나, 음식 사진을 좋아하거나, TRPG도 알지, 기회가 있다면 딴죽을 걸어야 마음이 풀린다며 공통점이 너무도 많았습니다.

가족이나 주위에서는 '저렇게나 작가와 일러스트레이터가 사이좋은 건 본 적 없다' 같은 소리를 들었고, 47AgDragon 선생님 본인에게도 '일을 받기 전에 작품과 Twitter를 봤더니 비슷한 냄새를 느꼈다'라고 하는 상황.

최근에는 47AgDragon 선생님이 적은 소설을 읽고 이런저런 의견을 나누는 등등, 공과 사 모두 즐겁게 어울리고 있습니다.

크리에이터 선배로서 퍼뜩 놀랄 법한 말도 많이 해주시고, 이야기도 잘 통하고, 멋진 일러스트를 그려주신다. 이렇게나 좋은 사람과 만나서 함께 작품을 만들 수 있는 것은 행복한 일입니다.

슬슬 글자 수를 생각하면 마무리하기에 적당하다는 느낌이니, 이쯤에서 감사의 인사를.

집안 사정으로 한 번 거절하고 말았는데도 받아들여주신 어스 스타와 친지가 되어주신 편집 이나가키 씨. 감사합니다. 일러스 트레이터 47AgDragon 선생님. 멋진 일러스트와 좋은 이야기 감 사합니다.

등을 밀어준 친구, 독자 여러분, 오늘 이렇게 손에 들어주신 여 러분께도 깊은 감사를. 감사합니다.

그리고 무엇보다도 지원해주겠다고 말해준 제 가족에게 애정 과 감사를. 감사합니다.

이 이야기는 아직 완결이 아니니까 어쩌면 2권이 나올지도 모 릅니다. 2권이 나온다면 인터넷 연재본에서 무척 인기를 모으고 있는 여우 귀 로리나 메이드 옷차림이 된 은발 로리 흡혈귀를 서 적으로 여러분께 전해드릴 수 있지 않을까 합니다. (태연한 표정으로 선전하는 스타일)

그럼 이쯤에서. 바라건대, 또다시 만나죠. 안녕히 주무세요.

막 깨어나 잠기운에 흔들리며 초킨교

초린교。 세라는
생이별한 혈연이 아닐까?
그럴 정도로 여러모로
닮아서 굉장합니다.
덕분에 무척
즐겁게 그림을
그렸습니다.
그런 즐거움도 함께
전해진다면 좋겠습니다.

Ag Dragon

엘시님
만세

전생 흡혈귀 씨는 낮잠을 자고 싶어 1

2022년 08월 1일 1판 1쇄 발행

저　　　　자	초킨교。
일 러 스 트	47AgDragon
옮 긴 이	손종근
발 행 인	유재옥
본 부 장	조병권
담 당 편 집	정지원
편 집 1 팀	김준균 김혜연 박소연
편 집 2 팀	정영길 조찬희 박치우 정지원
편 집 3 팀	오준영 곽혜민 이해빈
디 자 인	김보라 박민솔
라 이 츠	맹미영 이승희 이윤서
디 지 털	박상섭 최서윤 김지연
발 행 처	(주)소미미디어
등　　　　록	제2015-000008호
주　　　　소	서울시 마포구 토정로 222, 403호(신수동, 한국출판콘텐츠센터)
판　　　　매	㈜소미미디어
제 작 처	코리아피앤피
영　　　　업	박종욱
마 케 팅	한민지 최원석 최정연 한소리
물　　　　류	허석용 백철기
전　　　　화	편집부 (070)4164-3962, 3963 기획실 (02)567-3388 판매 및 마케팅 (070)4165-668 Fax (02)322-7665

ISBN 979-11-384-3345-7 (04830)
ISBN 979-11-384-1254-4 (세트)